Criaturas Fantásticas

Manu González

Redbook
LOOK

Look es una colección creada y dirigida por Dalia Ediciones S.L. (MMA)

Diseño de cubierta e interior: Eva García

ISBN: 978-84-948268-4-9

Depósito legal: B-12.604-2018

Impreso por Sagrafic, Pasaje Carsi 6, 08025 Barcelona

Impreso en España - *Printed in Spain*

Para mis padres, que no son mucho
de tener mascotas.

Índice

Introducción

Desde que la escritura se inventó alrededor del 3300 antes de Cristo en el Período de Uruk de la civilización sumeria, los sabios han querido catalogar la ciencia del mundo, ordenar y archivar conocimientos de astronomía, cosmogonía, medicina o biología para el estudio de futuras generaciones. La clasificación y la catalogación del conocimiento son tan antiguas como la invención de historias para hacer más amenas las largas noches sin luna. En el 1750 aC podemos encontrar la Onomástica del Ramesseum (en Tebas), una lista de palabras agrupadas por categorías. Estas primeras 'enciclopedias' eran los ancestros de los diccionarios, hasta llegar a los seiscientos diez elementos de la Onomástica de Amenofis, en el 1100 aC. Pero fueron los griegos los primeros en documentar todos los conocimientos, con Platón y Aristóteles a la cabeza, entre el siglo V y IV antes de Cristo. De Grecia, pero seiscientos años más tarde, proviene la primera enciclopedia de animales, criaturas fantásticas, plantas y rocas llamado *Physiologus* (siglo III), de origen anónimo, aunque existen partes atribuidas al mismísimo Aristóteles o el rey Salomón. Sabemos que se escribió en Alejandría y que se harían varias copias en diversas abadías alrededor de Europa. Pero si existe una enciclopedia que ha alimentado la imaginación de poetas, escritores y zoólogos esa es, sin lugar a dudas, el *Naturalis Historia* del romano Plinio el Viejo, una obra extensa de treinta y siete libros con temas tan diversos como astronomía, matemáticas, geografía, agricultura y, claro, zoología.

El *Physiologus* y el *Naturalis Historia* son los padres de los bestiarios medievales, bellas obras de arte escritas e ilustradas a mano en abadías europeas que describen animales de diversas partes del mundo. Las criaturas fantásticas nacieron en estas enciclopedias de zoología. Algunas eran historias narradas de séptima mano, como convertir a un rinoceronte en un bello unicornio, o una pobre hiena en una temible leucrota. Pero no se dudaba de lo descrito en diversas mitologías como la egipcia, helena, romana o, más adelante, céltica. Sucedía que los leones de la selva compartían páginas con la hidra, las gorgonas le daban la mano a los tigres, el zorro y los dragones vivían en las mismas cuevas, o los centauros, las blemias, los sátiros y otros seres humanoides se repartían algunos territorios en África o en Oriente Próximo. Una de las enciclopedias más famosas del medioevo es el *Bestiario de Aberdeen*, escrito e ilustrado en Inglaterra durante el siglo XII. Inspirado en el *Physiologus*, este bestiario tiene dibujos y descripciones de animales como la pantera, elefante, castor, simio, ciervo, cabra salvaje, oso o lobo. Pero también podemos encontrar unicornios, leucrotas, sátiros, dragones, basiliscos, hidras o mantícoras. De este bestiario se conservan apenas cien manuscritos y uno de ellos fue compuesto por uno de los padres del Renacimiento, el mismísimo Leonardo da Vinci.

Hasta que no conquistamos los océanos y los biólogos comenzaron a navegar alrededor del mundo, la zoología no comenzaría despegar. En siglos de iluminación científica como el XVIII aún podíamos encontrar en libros como *Historia natural de Noruega* (1752), obra del obispo de Bergen Erik Pontoppidan, la definición de kraken como un animal del tamaño de una isla flotante. Georges Cuvier comenzaría a hacer los primeros estudios de paleontología en 1798; el naturalista francés Jean-Baptiste Lamarck acuñó el término biología en 1802; Theodor Schwann concebiría la teoría celular en 1839; y Charles Darwin desarrollaría en 1859 la teoría de la evolución. Estos grandes científicos dieron un paso de gigante en la zoología y biología, pero también acabaron con la magia de los bestiarios y las criaturas fantásticas.

Estos seres se retiraron a vivir al mundo de la imaginación de los poetas y los escritores, quienes llenarían páginas y libros de seres que, hasta hace apenas un par de siglos, se creían que vivían en alguna remota isla explorada del ancho mundo. Los escritores británicos J.R.R. Tolkien y C. S. Lewis fueron un poco más allá, creando mundos fantásticos con sus propias leyes mágicas, sus dioses, su lenguaje, su geografía, sus razas y sus animales, inspirándose en mitos helenos, celtas o nórdicos. Su imaginación abriría las puertas a muchos artistas y escritores, pero también a una generación de creadores que comenzaron a moldear juegos inspirados en sus legendarium y mitologías, mundos nuevos que había que poblar de criaturas y monstruos, de peligros y acción. Los juegos de mesa y rol inspiraron videojuegos, libros, películas, series… y la imaginación de nuevos autores que siguen inventando animales y bestias fantásticas, inspirándose en las palabras de Plinio el Viejo, la mitología sumeria o *El Señor de los Anillos* de J.R.R. Tolkien. En este libro encontrarás numerosas bestias, entre animales, híbridos, razas o, incluso, alienígenas. Algunos de ellos todavía no ha sido demostrado por la ciencia que sean cien por cien falsos.

Híbridos

LAS CRIATURAS IMPOSIBLES DE LOS DIOSES

Centauro

LOS ORGULLOSOS HIJOS DE TESALIA

El centauro es una criatura mitad humano, mitad caballo. El cuerpo y las patas son las de un caballo, pero en lugar de una cabeza equina surge en su parte delantera el torso de un humano con sus brazos y su cabeza. Los centauros son una raza orgullosa y guerrera de la Antigua Grecia, tan indomables y cultos en el arte de la guerra como las amazonas. Al tratarse de una sociedad muy cerrada y poco amigable con el resto de razas sabemos muy poco de sus costumbres y su historia. Existen varias teorías sobre sus orígenes. Algunos cuentan que son parientes de los lápitas de Tesalia, de la provincia de Perrebia, a los pies del Monte Olimpo. De hecho, son el resultado de la unión entre Ixión, rey de Tesalia, y Néfele. Pero no hablamos de la diosa de las nubes, sino de la imagen que Zeus creó a imagen de su esposa Hera. Ixión quería seducir a la madre de los dioses y esta iba a acceder para vengarse de las muchas infidelidades del líder de los Olímpicos. Así que Zeus dio vida a una nube con la forma de su mujer que se llamaría Néfele. Este ser etéreo quedó encinta y dio a luz a Centaurus, un ser deforme mitad caballo mitad humano que vivía solo en la montaña de Pelión y se apareó con las yeguas de Magnesia, convirtiéndose en el padre de todos los centauros. Centaurus fue uno de los primeros en saber agrupar estrellas en constelaciones y enseñar a sus hijos y a los marinos cómo leerlas para no perderse. De hecho, puso a Quirón, el rey de los centauros, en el cielo, y ayudó a Jasón y sus Argonautas. Los centauros y las centáurides (centauros hembra) vivían en la zona de Magnesia de Tesalia, a los pies de la montaña de Pelión, donde habían residido su padre y sus madres. Vivían en paz hasta que tuvieron que enfrentarse con sus primos, los lápitas. Todo comenzó con la boda de Pirítoo (hijo humano de Ixión) y la bella Hipodamía. Como habitantes de Tesalia, una extensa delegación de centauros fueron invitados a la boda, pero al no conocer el vino se emborracharon mucho y secuestraron a la novia en un ataque de lujuria. El héroe Teseo intervino en la batalla posterior ayudando a Pirítoo. Los humanos ganaron la batalla y los centauros tuvieron que huir. Desde entonces sobreviven en varios bosques del mundo, escondidos de los humanos, hasta convertirse en una raza salvaje y aguerrida. Aunque la historia conoce a varios centauros amables y sabios. Como el amigo de Heracles, Folo, que falleció defendiendo a su amigo por una flecha perdida que iba dirigida a él en la famosa caza del jabalí de Erimanto. El otro centauro más famoso es Quirón, hijo de Crono y Fílira. Este centauro era diestro en el arte, la caza, la filosofía, la cirugía, la medicina y la música, además de convertirse en el tutor de muchos héroes griegos como Aquiles, Jasón, Aristeo, Asclepio, Hipólito, Cástor o Acteón. Con su condición de inmortal, Quirón es el director de actividades del Campamento Mestizo, donde los nuevos hijos de dioses como Percy Jackson, Annabeth Chase o Luke Castellan se entrenan en la actualidad.

«Es como aprender a montar sobre un unicornio... Nunca lo olvidas.»

(EOIN COLFER)

LOS CENTAUROS DEL BOSQUE PROHIBIDO

En el mundo de los magos existe una nutrida población de estos salvajes centauros escondidos en el Bosque Prohibido al oeste del Castillo de Hogwarts. Son unos cincuenta adultos que no quieren involucrarse con los magos o los muggles de los alrededores. Como su antepasado Centaurus, los centauros del Bosque Prohibido son expertos en la lectura de las estrellas, donde son capaces de adivinar el futuro. El director de Hogwarts pidió a Firenze, uno de los más bellos y amables de estas criaturas, que diera clase de Adivinación a los alumnos magos de su centro. Aunque algunos de sus hermanos le dieron la espalda por aliarse con los magos, acudieron a la gran batalla para defender a su amigo cuando Lord Voldemort atacó la Escuela de Hogwarts.

Existe una raza de centauros selenitas salvajes que viven en la Luna y que reciben el nombre de Va-gas. Estos centauros no tienen rostro humano, sino más animal y salvaje, al estilo orco. El cuidador Star Sorenson del refugio para criaturas místicas de Fablehaven tiene a un colectivo de centauros en la zona de Grunhold, pero son unas criaturas elitistas que se creen superiores al resto de habitantes de Fablehaven. Los centauros de esta zona tienen unos primos lejanos llamados Alcetour, mitad hombre, mitad alce. Tras sus lejanos parientes de Tesalia, los mejores centauros guerreros los podemos encontrar en Narnia. Los centauros son nobles, leales, valientes y expertos en el arte de la guerra. El gran león de Narnia, Aslan, confiaba en su general Oreius durante la gran batalla contra la Bruja Blanca. Otro de los centauros más conocidos de Narnia es el sabio Glenstorm, experto en estrellas y la lectura del futuro, como Firenze de Hogwarts.

LO PUEDES ENCONTRAR EN...

Harry Potter y la Orden del Fénix (2003), novela de J.K. Rowling

Podemos encontrar historia de centauros en la *Teogonía* de Hesíodo o en *Las Metamorfosis* (año VIII dC) de Ovidio (43 aC-17 dC), pero sobre todo en fantasías modernas como *La dama de la Luna* (1926) de Edgar Rice Burroughs (1875-1950), la saga de *Las Crónicas de Narnia* (1950-1956) del británico C.S. Lewis (1998-1963), la serie *Xanth* del británico Piers Anthony (Oxford, 1934), la serie de *Artemis Fowl* del irlandés Eoin Colfer (Wexford, 1965), *La historia interminable* (1979) del alemán Michael Ende (1929-1995) o en *Fablehaven* (2006) del norteamericano Brandon Mull (Clayton, 1974). Pero por su importancia en la trama principal como en la serie cinematográfica, todo el mundo recuerda al Firenze de la saga de *Harry Potter* de la británica J.K. Rowling (Yate, 1965), o al maestro Quirón de los libros de *Percy Jackson y los dioses del Olimpo* de Rick Riordan (San Antonio, 1964). En la película *El ladrón del rayo*, Quirón estaba interpretado por Pierce Brosnan. En el cine, uno de los perdidos cortometrajes animados del gran Winsor McCay (1867-1934) se llamaba *The Centaurs* (1921); el experto en efectos especiales Ray Harryhausen (1920-2013) animaría a un centauro cíclope en la excelente *El viaje fantástico de Simbad* (1973) de Gordon Hessler (1925-2014); y Walt Disney (1901-1966) los hizo protagonistas del capítulo *La sinfonía pastoral* de su *Fantasía* (1940).

Esfinge

LOS GUARDIANES DE EGIPTO

La esfinge es un monstruoso ser de naturaleza traicionera y despiadada con cabeza humana, cuerpo de león y alas de águila. En el Antiguo Egipto las esfinges eran estatuas vivientes, o sheps-anj, uno de los muchos símbolos de poder de los faraones porque tienen la fuerza de un león y la astucia de un ser humano. También eran avatares de la vida después de la muerte. Las esfinges normalmente son femeninas, pero en Egipto existe una gran población de estos híbridos de naturaleza masculina llamados androesfinge. En algunos escritos se hablan de crioesfinges (con cabeza de carnero) y de hieracoesfinges (con cabeza de halcón), pero seguramente estas últimas son un error y, en realidad, se trata de los poderosos grifos. La esfinge es un ser inteligente y pendenciero que disfruta con el sufrimiento de sus víctimas. Este perverso sentido del humor y jugueteo con su caza le viene

por su naturaleza felina, tan común entre los gatos. La esfinge plantea difíciles acertijos a sus presas. Si la víctima lo resuelve, podrá irse libre; pero si no lo hace, será asesinado y devorado. Es por esta razón que los egipcios convencían a las esfinges para proteger los tesoros de las tumbas o los secretos del interior de las pirámides. Estas aceptaban porque así tenían un continuo suministro de carne fresca de saqueador que quería probar su fortuna.

«Cada hombre es un Edipo que cree que posee los cuatro poderes de la Esfinge: la voluntad, el coraje, el conocimiento y el silencio.»

(Aleister Crowley)

LA ESFINGE DE TEBAS

En Grecia existió una esfinge femenina que, además, tenía una cola con cabeza de serpiente. Hija de Equidna y Ortro, el hermano de Cerbero, y familia de otros monstruos importantes como Quimera, la Hidra de Lerna o el León de Nemea, esta esfinge guardaba la entrada a la ciudad de Tebas, en el monte Ficio, proponiendo un enigma a los viajeros que querían entrar. La criatura atormentaba a todo el pueblo de Tebas, impidiendo el tránsito y el comercio entre sus habitantes. Esta esfinge fue enviada desde Etiopia a Tebas por orden de Hera y su enigma era el siguiente: «¿Qué criatura nace moviéndose a cuatro patas, crece andando con dos y acaba caminando sobre tres?» Edipo, hijo de Layo y Yocasta, adivinó el acertijo. «El hombre: cuando es un bebé gatea con brazos y piernas, camina erguido sobre sus dos piernas de adulto y se ayuda con un bastón cuando es viejo.» La esfinge, defraudada, le planteó otro enigma al joven Edipo. «Son dos hermanas, una de las cuales engendra a la otra y, a su vez, es engendrada por la primera.» La respuesta era «el día y la noche.» La Esfinge de Tebas enloqueció de frustración y se lanzó al vacío. Edipo fue nombrado salvador de Tebas, nombrado rey y le dieron la mano de la viuda del difunto rey Layo, Yocasta, su verdadera madre… pero esa es otra historia.

En el extenso mundo de Fantasía existe un sitio llamado el Oráculo del Sur, donde al héroe Atreyu le sería revelado dónde podía encontrar el Auryn para salvar al reino de la peligrosa Nada. Tiene tres puertas, y la primera de ellas, la única que está a la vista de todos, es la Puerta del Gran Enigma. Está guardada por dos poderosas y gigantescas esfinges inmóviles de rostro humano con una expresión que no se sabe si sonríe, refleja una tristeza inmensa o una indiferencia total. Tras varios segundos de observación comprenderemos que ese rostro sereno está, en realidad, lleno de una maldad y una crueldad abismal. Nadie sabe muy bien por qué razón dejan pasar a algunos elegidos mientras que otros pobres diablos son petrificados en el acto y no pueden moverse hasta haber resuelto todos los enigmas del mundo. Los ojos de las dos esfinges transmiten todas las preguntas del universo. Por eso siempre se están mirando mutuamente, porque la mirada de una esfinge solo puede ser soportada por otra esfinge.

LO PUEDES ENCONTRAR EN...

Dioses de Egipto (2016), película de Alex Proyas

Aunque la esfinge se convirtió en el siglo XVIII en una de las figuras más representativas de la escultura grottesche francesa y el arte decorativo de diseños arabescos invadiendo los palacios de media Europa, no existe mucha literatura sobre esfinges más allá de representarlas como la famosa Esfinge de Tebas: un animal mitológico que plantea enigmas. En *La historia interminable* del escritor alemán Michael Ende se habla de la Puerta del Gran Enigma y como está guardada por dos grandes esfinges con forma de estatua. Aunque el pobre Ende no acabó muy contento con la versión que el director Wolfgang Petersen (Emden, 1941) hizo de su película en 1984. La esfinge es un emblema masónico por su carácter egipcio como símbolo del misterio. Pero la esfinge más salvaje y novedosa la podemos ver en la reciente película *Dioses de Egipto* (2016), del director egipcio-australiano Alex Proyas (Alejandría, 1963), donde este mítico ser le plantea un enigma a Tot, el dios de la sabiduría, «Yo nunca fui, siempre seré. Nadie me vio nunca, ni lo hará, y sin embargo, soy la confianza de todos los que viven y respiran. ¿Qué soy?» La respuesta es: «el mañana».

Gorgona

EL MONSTRUO PROTECTOR

Las gorgonas son despiadadas criaturas femeninas con un rostro horrible con colmillos de jabalí, alas de oro, garras de bronce y piel de reptil que llevaban un cinturón con una hebilla compuesta por dos serpientes entrelazadas confrontadas entre sí. Se decía que su mirada era tan intensa y mágica que te quedabas petrificado al instante. Su visión producía pavor a los antiguos griegos, por eso el rey de Micenas Agamenón tenía el horrible rostro de una gorgona esculpida en su escudo de oro, para producir terror en sus enemigos durante la batalla. Las gorgonas fueron unas criaturas que cuidaban templos o depósitos de aceite y vino para que los ladrones no pudieran entrar por la noche. Su poder era tan grande que la gente utilizaba un gorgoneion (o rostro de gorgona tallado en piedra) para proteger puertas, corazas o lápidas; también se solía llevar encima como protección. Existen leyendas que cuentan que solo existió una gorgona, monstruosa y grande, creada por Gea para ayudar a los Titanes contra los dioses Olímpicos. Se cuenta que Atenea mató a esta única y primera

gorgona y se hizo un vestido con su piel de reptil. Pero si existen tres gorgonas famosas en la historia de Grecia, esas son las tres hermanas Esteno, Euíale y Medusa, hijas de los dioses marinos Forcis y Ceto. Esteno y Euíale eran inmortales, grandes, con la cabeza llena de serpientes vivas en lugar de cabello, garras de bronce, alas de oro y cola de serpiente. Esteno era la más salvaje, y mató a muchos humanos con su gran fuerza. Las dos hermanas mayores podían hipnotizar a sus agresores pero no los podían convertir en piedra. Ese don se le concedió a la menor, mortal y bella Medusa. Existen dos versiones sobre el origen de Medusa. Una cuenta que nació con pelos y cola de serpiente como sus hermanas mayores, pero existe otra versión que narra cómo Medusa era una bella sacerdotisa del templo de Atenea que fue violada por Poseidón en el mismo templo. Atenea se enfadó con ella y transformó sus bellos cabellos en serpientes vivas. Medusa era muy peligrosa a causa de su venenosa mirada, que te petrificaba al instante, pero no era salvaje y pendenciera como sus dos hermanas mayores.

EL FINAL DE MEDUSA

El héroe Perseo fue enviado por el rey Polidectes de Sérifos para conseguir la cabeza de este mítico ser. Gracias a las sandalias aladas de Hermes, el casco de invisibilidad de Hades y la espada y escudo de espejos de Atenea, Perseo pudo acercarse a la gorgona sin ser detectado y le cortó su cabeza de un solo tajo. La maldición de Medusa era tan fuerte que su mirada seguía convirtiendo en piedra después de haber sido decapitada. Cuentan que de la sangre que derramó el cuerpo de la gorgona nacieron el caballo alado Pegaso y el gigante Crisaor. Con la cabeza de Medusa, Perseo pudo acabar con el monstruoso kraken Ceto, al que petrificó, salvando a Andrómeda.

Aunque hay gente que afirma que Medusa no murió realmente en Livia y se regeneró convirtiéndose en inmortal. Acabó en una zona rural de Nueva Jersey regentando el Emporio de Gnomos de Jardín de la Tía Eme. Se hacía pasar por una señora mayor de Oriente Medio con un velo ocultando su rostro. Al principio era muy amable con sus invitados, hasta que les convencía para que les mirase para tomarles una foto. Se levantaba el velo y los convertía en piedra instantáneamente. El héroe Percy Jackson, hijo de Poseidón, consiguió escapar de su embrujo y le cortó la cabeza con su espada de bronce celestial. Mandó la cabeza al Olimpo como regalo para los dioses.

«La gente dice que los ojos son las ventanas del alma.»

(Rick Riordan)

LO PUEDES ENCONTRAR EN...

Furia de Titanes (2010), película de Louis Leterrier

Desmond Davis y Ray Harryhausen crearon una libre adaptación del mito de Perseo en la fantástica *Furia de titanes* (1981), donde Harryhausen animaba el pelo-serpiente de Medusa y una cola parecida a la de una serpiente de cascabel. En 2010, el director francés Louis Leterrier (París, 1973) realizaría un remake de *Clash of the Titans* con Sam Worthington haciendo de Perseo y Liam Neeson como Zeus. Medusa era un escalofriante monstruo animado por ordenador con el bello rostro de la modelo rusa Natalia Vodiánova. Sería una de las primeras películas en estrenarse en 3D tras el éxito de *Avatar* de James Cameron. Pero Medusa es una figura recurrente en la literatura por su simbolismo. El poeta británico Percy Bysshe Shelley (1792-1822) contaba en su poema *Sobre la Medusa de Leonardo da Vinci de la Galería Florentina* (1819) que Medusa era, en realidad, una víctima de la tiranía masculina. Medusa es importante en *El ladrón del Rayo* (2005) de la saga de *Percy Jackson y los dioses del Olimpo* de Rick Riordan. En la película de Chris Columbus de 2010 le daría rostro la estupenda actriz Uma Thurman, protagonizando uno de los mejores momentos de la película.

Grifo e hipogrifo

EL FIERO REY DE LOS CIELOS

Existen pocas criaturas tan majestuosas en el cielo como el dragón, el grifo y el hipogrifo, los auténticos reyes del firmamento. El grifo es un animal híbrido con la parte inferior de león, de pelaje amarillo y cola larga, y la parte superior de águila gigante, con plumas doradas y afiladas garras que la convierten en una criatura mortífera cazando a cielo abierto. Una peculiaridad de estos animales es que tienen unas largas orejas de punta en su cabeza de águila emplumada, más parecidas a las orejas de los felinos. Suelen medir unos tres metros de largo y son capaces de sostener entre sus garras delanteras a un par de bueyes o un caballo con su jinete. Las alas de un grifo suelen medir dos metros de largo cada una. Ser atacado por un grifo es como si un pequeño avión dorado se abalanzase sobre ti a más de doscientos kilómetros por hora. Una experiencia terrorífica. Los grifos ponen sus huevos en zonas montañosas donde se encuentran vetas de oro y se conocen asentamientos de los reyes del cielo en lugares como Egipto, Persia, Anatolia, Siria o Grecia. Las culturas antiguas cuentan que el grifo podía controlar los cuatro elementos; entre sus poderes está producir maremotos con el aleteo de sus alas, temblores de tierra con su rugido, expeler aire helado de su boca y arrojar fuego por la nariz. Los grifos son unas criaturas comunitarias y suelen cazar en grupos, como las leonas de las sabanas africanas.

Los griegos cuentan que el dios Apolo viajó hasta Anatolia para buscar grifos y volvió con toda una manada, cabalgando sobre el más grande de ellos. Desde entonces, estos grifos sirven a los dioses, vigilando los tesoros del dios del Sol o las ricas bodegas de vino del dios Dionisio. Su relación con el oro las convierte en unos vigilantes implacables, pues este rico metal les recuerda a los huevos de sus crías y no dejan que nadie se acerque a él. Las plumas de grifo se consideran uno de los tesoros más preciados que existen y los artesanos suelen crear ricos abanicos con estas mágicas plumas decorados con perlas y piedras preciosas. Los grifos también eran cazados por sus ligeras costillas, pues con ellas se pueden fabricar los mejores arcos de flechas, ligeros y que nunca erraban su tiro. El poeta Dante contaba que en el Paraíso existen carros dorados arrastrados por majestuosos grifos de plumas brillantes para viajar por ese reino celestial.

LOS HIPOGRIFOS DE HOGWARTS

El hipogrifo es pariente del temido grifo y comparte alguna naturaleza híbrida con él. Cuando un grifo yace con una yegua, se obtiene un hipogrifo, una criatura mitad caballo, mitad águila. Son extremadamente rápidos, tanto por tierra como en el aire, pero son menos salvajes que sus padres los grifos, aunque tienen bastante orgullo y poseen un gran sentido del honor. También son del tamaño de un caballo, más pequeños que los grifos. Los hipogrifos han dejado que caballeros como Ruggiero o magos como

Merlín los montasen en la antigüedad. En palabras del profesor Rubeus Hagrid de Cuidado de Criaturas Mágicas del Colegio de Hogwarts de Magia y Hechicería, los hipogrifos «son orgullosos. Se molestan con mucha facilidad. Nunca ofendáis a ninguno, porque podría ser lo último que hicierais. Tenéis que esperar siempre a que el hipogrifo haga el primer movimiento. Es educado, ¿os dais cuenta? Vais hacia él, os inclináis y esperáis. Si él responde con una inclinación, querrá decir que os permite tocarlo. Si no hace la inclinación, entonces es mejor que os alejéis de él enseguida, porque puede hacer mucho daño con sus garras.» Cuando un caballero o un mago se ganan la confianza de un hipogrifo estos animales serán muy fieles, capaces de defender con fiereza a su amigo del ataque de otras criaturas. Aunque según el Ministerio de Magia, utilizar un hipogrifo como transporte personal será considerado una grave violación del Estatuto Internacional del Secreto que salvaguarda la comunidad mágica de los muggles o personas no mágicas.

> «Si haces una reverencia, te permitirá acercarte.»
>
> (J.K. Rowling)

LO PUEDES ENCONTRAR EN...

Las crónicas de Spiderwick (2008), película de Mark Waters

Los grifos son como los dragones de la cultura hinduista, por eso encontraremos muchos descritos en poesía india o persa. El sofista griego Filóstrato de Atenas (160-249) escribió sobre ellos en *La vida de Apolonio de Tyrana*, donde afirmaba que los grifos eran adorados en la India como el mismo Sol. El poeta italiano Dante Alighieri (1265-1321) o el poeta británico John Milton (1608-1674) hablaban de ellos en sus obras *La divina comedia* (1320) y *El paraíso perdido* (1667), y son protagonistas de cuentos infantiles como el clásico *Jack, el Cazagigantes* o *El grifo* (1812), recopilados por los Hermanos Grimm. Recientemente los podemos encontrar en la saga de *Percy Jackson y los dioses del Olimpo* de Rick Riordan o en la película *Las crónicas de Spiderwick*, del norteamericano Mark Waters (Wyandotte, 1964). El hipogrifo no es una figura muy literaria pero se mencionaba en el poema épico *Orlando innamorato* (1486) del renacentista italiano Mattero Maria Boiardo (1441-1494) o, más cercano a la actualidad, la novela de fantasía heroica *La serpiente Uróboros* (1922), del británico Eric Rücker Eddison (1882-1945). Pero el hipogrifo más famoso de la literatura es Buckbeak, personaje recurrente en la saga de *Harry Potter* de J.K. Rowling, presentado en *Harry Potter y el Prisionero de Azkaban* (1999).

Harpías

EL ÁGUILA VIRGEN

Una harpía o arpía es un pájaro gigante con cabeza y pecho de mujer. Normalmente tenían rostros bellos pero pálidos como si fueran fantasmas. El poeta Hesíodo contaba que su vuelo era hermoso, siguiendo el ritmo de los vientos, elevándose majestuosas en el aire, como las arpías de hermosos cabellos llamadas Ocypete y Aello. Pero otros historiadores apuntan a que su rostro no era nada bello, sino todo lo contrario: horroroso, como vieja deformada por el dolor y rostro demacrado por un hambre insaciable. Se las describe sentadas en antiguos tronos de piedra en los acantilados de su isla, negras, repugnantes, con odio goteando de sus ojos y aliento repulsivo. En sus alas suelen tener garras como algunos dinosaurios alados antiguos. Así pueden agarrar a sus víctimas con las garras de sus patas o sujetarlas con las zarpas de las alas mientras devoran sus entrañas.

Fineo era un rey de Tracia en la Antigua Grecia que sacrificó su vista por tener el poder de la adivinación y una larga vida. Zeus, el padre de los dioses, envió a las salvajes harpías para que lo atormentaran quitándole la comida o riéndose de él durante muchas horas del día. Como el pobre Fineo era ciego, no podía defenderse de estos seres, pero tampoco su guardia de Tracia se atrevía a importunar a estos pájaros malditos para no caer en la misma maldición que su amo. Jasón y sus argonautas se ofrecieron a acabar con las harpías si Finio les ayudaba a encontrar un paso seguro en su expedición a Cólquide. Los famosos guerreros voladores argonautas Calais y Zete, hijos del dios-viento Bóreas, echaron a estos híbridos malditos sin matarlos, como habían prometido a la diosa Iris, hermana de las harpías y de Arce. Al fin

libre, Fineo cumplió su palabra dándoles un buen consejo para atravesar el peligroso Simplégades o Rocas Cianeas. Desde entonces se llama a las harpías con el sobrenombre de los sabuesos del poderoso Zeus o los Ministros del Tronador.

LAS NINFAS DEL VIENTO DE LAS TORMENTAS

«Es una pequeña arpía obscena y burlona.»
(Virginia Woolf)

En un principio, las harpías eran ninfas o espíritus del viento, pero no de la dulce brisa nocturna, sino de la naturaleza destructiva de los vientos más catastróficos. Vivían en las islas Estrófades, al sur de Zante, pero tras su encuentro con los argonautas, Zeus las envió al Hades a proteger los límites del infierno. Allí fue donde se las encontró el poeta Dante junto a su guía Virgilio, en el bosque de los suicidas del Séptimo Anillo del Infierno, reservado para los que realizan violencia contras sus vecinos, contra sí mismo (suicidio) o contra Dios, el arte o la naturaleza. Dante describía a las harpías del Infierno con «alas anchas, garras afiladas con cuello y rostro humanos; vientre plumoso, pies con garras duras, y se quejan con gritos deshumanos con amagos de tristes profecías.» Con el tiempo, el vocabulario ha ido adaptando el título de arpía para referirse a mujeres muy malvadas o a cualquier persona codiciosa que con arte o maña consigue cuanto puede. No es para menos, pues los griegos bautizaron a estas oscuras criaturas con el título de Hárpyia, «que vuela y saquea.»

LO PUEDES ENCONTRAR EN...

Harpya (1979), cortometraje de Raoul Servais

En la Edad Media, las harpías gozaron de una inusitada buena fama al ser llamadas las águilas vírgenes por su mezcla entre gran pájaro y bella doncella. Como los unicornios, fénix y otras fantásticas criaturas, acabaron convirtiéndose en una criatura heráldica apareciendo en escudos de armas de Liechtenstein, Reitburg o la Baja Sajonia. En la serie de libros de *Canción de Hielo y Fuego* (1996) del norteamericano George R.R. Martin (Bayonne, 1948), la harpía es el emblema heráldico de las ciudades Astapor, Yunkai y Meereen de la Bahía de los Esclavos. Cuando los nobles esclavistas de estas ciudades se rebelan contra el gobierno de Daenerys Targaryen se hacen llamar Hijos de la Arpía. Las arpías son personajes malvados en el libro infantil *Ronja, la hija del bandolero* (1981) de la autora sueca Astrid Lindgren (1907-2002), y podemos verla en todo su esplendor y maldad en la adaptación al anime (2014-2015) del Estudio Ghibli dirigida por Goro Miyazaki (Tokio, 1967). Uno de los cortometrajes de animación más famosos del director belga Raoul Servais (Ostende, 1928) es *Harpya*, una oscura, moderna y vanguardista revisión del mito de Fineo que le hizo ganar el premio al mejor cortometraje en la 32º edición del Festival de Cannes.

Mantícora

EL TERROR PERSA

El historiador y médico griego Ctesias de Cnido escribió en su *Índica* que había «entre los etíopes un animal llamado Mantícora; tiene tres filas de dientes que calzan entre sí como los de un peine, cara y orejas de hombre, ojos azules, cuerpo carmesí de león y cola que termina en un aguijón, como los alacranes. Corre con suma rapidez y es muy aficionado a la carne humana; su voz es parecida a la consonancia de la flauta y de la trompeta». Ctesias también escribió sobre los cinocéfalos, o humanos con cabeza de perro, y los esciápodos, individuos ocultos bajo la sombra de su pie. La mantícora es un pariente de la Quimera, pero con cabeza humana y dientes de tiburón. Algunos zoólogos han visto mantícoras con alas grandes de murciélago, pero todos afirman que con su cola de escorpión pueden lanzar espinas venenosas que pueden llegar a matar a su víctima. Las mantícoras son antropófagas, como indica su propio nombre, que viene del antiguo persa martya (hombre) y xvar (devorar). El significado persa de esta criatura es, literalmente, «devoradora de hombres.» Plinio el Viejo también hablaba de ella en su *Naturalis Historia*, y es una de las criaturas que con más asiduidad podemos encontrar en muchos bestiarios de la Edad Media.

«Escupo la peste. Devoro los ejércitos, cuando estos se aventuran en el desierto.»

(GUSTAVE FLAUBERT)

LAS MANTÍCORAS CON ALAS DE DRAGÓN

En los continentes de Faerûn, Ansalon o Flaenia las mantícoras son astutos y malvados monstruos de diez metros de largo a los que le gusta cazar presas vivas. Son inteligentes y se pueden comunicar en varios idiomas. Son diferentes a las mantícoras de la India porque tienen gigantescas alas de dragón y la cabeza es vagamente humanoide. Pero en combate siguen siendo tan peligrosas como las persas, sobre todo por su temido ataque de púas con un alcance de 180 grados. Las mantícoras son unas excelentes rastreadoras, con un sentido del olfato y la vista superior al de muchas criaturas de su entorno. Se conocen mantícoras que han ayudado a humanos y elfos, convirtiéndose en un poderoso aliado.

Ya de vuelta en la Tierra, existe un villano conocido como Mantícora. Su verdadero nombre es Anastasio Corvo, un exsoldado griego alterado genéticamente y armado con un traje de batalla tecnológicamente mejorado de aspecto leonino con unas garras que pueden ser lanzadas a gran velocidad y una peligrosa cola de escorpión con veneno en su púa. Mantícora trabaja con el grupo terrorista Jihad, junto a Quimera, Djinn, Jaculi o Ravan, y liderados por Raza Kattuah, más conocido como Rustam. El Escuadrón Suicida, la fuerza de ataque de élite del gobierno de los Estados Unidos, se ha enfrentado contra la Jihad en más de una ocasión.

LO PUEDES ENCONTRAR EN...

Un hechizo para camaleón (1977), novela de Piers Anthony

La primera vez que la humanidad supo de la existencia de las mantícoras fue gracias al libro *Índica* de Ctesias de Cnido, que sirvió como médico en la corte del rey Artajerjes II de Persia durante el siglo IV aC, aunque seguramente confundió las historias del temible devorador de hombres indio, el tigre, al que dotó de elementos mucho más fantásticos. En la primera novela de la extensa serie fantástica de *Xanth* de Piers Anthony, *Un hechizo para camaleón*, una mantícora servía como guardia en el castillo del Buen Mago Humfrey. Todo el mundo recuerda al gran animal híbrido de su portada, ilustrada por el artista americano Michael Whelan (Culver City, 1950). El canadiense Robertson Davies (1913-1995) trató a este fantástico animal como una manifestación psicoanalítica junguiana en su libro *La mantícora* (1972), y también podemos encontrarla en las novelas de *Time Quartet* (1962-1989) de la autora fantástica americana Madeleine L'Engle (1918-2007). La mantícora es, por supuesto, un monstruo bastante peligroso en las campañas de *Dungeons & Dragons* y también son enemigos en los videojuegos *Heroes of Might and Magic* (1995) y *God of War: Ascension* (2013). El guionista John Ostrander (Chicago, 1949) y el dibujante Luke McDonnell (Nueva York, 1959) crearon a los terroristas Jihad y a Mantícora para el número uno de su *Escuadrón Suicida* (1987).

Minotauro

EL CENTINELA DEL LABERINTO

El primer minotauro que inspiraría leyendas es el Toro de Minos, hijo de la reina Pasífae y el semental Toro blanco de Creta, el regalo que Poseidón hizo al rey Minos a cambio de su sacrificio. Minos no quiso sacrificarlo porque se trataba de un animal extraordinario y ofreció otro animal en su lugar, pensando que el dios no se enteraría. Enojado, el dios del mar hipnotizó a su amada Pasífae para que yaciera con el animal, engendrando al poderoso Minotauro, y volviendo loco al pobre Toro. Fue Heracles quien se ofreció a detener al animal hechizado por Poseidón. Tras derrotarlo y domarlo, Heracles llevó al Toro hasta Micenas, donde Euristeo quiso ofrecerlo en sacrificio a Hera, pero la diosa lo dejó libre. Este magnífico animal produjo el caos en muchas tierras griegas hasta que Teseo lo mató en las llanuras de Maratón años más tarde.

Pasífae bautizó a su bebé con cuerpo de hombre y cabeza de toro con el nombre de Asterión, pero la maldición de Poseidón también le afectó a él, convirtiéndolo en un ser salvaje que solo se calmaba si comía carne humana. Cuando creció, Minos mandó al artesano Dédalo que construyera un gigantesco laberinto donde encerrar al monstruo en su interior. Tras una guerra entre Creta y Atenas, los cretenses ganaron y el Oráculo de Delfos aconsejó que el tributo por su derrota fuera entregar cada año a Minos siete jóvenes y siete doncellas como sacrificio al Minotauro. Para acabar con la tiranía de Minos y Asterión, el ateniense Teseo, hijo de Etra y Egeo, se ofreció para viajar a Creta y acabar con el Minotauro. Allí conoció a Ariadna, hija de Minos y Pasífae y hermanastra de Asterión, y los dos jóvenes se enamoraron. Fue Ariadna quien convenció a Dédalo para que le contara cómo poder escapar del temido laberinto. Este le dijo que podía utilizar un ovillo de hilo atado a la entrada y seguirlo a la vuelta para encontrar la salida. Teseo se infiltró entre los jóvenes de la ofrenda de Atenas y anduvo por el laberinto hasta que encontró al Minotauro. Tras una larga pelea, lo asesinó, tal como había hecho con su padre, el Toro Blanco, en Maratón. Los dioses mandaron al espíritu del Minotauro a defender el Hades. Allí es donde se lo encontró Dante, vigilando la entrada del séptimo círculo del infierno, donde están encerrados los violentos.

«No me puedo imaginar un laberinto decente sin un minotauro en su interior.»
(Catherynne M. Valente)

LA TEMIBLE PRISIÓN ESPACIAL

En el espacio existe una prisión alienígena flotando por el vacío intergaláctico que secuestra a personas que tienen un férreo sistema de creencias para alimentar a la fiera criatura que encierra en su interior, un minotauro que se nutre de la fe de los seres humanos y acaba con sus vidas. La prisión tiene un potente motor holográfico que convierte su interior en un gran hotel londinense de los años ochenta, repleto de pasillos laberínticos y puertas que dan a habitaciones donde se manifiestan los peores miedos de las pobres víctimas que caen en sus redes. Este gran minotauro alienígena tiene pezuñas de toro en lugar de manos y dos grandes cuernos dorados con forma de

ciervo en cada lado de la cabeza. Del centro de su testa le nacen dos más como si se tratara de un unicornio. Encontró su muerte gracias a la participación del Señor del Tiempo de Gallifrey llamado el Doctor.

LO PUEDES ENCONTRAR EN...

Immortals (2011), película de Tarsem Singh

Una de las versiones más extensas del mito del Minotauro lo podemos encontrar en el libro *Biblioteca mitológica* del historiador y mitógrafo griego Apolodoro de Atenas (180-119 aC). Hay estudiosos que ven cierta relación entre el mito del Minotauro y el cuento clásico francés de *La Bella y la Bestia*, recopilado en 1740 por Gabrielle-Suzanne Barbot de Villeneuve (1695-1755), que ha tenido varias versiones cinematográficas. Una versión muy libre y pictóricamente abrumadora del mito de Teseo y Asterión se pudo ver en la bella *Immortals* del director indio Tarsem Singh (Jalandhar, 1961), protagonizada por Henry Cavill y Mickey Rourke, donde el temible minotauro era un hombre gigante con máscara de toro. El autor norteamericano David Elliott ha hecho una adaptación moderna del mito centrándose en la vida de Asterión en *Bull* (2017). *El complejo de Dios* (2011), el onceavo capítulo de la sexta temporada moderna de la serie de ciencia-ficción de la BBC *Doctor Who*, contaba con un minotauro extraterrestre que se alimenta de fe encerrado en una prisión que flota a la deriva por el Cosmos.

Quimera

EL ANIMAL IMPOSIBLE

Quimera era uno de los grandes monstruos que Equidna y Tifón engendraron juntos, como el León de Nemea o Cerbero. Era un ser imposible, formado por el cuerpo de león, cola con forma de serpiente y la cabeza de una fiera cabra surgiendo de su lomo. Algunos poetas clásicos la describían con alas, pero todos coincidían en que era un ser inmortal, no humano que resoplaba una llama de fuego brillante con su fétido aliento. Hesíodo en su *Teogonía* escribía que Quimera era la que respiraba fuego, una criatura temible, grande, de pies ligeros y fuertes, con tres cabezas; una de león de ojos sombríos, una de dragón en su parte posterior y una de cabra en medio, las tres cabezas exhalaban una terrible ráfaga de fuego ardiente.

La naturaleza imposible de Quimera ha facilitado que su nombre se convirtiera en aquello que se propone a la imaginación como posible o verdadero, no siéndolo. Una falsedad, un ideal quimérico. También se le llama quimerismo a aquellos seres con dos o varios tipos de ADN distinto por culpa de varios cigotos fecundados que se combinan en uno solo, dando lugar a mutaciones imposibles. Nuestra Quimera griega era un ser muy real que vivía en Asia Menor, causando el caos y la destrucción en Licia, en el interior de la Anatolia turca. Belerofonte, el héroe hijo de Poseidón y Eurímede, mató accidentalmente a su hermano cuando era joven y se exilió en Tirinto para ponerse a las órdenes del rey Preto, quien lo acogió como un hijo. Pero la esposa de Preto, Estenebea, se encariñó con el joven héroe e intentó seducirlo. Ante la negativa del hijo de Poseidón, la rencorosa Estenebea lo acusa de intentar violarla y el rey de Tirinto la cree. En secreto, envía a su huésped al rey Lóbates, en Licia, con una carta donde le pide que lo ejecute. En Licia, para cumplir la petición de Preto, Lóbates le pide a Belerofonte que le ayude a matar a la Quimera, esperando que este peligroso ser acabe con él. El joven héroe no iría solo al encuentro del monstruo. Necesitaba un poderoso aliado a su lado. La diosa Atenea le regaló una brida de oro para domar a Pegaso, el maravilloso caballo alado de Zeus e hijo de Medusa. Montado sobre el rápido Pegaso pudo disparar varias flechas a Quimera, evitando su abrasador fuego, hasta que acabó con la vida de este imposible ser engendrado por los dioses con varias flechas certeras.

> «Cuando desciframos el código del ADN genético abrimos la gran caja de Pandora y se hizo posible producir quimeras.»
>
> (MARGARET ATWOOD)

LAS OTRAS QUIMERAS

En el Antiguo Egipto existe una diosa con cabeza de león llamada Sejmet que exhala fuego por su boca. Con su aliento caliente creó el desierto y se le conoce como diosa de la guerra, de la venganza y de la curación. Era hija de Ra y su rabia era temida en todo el antiguo mundo. Seguramente fue confundida por los antiguos griegos con una quimera al compartir ciertos rasgos con la hija de Equidna y Tifón. En los continentes de Faerûn, Ansalon o Flaenia, las quimeras son unos grotescos depredadores de tres cabezas con los cuartos traseros de una gran cabra y los delanteros de un gran león. Tiene tres cabezas en la parte delantera: una cabra con cuernos, un león sin melena y un dragón feroz. Las quimeras pueden atacar desde tierra, moviéndose como un ágil felino, o desde el aire, al estilo del más salvaje dragón con dos poderosas alas de reptil. Esta criatura suele medir unos cinco metros de alto y unos diez de largo. La cabeza de dragón de la quimera puede exhalar fuego, rayos, hielo, ácido o fétido gas dependiendo de su color. Se han visto a varios de estos seres trabajando juntos en colaboración, como los leones o algunos dragones.

LO PUEDES ENCONTRAR EN...

Fullmetal Alchemist Brotherhood: La ciudad de la herejía (2009), anime dirigido por Yasuhiro Irie

El mito de Quimera y Belerofonte es un clásico de la mitología griega descrito por Homero (siglo VIII aC) en la *Ilíada*, Hesíodo (siglo VII aC) en su *Teogonía*, Apolodoro en su *Biblioteca*, Plinio el Viejo en su *Historia Natural* (77 dC), Ovidio en su *Las Metamorfosis* o Cayo Julio Higino (64 aC-17 dC) en sus *Fábulas*. La Quimera perdió pronto su valor monstruoso y fantástico para convertirse en un ideal falso para los poetas. La literatura fantástica recuperó a este monstruo, pero más como un híbrido que puede adquirir varias formas mezcladas. Percy Jackson se enfrentaría a Quimera y su madre Equidna en *El ladrón del rayo* de Rick Riordan, y en la serie de *Dirk y Steele* de Marjorie Liu (Filadelfia, 1979) uno de los personajes es Karr, una quimera hijo de un dragón y un león. Podemos ver una quimera un poco extraña y zombie enfrentándose contra Perseo en *Ira de Titanes* (2012) de Jonathan Liebesman (Johannesburgo, 1976). Pero las quimeras juegan un papel importante en el manga *Fullmetal Alchemist* (2001-2010) de Hiromu Arakawa (Tokachi, 1973), donde se trata de una criatura creada al juntar alquímicamente dos o más seres vivos diferentes. Los hermanos Elric tienen que enfrentarse a una gran quimera en el tercer capítulo de la primera temporada del anime *Fullmetal Alchemist Brotherhood* (2009-2010).

Sátiro

LA CRIATURA DE BAJOS INSTINTOS

Los sátiros son criaturas mitad carnero mitad hombre, con cuernos de cabra, nariz chata, orejas puntiagudas, cola de cabra y piernas de carnero. Los sátiros tienen abundante pelo en pecho, espalda, barba y cabello, y suelen llevar pieles de animales tapando sus atributos o como cómodas capas que le protegen de la noche. En la Antigua Grecia, los sátiros formaban parte junto a las ninfas Ménades del cortejo del dios del vino Dionisio. Muchos historiadores consideran al pequeño dios de la embriaguez Sileno, amigo y leal compañero del dios del vino, como el padre de todos los sátiros. Los sátiros gustan de viajar por bosques y campos, tocando su música o jugando con las ninfas, por las que se sienten atraídos de

manera sexual. Son criaturas dionisiacas, divertidas, festivas, siempre bailando y tocando música, amantes del vino, la cerveza y los licores, los grandes festines y grandes amantes. Invitar a un sátiro a una cena es siempre sinónimo de gran fiesta, aunque en momentos de alta embriaguez estos seres pierden el sentido de la cortesía y su lado más fiero y pendenciero suele salir a luz.

El sátiro más famoso de la historia de Grecia es Pan, hijo de Hermes, el semidiós de los pastores y rebaños y dios de la fertilidad y la sexualidad masculina, algo que parece común en todos los sátiros. Pan vivía en compañía de las Ménades en Coricia, una gruta del Parnaso. Cazador, músico y curandero, Pan siempre llevaba encima su famoso cayado de pastor y su inmortal flauta, al que se le ha dado su nombre. Pan y Sileno eran los sátiros principales en las dionisias, el festival anual en honor al dios del vino que se celebraba con el fin del invierno y el principio de la primavera. Los sátiros eran unos grandes amantes del teatro que se celebraba durante las dionisias y solían escribir e interpretar obras humorísticas. Esos espectáculos recibirían el nombre de teatro satírico o sátiras, en honor a sus divertidos creadores. Pan fue llamado Fauno en el Imperio romano, por eso los sátiros son llamados faunos en muchas historias posteriores o en otros mundos.

LOS VALIENTES FAUNOS DE NARNIA

En el Campamento Mestizo, donde entrenan los hijos que los dioses han tenido con seres mortales, viven y trabajan una extensa población de estos seres que se encargan de buscar a semidioses y héroes en el mundo exterior. Cuando están en una misión entre humanos, los sátiros suelen vestir grandes sombreros o gorros que tapan sus cuernos y orejas puntiagudas, y piernas falsas para ocultar sus piernas de carnero. Algunos de estos sátiros hace siglos que están buscando a su dios Pan, perdido y desaparecido desde hace más de un milenio. Aunque el mayor peligro para un fauno se encuentra en la isla del

«Mis hombres, como sátiros que pastan en el césped, bailarán con sus pies de cabras sobre el heno viejo.»
(Christopher Marlowe)

cíclope Polifemo, donde este gigante tiene guardado el famoso Vellocino de Oro. Se ve que la fragancia de esta piel maravillosa atrae a sátiros de todas partes del mundo que suelen acabar sus días en el interior de la barriga de Polifemo. Uno de los sátiros más querido del Campamento Mestizo es Grover Underwood, amigo de Percy Jackson, hijo de Poseidón, y Annabeth Chase, hija de Atenea.

En Narnia también existen faunos leales a Aslan que antes del eterno invierno de la Bruja Blanca se dedicaban a disfrutar de bailes a medianoche, cazar, celebrar festejos y buscar tesoros junto a ninfas y dríades. Pero la guerra de la Bruja Blanca acabó con muchas de estas alegres criaturas, y las pocas que quedan viven atemorizadas, aunque conservan su buen corazón. Fue un fauno el primer ser que Lucy Pevensie, futura reina de Narnia, se encontró cerca del armario y el farol en los Bosques del Oeste. Se llamaba Señor Tumnus y aunque su primera intención era entregar a la niña a la malvada Bruja Blanca, se arrepintió de su mala idea y acompañó a Lucy hasta la entrada de su mundo, la Tierra. La Bruja castigó su desobediencia convirtiéndolo en piedra. Pero Aslan lo resucitó cuando los Pevensie y un nutrido ejército de Narnia, donde participaron centauros y sátiros, acabaron con la tiranía de la Bruja Blanca. El Señor Tumnus se convirtió en consejero de la dulce Lucy durante todo su reinado.

LO PUEDES ENCONTRAR EN...

Las Crónicas de Narnia: El León, la Bruja y el Ropero (1950), libro de C.S. Lewis

Unas criaturas clásicas de la mitología griega y romana que poblarían el arte del Renacimiento y escuelas posteriores. En muchas obras, los sátiros son una buena fábula moralizante sobre los peligros de caer en los bajos instintos sexuales y son muchos los cuadros que los representan persiguiendo o violando a ninfas en bosques o prados. En la *Biblia* también se hablan de sátiros, pero se trata de una mala traducción griega de la palabra sa'yir, un demonio velludo que vive en el desierto. En el extenso mundo de rol de *Dungeons & Dragons* también aparecen sátiros, habitantes del bosque que persiguen a ninfas, con los que el jugador podría interactuar en el *Complete Book of Humanoids* (1993). El fauno Grover Underwood es uno de los personajes principales en la saga de *Percy Jackson y los dioses del Olimpo* de Rick Riordan, protagonizado por Brandon T. Jackson en la adaptación cinematográfica. El Señor Tumnus fue el primer personaje de Narnia que C.S. Lewis imaginó para los siete libros que forman *Las Crónicas de Narnia*, protagonista de *El león, la bruja y el armario* (1950). El Señor Tumnus fue interpretado por el actor británico James McAvoy en la versión cinematográfica de 2005.

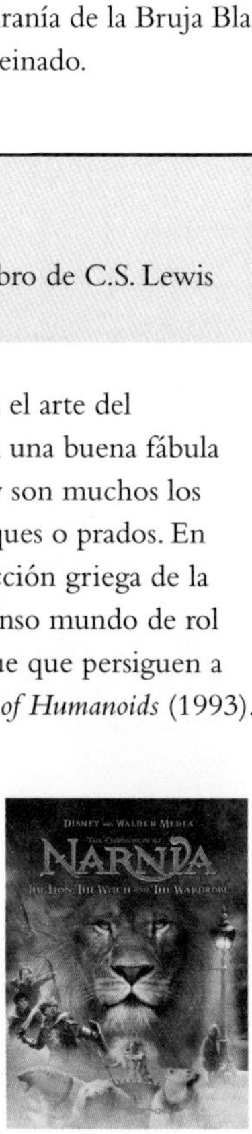

Humanoides

NUESTRA HERENCIA MONSTRUOSA

Blemia

LOS HOMBRES ACÉFALOS

Los Blemias son una raza de hombres sin cabeza, acéfalos, con ojos y bocas en el tórax. Son de hombros anchos y achaparrados, con cintura fina y dos piernas cortas y pelosas. En el pecho, donde los hombres tienen los pezones, se abren dos ojos rasgados y vivaces. Debajo de estos dos ojos se puede apreciar una ligera hinchazón con dos fosas nasales y un agujero circular muy dúctil que adopta formas distintas según los sonidos que emiten como si fuera una boca sin labios. Existen blemias en diferentes partes del mundo y con diferentes nombres: en la Antigua Grecia se les llamaba epistigi, en Sudamérica reciben el nombre de ewaipanomas, chiparemis en el Caribe y t'ien en China. La palabra *blemia* viene del latín *blemmyos*. La primera descripción de este pueblo tan peculiar nos la daría, como no, Plinio el Viejo en su *Historia Natural*, cuando describe África y sus diversos pueblos: los gampasantes, gotapans, himantópodas y los blemias. Estos blemias vivían en el área oriental de Sudán, junto al mar Rojo, pero, como ya hemos comentado, existen en otras partes del mundo.

LAS BLEMIAS DE PNDAPETZIM

En la época medieval, los blemias eran sinónimo de pueblo pagano, alejados de Dios. Por eso habían sido castigados con esta horrible deformación. Pero esta raza acéfala sí creía en el Señor, pero a su peculiar manera. Sus iglesias se suelen encontrar a ras del suelo, con una sola fachada con dos columnas y un tímpano excavado en la tierra. Su sacerdote convoca a los fieles golpeando un martillo sobre una losa de piedra envuelta por cuerdas que emite un sonido de campana rota. Dentro, se ve solo el altar iluminado por lámparas que queman mantequilla o, quizá, leche de cabra. No hay crucifijos, ni otras imágenes, porque para ellos el Verbo no se había hecho carne y no pueden adorar la imagen de una imagen. Ni, por las mismas razones, pueden tomar en serio la eucaristía, y, por lo tanto, la suya es una misa sin consagración de las hostias. Tampoco pueden leer el Evangelio, porque es el relato de un engaño. Algunas de las extrañas iglesias cristianas de los blemias se concentran en Pndapetzim, en el Reino del Preste Juan en Oriente Medio. En las *Maravillas del Mundo* (1356) del escritor medieval Juan de Mandeville se describe una isla donde «habitan gentes de fea estatura y de mala naturaleza, que no tienen cabeza y tienen los ojos en la espalda y la boca, torcida como una herradura, en medio de los pechos» que bien podrían ser parientes lejanos de los blemias.

> **«Nos estábamos convirtiendo en habitantes de Pndapetzim, tanto que los blemias y los panocios ya no nos parecían tan diferentes a nosotros.»**
>
> (Umberto Eco)

También existen otra clase de raza acéfala con un origen bastante más arcano, una especie de blemias creados por el Primigenio Y'Golonac el Corruptor, una deidad menor con forma de hombre obeso acéfalo y fauces feroces en las palmas de las manos. Los blemias del Corruptor son seres malignos, perversos y degenerados que cazan humanos en el sur de Egipto para sacrificarlos en rituales sangrientos y crueles a su señor Y'Golonac. Los blemias de Sudamérica, llamados Ewaiponomas, son los defensores de un mítico reino escondido llamado el Imperio de la Guayana, siempre en lucha con los cinocéfalos gigantes con cabeza de perro del interior del Amazonas.

LO PUEDES ENCONTRAR EN...

Baudolino (2000), novela de Umberto Eco

El mito de los blemias nació en el mítico libro de Plinio el Viejo *Naturalis Historia*, como muchos otros seres fantásticos que podemos encontrar en esta recopilación que tienes en las manos. Una obra dividida en treinta y siete libros repartidos en diez volúmenes donde se habla de astronomía, matemáticas, geografía, zoología, arte o agricultura. Se trata de una recopilación de veinte mil hechos recolectados en dos mil libros. El original en el que se inspiró Plinio es el *De Situ Orbis* (Sobre los lugares del mundo, 43 dC) de Pomponio Mela. Los blemias se hicieron muy famosos en la Edad Media, saliendo en muchos textos naturalistas, y se les menciona hasta en el mismísimo *Otelo* (1603) del dramaturgo británico William Shakespeare (1564-1616). En la actualidad, Umberto Eco (1932-2016) utilizó los blemias y otras razas fantásticas de los libros romanos y medievales para poblar el Reino del Preste Juan en la novela picaresca *Baudolino* (2000). Los blemias de Y'Golonac el Corruptor salen del juego de rol de terror *La llamada de Cthulhu* (1981), diseñado por Sandy Petersen y Lynn Willis, basado en los libros del escritor norteamericano H.P. Lovecraft (1890-1937) y ambientado en los años veinte.

Cíclope

LOS GIGANTES DE UN SOLO OJO

Los cíclopes primigenios son una raza de gigantes con un solo ojo en mitad de la frente. Entre la extensa descendencia de los viejos dioses de la Antigua Grecia hubieron gigantes, dioses, monstruos y cíclopes. Los primeros cíclopes conocidos fueron Brontes, Estérpes y Arges, hijos de los titanes Urano (firmamento) y Gea (la Tierra). Luego vinieron otros, como Elatreo, Traquio, Halimedes o Euríalo, descendientes de los tres cíclopes originales. Eran grandes, fuertes, poderosos, salvajes y testarudos, pero también eran hábiles artesanos y constructores. Eran bastante peligrosos, y por esa razón Urano los encerró en el Tártaro. Siglos más tarde fueron liberados por Cronos, el hermano de Brontes, Estéropes y Arges, para que le ayudaran junto a los gigantes y los hecatónquiros (gigantes de cien brazos y cincuenta cabezas) a derrocar a su padre Urano y castrarlo. Cuando sirvieron a su objetivo y Cronos se convirtió en el rey de lo Titanes, volvió a encarcelarlos en el Tártaro. Allí permanecieron varias generaciones humanas más hasta que su sobrino y primo Zeus, el dios olímpico, los liberó en su venganza contra Cronos por comerse a sus hermanos. Ellos fueron los que forjaron los rayos que Zeus utilizaría para vencer a su padre Cronos: Arges puso el brillo, Estéropes el relámpago y Brontes el trueno. Los tres cíclopes primigenios también crearon el tridente de Poseidón, el arco de Artemisa, el casco de invisibilidad de Hades y se aliaron con Hefesto para construir maravillas alrededor del Mediterráneo, como las murallas de Micenas o Tirinto, llamadas murallas ciclópeas.

El héroe Odiseo descubrió una remota isla cerca de Hesperia donde existía una raza de cíclopes viviendo junto a gigantes y la tribu humana de los phaiakais. Esta raza surgió de la tierra cuando la sangre de Urano cayó en la Tierra castrado por Cronos. Pero los olímpicos tuvieron bastante descendencia ciclópea, como si la monstruosidad de un solo ojo estuviera predestinada en los genes de los dioses titánicos u olímpicos. Uno de los cíclopes más famosos fue el gigante Polifemo, hijo de Poseidón y la ninfa marina Toosa. Además de su salvajismo y su ojo en medio de la frente, Polifemo tenía unos grandes colmillos de jabalí y orejas puntiagudas como las de un sátiro. Ulises se lo encontró en la isla de los Cíclopes, en el interior de una gran cueva, donde se comió a algunos de los hombres que iban en su barco de vuelta a Ítaca. Cuando estaba borracho, Odiseo le clavó una lanza ardiendo en el ojo dejándole ciego. Al tratarse de un hijo de Poseidón, el dios del mar fue el causante de grandes calamidades para Ulises y sus guerreros, quienes tardaron diez años en llegar hasta Ítaca. Desde entonces, el cíclope desarrolló el sentido del oído y el olfato y se ayudaba del vellocino de oro para atraer a sátiros a su cueva, pues eran un manjar exquisito para él. Otros de los grandes cíclopes de la antigüedad era Telemo, hijo de Eurimo, que nació con el poder de la profecía. También vivía en la isla de los cíclopes y fue este el que le profetizó a Polifemo que se quedaría ciego por culpa del humano Odiseo.

«Es imposible que un cíclope pueda guiñarte un ojo.»
(DEMETRI MARTIN)

DE ALBANIA A OZ, SERES CON UN SOLO OJO

Existen cíclopes en otras partes del mundo, como el gigante carnívoro Hajnjeri de Albania; el ladrón del oro de los grifos Arimaspi de Escitia (actualmente Kazajistán); el sonriente Bungisngis de Filipinas; el yokai Hitotsume-kozo japonés con su aspecto de niño cíclope y calvo; o el Ojáncanu cántabro, cubierto de pelo rojizo. La malvada Bruja del Oeste del Mundo de Oz nació con un solo ojo, tan poderoso como un telescopio. Desde las ventanas de su castillo podía ver todo lo que ocurre en el reino y controlar a lobos, cuervos, abejas y un poderoso ejército de monos alados. El mutante líder de los X-Men conocido como Scott Summers tiene el sobrenombre de Cíclope por su mascara con gafas de rubí sintético que impide que sus poderosos rayos de energía psiónica surjan de sus ojos sin voluntad. Estos rayos son capaces de destruir acero y hormigón como si fueran papel. Para acabar, aunque los cíclopes son considerados malignos y peligrosos por los héroes y dioses olímpicos, se admitió a un cíclope en el Campamento Mestizo, el bonachón Tyson, al tratarse de otro hijo de Poseidón (como Polifemo) y hermanastro de Percy Jackson. Para protegerlo de las críticas de otros héroes del campamento, Tyson lleva una niebla que camufla su único ojo ante los mortales. Cuando era joven, fue atacado por una esfinge en un callejón de Nueva York y tiene unas profundas cicatrices en su espalda. Tyson sería invitado por Poseidón a la Atlántida para forjar armas para los tritones de este reino submarino.

LO PUEDES ENCONTRAR EN...

La Odisea (VIII aC), poema épico de Homero

Brontes, Estéropes y Arges son los tres cíclopes más famosos de la titanomaquia y las guerras entre Urano, Cronos y Zeus. Pero el cíclope más recordado y reinterpretado en la literatura, pintura, escultura o el cine es Polifemo, el antagonista de Ulises en *La Odisea* de Homero, el poema épico que narra el infructuoso retorno del rey de Ítaca a su hogar tras los diez años de la Guerra de Troya. En el espacio existen muchas razas con un solo ojo, como los Daleks de *Doctor Who*, los cylon de *Battlestar Galactica*, los Kerack de *Camelot 30K* (1993) del escritor americano Robert L. Forward (1932-2002), o la mutante Leela de *Futurama* (1999-2013) del creador Matt Groening (Portland, 1954). La original Bruja del Oeste de *El maravilloso Mago de Oz* (1900), del norteamericano L. Frank Baum (1856-1919), tenía un solo ojo ciclópeo, cosa que se olvidó en interpretaciones cinematográficas posteriores. Cíclope es el mutante superhéroe de los *X-Men*, creado por el guionista Stan Lee (Nueva York, 1922) y el dibujante Jack Kirby (1917-1994) en el primer número de esta extensa colección de cómic-books (1963). Tyson es un personaje de la saga de *Percy Jackson y los dioses del Olimpo* de Rick Riordan, serie de libros en la que también sale Polifemo.

Domovoi

EL ESPÍRITU PROTECTOR DEL HOGAR

El domovoi recibe muchos nombres en muchos países de la Europa Oriental, aunque siempre significa «el de la casa»: damavik en Bielorrusia, domaći en Croacia, domowik en Polonia y Eslovaquia, domovoj en Eslovenia, domovyk en Ucrania, stopanyn en Bulgaria y dědek en la República Checa. Son los espíritus guardianes de una casa, pequeños seres peludos y barbudos. Suelen esconderse debajo de la estufa, en la cocina, en la chimenea, en los establos o en el pajar, donde puede estar caliente. La tradición dicta que si se mantiene feliz y no se molesta a un domovoi, este ayudará a la familia en tareas domésticas o en el campo por la noche, cuando todo el mundo duerme. Muchas familias de la Europa del este dejan regalos a su domovoi, como leche, gachas, pan con sal o tabaco. Pero si se le trata sin respeto, un domovoi puede ser tan irascible como un poltergeist y provocar muchos desperfectos en cosas y comida, aunque se saben de domowiks que han llegado a atacar a algún miembro más débil de la familia. Se cuentan historias de domovois que pellizcan a los habitantes de la casa por las noches mientras duermen. Si al día siguiente queda marca de estos pellizcos significa que el dědek quiere que te marches de esa casa para siempre.

> «Eres un domovoi, ¿verdad? ¿Dónde está tu familia?»
> (Mike Mignola)

NO MOLESTES NUNCA A UN DOMOVOI

Aunque tienen poderes mágicos, los domovois no son espíritus, sino duendes humanoides que buscan la comodidad y la seguridad de un hogar. Cuando un domovoi se siente seguro en una casa de campo con una familia, adopta la cara de un familiar fallecido, por eso también se le suele llamar dedko, abuelo, o kormilets, el sostén de la familia. A los stopanyn no les gustan ni los espejos ni la gente que suele dormir cerca de las puertas, no sabemos exactamente cuál es la razón de este extraño comportamiento. Algunos domovois también son oráculos y pueden prevenir a los habitantes de la casa sobre desgracias o buena fortuna. Si un domovoi llora, se producirá una muerte en la familia, pero si ríe, les esperarán buenos tiempos. Si por las noches una de las doncellas de la casa nota que le están tirando de los pelos es que el domovoi le está previniendo de un hombre cruel. Aullar o gemir también significa que se acercan malos tiempos. También trae mala suerte ver al domovoi, pues se cree que es un gran infortunio y anuncio de la muerte de la persona que lo ve. Los dĕdek de cada casa son muy celosos de su familia y suelen competir y molestar a otros domovois de casas vecinas. Entre ellos se suelen molestar robando el grano de los caballos o arruinando los enseres del campo.

Existen muchas deidades del hogar en diversos puntos del mundo, espíritus protectores o dioses menores, como los lares de la Antigua Roma, el brownie y el hob británico, el zashiri-warashi japonés, el trasgolillo de la Península Ibérica celta, el tomte de Escandinavia, el dimstipatis y el aitvaras de Lituania, el kobold de Alemania o el ev iyesi de Turquía. En Rusia, los pueblos Komi del norte de este extenso país medio europeo medio asiático, tienen a los olys, espíritus acuáticos con forma de pequeño anciano jorobado con barba blanca que protege los hogares y los baños de vapor rusos.

LO PUEDES ENCONTRAR EN...

Historias Rusas: Rusalka (1989), novela de C. J. Cherryh

Los domovois y sus equivalentes en muchos países de Europa del Este salen en muchos cuentos del folclore autóctono de cada zona. Para tratarse de un ser muy anclado a una región muy característica ha llegado a aparecer en varios videojuegos norteamericanos o japoneses, como *Final Fantasy, Shadow Hearts, Ravenwood Fair, Culdcept* o *Quest for Glory IV: Shadows of the Darkness*. El guardaespaldas de Artemis Fowl en su saga de libros de Eoin Colfer se llama Domovoi Butler, aunque poco tiene que ver con el humanoide ruso mitológico. En el cómic *Hellboy: La oscuridad llama* (2008) de Mike Mignola (Berkeley, 1960) y el dibujante Duncan Fregedo (Leicester, 1964) sale un pequeño domovoi sin familia en una casa vacía, oscura y fría. La conocida y laureada escritora norteamericana C. J. Cherryh (San Luis, 1942) publicó una trilogía a finales de los ochenta titulada *The Russian Stories*. Está compuesta por *Rusalka* (1989), *Chernevog* (1990) e *Yvgenie* (1991) y recoge muchas tradiciones y folclore de la mitología rusa, incluido los protectores de las casas rusas.

Jotun

LOS GIGANTES AMOS DEL MUNDO

Los gigantes han dominado el mundo desde las antiguas edades oscuras antes del albor del hombre. Son criaturas humanoides de gran tamaño, entre los cuatro metros de altura y cincuenta metros, tan altos como edificios. Uno de los primeros gigantes conocidos en la historia fue Ymir, formado en el caos primitivo del Ginnungagap. De sus axilas nacieron dos gigantes, macho y hembra, y de sus pies nació un monstruo de seis cabezas. Estos tres nuevos gigantes crearían a la raza de los

hrímpursar o gigantes de hielo, residentes en el mundo frío de Jotunheim, donde también viven los gigantes de roca. Desde este mundo, los gigantes atacan Midgard, la Tierra, o Asgard, la morada de los dioses. Esta tierra siempre está vigilada por Heimdall desde el puente del arco iris Bifröst para avisar si quieren invadir Asgard. En muchas ocasiones, Thor y otros dioses guerreros se han adentrado en sus peligrosos bosques para cazar y matar a estos peligros de la naturaleza.

En la Antigua Grecia, los titanes y los olímpicos eran mucho más grandes que los humanos, pero era debido a su poder divino. Cuando Prometeo les regaló el fuego a los hombres tenía el tamaño de tres de ellos puestos uno encima del otro. Pero hubo una raza de gigantes mortales, salvajes e incontrolables, como los cíclopes. Nacieron cuando Cronos castró a Urano y su sangre regó a Gea. Cuando Zeus encerró a todos los Titanes en el Tártaro, Gea se enfadó y mandó a 24 gigantes a pelear contra los

Olímpicos. Entre ellos destacaban Alcioneo y Porfirión. Alcioneo fue derrotado por Heracles gracias a las flechas empapadas en el veneno de la Hidra de Lerna; Zeus fulminó de un rayo a Porfirión. Muchos murieron, menos Mimas, sepultado por Hefesto en el Vesubio, o Polibotes, enterrado por Poseidón bajo la isla de Nisiros.

En Canaán existía una raza de gigantes llamada Nephilim que fueron borrados de la existencia con el diluvio universal. En la antigua Sumeria vivió el héroe y rey Gilgamesh, con sus más de cinco metros de altura. Este gigante no tenía rival hasta que se encontró con Enkidu, un humano de su mismo tamaño y fuerza del que se hizo amigo inseparable tras luchar contra él. Pero en esa zona es famosa la historia del mercenario del ejército filisteo Goliat, de tres metros de altura. Durante cuarenta días, este gran guerrero aterrorizó al ejército de Israel y ningún soldado tenía valor para enfrentársele. Pero un pequeño pastor llamado David, de la tribu de Judá y urgido por Dios, se enfrentó contra él con la ayuda de una honda y una piedra. Tras noquearlo con un certero lanzamiento de la piedra, David le cortó la cabeza y los israelitas acabaron con el ejército filisteo. Tras la muerte del rey Saúl, David fue nombrado rey de Judá.

LOS GIGANTES DE ALBIÓN Y LA VIEJA EUROPA

«Aunque mováis más brazos que los del gigante Briareo, me lo habéis de pagar.»

(Miguel de Cervantes)

Es famoso el enfrentamiento entre Corineus de Troya contra los gigantes de Albión y su victoria contra Gogmagog, el rey de todos ellos, fundando el primer pueblo humano de Inglaterra. En el norte, en Hérot, tierra de los daneses, existió un gigante monstruoso que devoraba humanos llamado Grendel. Moraba en las ciénagas y se enojaba con la música y la alegría que se disfrutaba en la corte del rey Hrothgar, atacando la sala de banquetes del rey por la noche y acabando con varios de sus bravos soldados. Grendel moriría a manos del héroe gauta Beowulf, que acudió a ayudar al rey Hrothgar. En los tiempos oscuros de la Edad Media, tras la caída del Imperio Romano, muchos pueblos y abadías fueron acosados por gigantes y dragones salvajes de los bosques y las montañas. El conde, rey o papa solía enviar a un caballero de corazón noble para acabar con estas criaturas malignas en nombre de Dios o como prueba de su valentía y estricto mantenimiento de su código de caballería. Muchos acabaron en el interior del estómago de estos gigantes, pero los sobrevivientes se ganaron la inmortalidad en los cantares de los juglares. También existía una raza de gigantes que vivía en una isla flotante a varios kilómetros de distancia de la tierra firme. Los descubrió el joven pastor Jack gracias a unas habichuelas mágicas de las que brotó un gigantesco árbol que se perdía entre las nubes. Jack lo trepó y se encontró con esta peligrosa tierra de gigantes coronada por un grandioso castillo. Gracias a su pequeño tamaño, Jack pudo robar oro de las mazmorras del castillo del rey de los gigantes y salir huyendo. Cuando los gigantes se enteraron le siguieron por el árbol, pero Jack llegó a tierra antes, cortó la planta y los gigantes se estrellaron en el suelo, muriendo en el acto.

En el mundo de los magos existen una raza de gigantes que pueden llegar hasta los veinte metros de altura, no son muy inteligentes y viven en una remota región montañosa de Europa, donde cazan y viven bajo las órdenes de su jefe Gurg. Se han dado casos de híbridos mitad magos mitad gigantes, como el guardián de las llaves y terrenos del Colegio Hogwarts Rubeus Hagrid, con una altura de dos metros setenta centímetros, hijo del Señor Hagrid y la giganta Fridwulfa. Hagrid tiene un hermanastro, Grawp, de casi cinco metros de altura al que escondió en el Bosque Prohibido. Este pequeño gigante defendió heroicamente el Colegio contra gigantes más grandes en la fatídica Batalla de Hogwarts que acabó con el reinado oscuro de Lord Voldemort.

En un futuro no muy lejano, la humanidad será acechada por grandes titanes y vivirá concentrada en una gran ciudad dentro de tres enormes muros concéntricos, uno dentro del otro. Estos gigantes tienen entre tres y quince metros de altura, no son muy inteligentes y su único objetivo es matar y comer humanos. Los muros que guardan la ciudad de los hombres tienen unos cincuenta metros de altura y la población se creía segura en su interior, pero un colosal titán de sesenta metros destrozó el muro de Shingashima y se produjo una invasión que acabó con muchos humanos del primer muro. La luz solar proporciona energía a estos titanes y su actividad disminuye cuando es de noche. Los titanes son humanoides deformes desnudos y existen diversos tipos como el colosal, el bestia, el acorazado, o el carguero. Algunos tienen poderes ocultos, aparte de su fuerza y tamaño, como expulsar vapor hirviendo o endurecer su piel. También existen humanos que pueden convertirse en titanes, a los que se llama herederos de Ymir. Estos humanos-titanes pueden tener conciencia humana e inteligencia superior.

LO PUEDES ENCONTRAR EN...

Jack el Cazagigantes (2013), película de Bryan Singer

Los gigantes son criaturas fantásticas de todas las mitologías, desde latinoamericanas, pasando por la griega, nórdica, japonesa, etc. El protagonista de una de las primeras epopeyas de la humanidad es un gigante, el rey Gilgamesh de la mitología sumeria. En la mitología británica se cuenta que Inglaterra estaba invadida por gigantes hasta la llegada de Brutus de Troya y Corineus. En el anónimo poema épico anglosajón *Beowulf* (siglo VIII) es famoso el gigante Grendel. Los cantares de gesta y las novelas de caballería introdujeron muchos enfrentamientos entre caballeros y gigantes, siendo parodiados por Miguel de Cervantes (1547-1616) en su obra maestra *El ingenioso Hidalgo Don Quijote de la Mancha* (1605). Los cuentos infantiles introdujeron gigantes y ogros, convirtiéndoles en criaturas estúpidas, como *Jack y las habichuelas mágicas*, un clásico de la literatura infantil que ha tenido varias versiones cinematográficas, como la película *Jack el Cazagigantes*, dirigida por Bryan Singer (Nueva York, 1965). En los libros de *Harry Potter* de J.K. Rowling existe la raza de los gigantes y un medio gigante llamado Rubeus Hagrid. En 2009 comenzó a publicarse *Ataque a los Titanes*, la obra de debut de Hajime Isayama (Oita, 1986), manga que todavía está en curso y que ha tenido versiones en anime (2013) y en un par de películas (2014 y 2015).

Morlock

EL TEMIBLE FUTURO DE LA HUMANIDAD

A finales del siglo XIX, un avezado científico llamado Alexander Hartdegen quería dominar la cuarta dimensión, el Tiempo, construyendo una máquina prodigiosa que le permitiría viajar físicamente desde el presente hasta el futuro o el pasado de la humanidad. Influido por las ideas románticas de un futuro donde los seres humanos vivirán en armonía y en paz, viaja hasta el año 802.701, en pleno siglo $\overline{\text{VIII}}$XXVI, para encontrarse a una raza de seres humanos pequeños, bellos y gráciles de un metro veinte de altura y vestidos con unas túnicas púrpuras ceñidas. Viven de forma despreocupada, sin trabajar, en un jardín del edén en el que se alimentan de los abundantes frutos de los árboles. Es una sociedad perfecta y comunista donde nadie es más que el otro individuo, aunque no se aprecia que esta nueva humanidad tenga ningún interés cultural o inteligencia más allá de su propia felicidad. Alexander les llama Eloi y convive con ellos varios días porque su máquina del tiempo ha desaparecido dentro de la estatua de una esfinge extraña, el único edificio que ve aparte de unos grandes agujeros parecidos a chimeneas en el suelo que se pierden en las oscuras profundidades.

LA TEMIBLE RAZA SUBTERRÁNEA

Al quinto día de su estancia en el siglo $\overline{\text{VIII}}$XXVI descubre a los horrorosos morlocks, de la misma estatura que los Eloi, de piel gris-blanca translúcida, cara lampiña y largo cabello rubio en cabeza y espalda. El morlock tiene ojos muy grandes que le permiten ver en la oscuridad del subsuelo y una cabeza anormalmente más grande que un Eloi. Alexander los ve surgir de las grandes chimeneas de las profundidades donde ascienden y bajan con la rapidez y la agilidad de una araña, gracias a sus fuertes manos.

«Vi agitarse una pequeña y blanca criatura con unos ojos brillantes que me miraban fijamente.»
(H.G. WELLS)

En un principio, los morlocks eran la clase trabajadora de la Tierra, obligada a trabajar en las oscuras y pesadas máquinas del subsuelo, mientras que la clase alta sobrevivía lujosa en la superficie, pero tras varios cataclismos, los ricos y gráciles Eloi se convirtieron en el ganado de los morlocks, en su alimento. Cada ciclo lunar, los morlocks salen a la superficie a cazar Elois que luego utilizarán como alimento para su casi extinta civilización caníbal y decadente.

Al final, Alexander pudo escapar de una trampa de los morlocks al presente-pasado con su máquina del tiempo. Volvió al mundo del mañana un poco más tarde pero descubrió que había cambiado el futuro en su primer viaje y ya no existen los Eloi. Alexander encuentra a una civilización morlock más avanzada y no caníbal que viven en un planetoide esfera alrededor del Sol y donde la tierra es un residuo estéril sin vida. En algún momento entre tanto viaje temporal del pasado al futuro, los morlock robaron la máquina del tiempo e invadieron el Londres victoriano de nuestro inventor. En esta invasión descubrimos a los Oficiales Morlock, más altos y con un intelecto mayor que llevan grandes gafas de color azulado para proteger sus sensibles ojos.

LO PUEDES ENCONTRAR EN...

La máquina del tiempo (1895), novela de H.G. Wells

Una de las mejores novelas de ciencia-ficción, *La máquina del tiempo*, fue publicada en 1895 por el escritor británico Herbert George Wells (1866-1946), uno de los precursores del género junto a Jules Verne. A diferencia del autor francés, Wells estaba más interesado en las implicaciones morales y políticas de la ciencia-ficción que de las descripciones de artilugios maravillosos. La máquina del tiempo que todos tenemos en mente es obra del director húngaro George Pal (1908-1980) en la película *The Time Machine* (1960), protagonizada por Rod Taylor. Los morlock de esta película eran más grandes, fuertes y fornidos, y no tan parecidos al Gollum de *El Señor de los Anillos* como en el libro original. Los morlocks inteligentes aparecen en *The Time Ships* (1995), del autor británico Stephen Baxter (Liverpool, 1957), publicada en el centenario de la obra original como secuela oficial. La invasión de la Tierra del siglo XIX por los morlocks se explica en *Morlock Night* (1979), del escritor americano K. W. Jeter (California, 1950). En 2002 se estrenó una nueva versión cinematográfica de *La máquina del tiempo* con Guy Pearce y Jeremy Irons como protagonistas con la curiosidad de haber sido dirigida por el bisnieto de H.G. Wells, el británico Simon Wells (Cambridge, 1961).

Sasquatch

EL ESLABÓN PERDIDO

El mundo no es, definitivamente, de los homo sapiens. Existe otra criatura oculta en los bosques de Estados Unidos y Canadá, en las cordilleras del Himalaya, en los Andes o en las selvas australianas. Tienen muchos nombres: Pie Grande, Yowie, Yeti o Kunk, pero su denominación correcta se la dieron los nativos americanos en el idioma halkomelem, sásq'ets o sasquatch. Muchos cripto-zoólogos consideran al sasquatch o bigfoot el eslabón perdido entre el hombre actual y el homo neardenthalis, o como una evolución más grande del homo erectus. Aunque debido a su gran tamaño, muchos lo consideran una evolución del gigantopithecus que existió hace un millón de años y es considerado el primate más grande que ha vivido nunca sobre la faz de la Tierra. Criatura esquiva, hay avistamientos de Sasquatch en toda Norteamérica, pero se concentran, sobre todo, en Sierra Nevada, en California, las Rocosas a lo largo de Montana, el estado de Washington y en la Columbia Británica.

Siempre ha sido descrito como una criatura de más de dos metros de alto, aspecto simiesco y cubierta de pelo negro, marrón o rojizo oscuro. Los antiguos nativos ya conocían a esta tímida criatura y le habían dado nombres como sásq'ets o ts'emekwes, pero los colonizadores no comenzarían a verlo hasta mediados del siglo XIX. El sobrenombre de bigfoot (pie grande) es debido a su enorme pie, de unos sesenta centímetros de largo y unos veinte de ancho. Se han encontrado huellas de estos seres en muchos bosques de Norteamérica. En 2007, la Organización de Investigadores de Campo Bigfoot presentaron unas fotografías donde se veía a este ser adentrándose en la oscuridad nocturna, pero han sido descartadas por muchos expertos en zoología.

«Los latidos de tu corazón suenan como las pisadas de un sasquatch.»
(THE NOTORIUS B.I.G.)

EL SASQUATCH DEL HIMALAYA

El Abominable Hombre de las Nieves, o Jigou para los tibetanos, es un pariente asiático del sasquatch. Descrito como un simio gigante bípedo que suele esconderse en las zonas boscosas de la Cordillera del Himalaya en la parte de China, algunos lo creen pariente del orangután, pero su tamaño es superior al de este primate de color rojo. En algunos monasterios de Nepal se conservan huesos y cuero cabelludo pertenecientes a este extraordinario animal que no es de color blanco, como cree la mayoría de la gente, sino marrón, ya que se suele esconder en el bosque y no en las altas montañas nevadas del Himalaya. Se han encontrado huellas de unos 45 cm de largo en muchos puntos de la Cordillera, siendo, seguramente, más pequeño que su pariente norteamericano. En Rusia, en los rincones más recónditos de la estepa siberiana, existe una criatura similar llamada Chuchunya, de pelaje negro, que viste pieles de animales, como los neandertales, como bien describen las etnias Evenki y yakuto que le han visto en sus jornadas

de caza. En algunas zonas boscosas de Australia existe el yowie o yowie-whowie. A diferencia del Pie Grande, el yeti o el chuchunya, la imaginación de los aborígenes va mucho más allá describiendo al yowie como una imposible mezcla de lagarto y hormiga de dos metros de largo que sale únicamente de noche a cazar y devorar lo que encuentra, hasta seres humanos.

LO PUEDES ENCONTRAR EN...

Harry y los Henderson (1987), película de William Dear

Existen muchos cuentos sobre bigfoot, el yeti u otras figuras prehumanas perdidas en los bosques, pero el sasquatch se trata de un mito muy real, de un criptoanimal buscado por muchos científicos (sin ninguna prueba concluyente, todo sea dicho). Incluso existe una ley en el Condado de Skamania en el estado de Washington que prohíbe la caza de estas criaturas. La editorial Image publica una serie de cómics titulada *Proof*, creada por Alex Grecian (Kansas, 1969) y el dibujante canadiense Riley Rossmo, donde un sasquatch inteligente y trajeado trabaja para una agencia del gobierno cazando monstruos. Una de las primeras películas sobre este críptido es la monster exploitation *Bigfoot* (1970) dirigida por Robert F. Slatzer y protagonizada por John Carradine. Esta película tendría un remake más terrorífico en 2012, dirigido por el actor Bruce Davison (Filadelfia, 1946), con un sasquatch mucho más grande y sanguinario. Pero la película más recordada por todo el mundo es la comedia fantástica producida por Steven Spielberg *Harry y los Henderson*, de William Dear (Toronto, 1943), donde una familia protege en su casa a un simpático pero desastroso y torpe Pie Grande. El sasquatch más querido y cinematográfico de la historia no viene de la Tierra, sino de una galaxia muy, muy lejana. Nos referimos a Chewbacca, el fiel amigo de Han Solo en el universo de *Star Wars* (1977).

Acuáticos

LOS SERES QUE MORAN EN LAS PROFUNDIDADES DE
LOS OCÉANOS, RÍOS, ARROYOS Y LAGOS

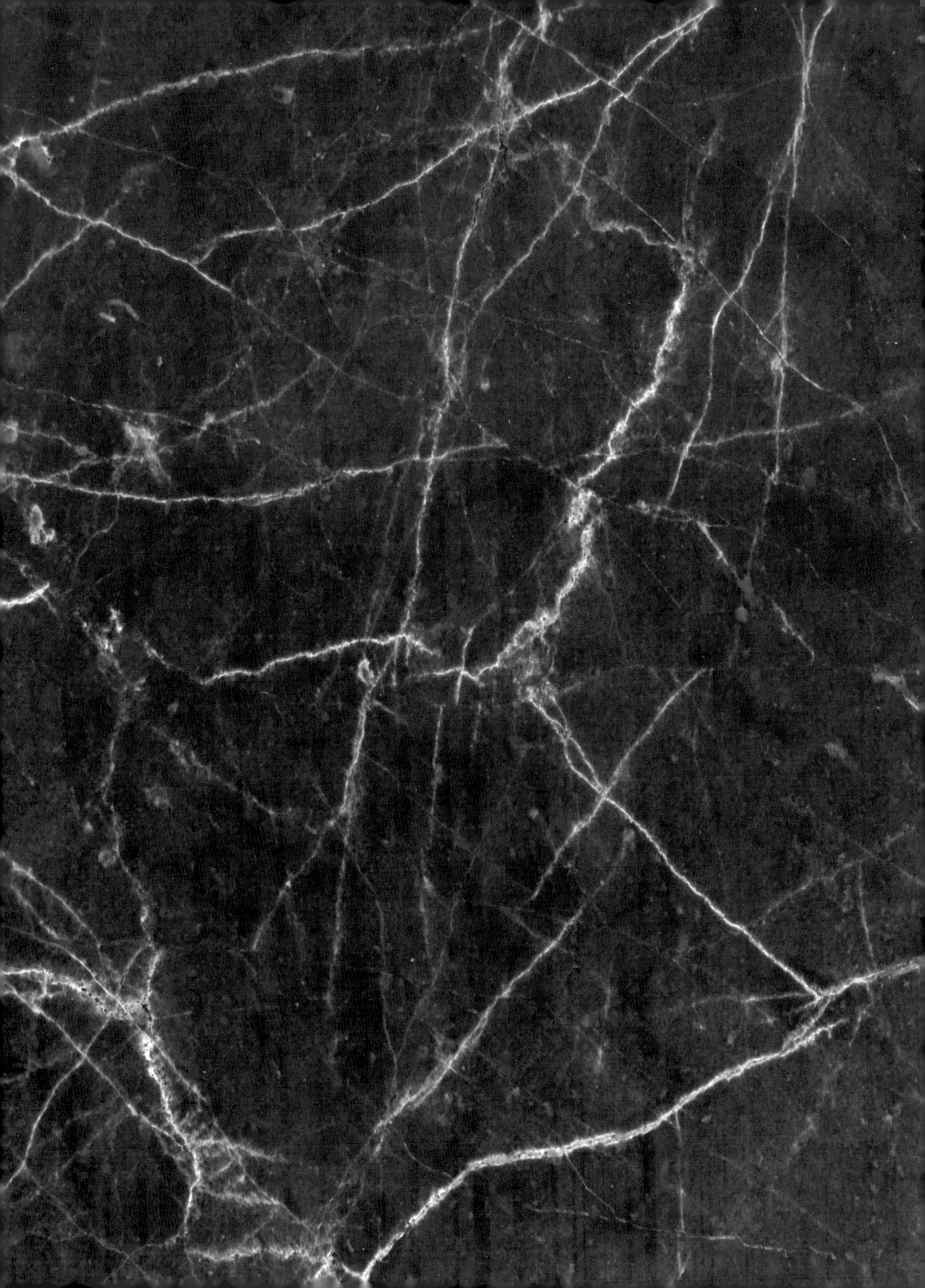

Hidra

CORTA UNA CABEZA Y APARECERÁN DOS MÁS

La hidra es un ser acuático mitológico con forma de serpiente y múltiples cabezas que desprenden un potente veneno. De origen policéfala, el número de cabeza varía en cada leyenda y se suele hablar de tres, cinco, siete, nueve, cien o diez mil. La hidra es un ser temible y casi inmortal a la que casi no se puede matar, pues si el guerrero corta una de las peligrosas y venenosas cabezas de esta serpiente mítica, de su tallo crecerán dos cabezas más, convirtiendo el enfrentamiento en una misión imposible.

Aunque la hidra más conocida es la que derrotó Heracles en el lago Lerna del golfo de la Argólida, existen otros seres fantásticos que no fueron llamados hidra pero que presentan similitudes con este monstruo ctónico. En la mitología sumeria existe una serpiente de siete cabezas muy parecida a Mušmaḫḫū (mitad serpiente, león y ave), una de las once criaturas que fue cazada por el dios Ninurta en una peligrosa expedición por las montañas. En Japón existe una versión de la hidra llamada Yamata-no-Orochi, un engendro parecido a un dragón descrita en los libros sintoístas del *Kojiki* y el *Nuhonshoki* como un monstruo de ojos rojos como alquequenjes, un cuerpo con ocho cabezas y ocho colas,

un tamaño de ocho valles y ocho colinas y una panza siempre inflamada y cubierta de sangre. La Yamata-no-Orochi era una deidad de la zona de Torimaki. Este monstruo devoraba a jóvenes diosas hasta que el dios del mar, de las tormentas y las batallas, Susano'o-no-mikoto, acabó con ella para defender a su prometida Kushinada (que iba a convertirse en el próximo banquete de este grandioso dragón). En la batalla encontró dentro de una de las colas de la Yamata-no-Orochi a la inmortal espada Ame no Murakumo no Tsurugi o Kusanagi, la «espada de la serpiente.» También existe en el hinduismo una serpiente de veinte cabezas llamada Shesha, el rey de todos los nagas, serpientes semidivinas, y uno de los primigenios de la creación. Cuentan que Shesha sostiene todos los astros y el firmamento sobre sus veinte cabezas, enroscadas sobre el océano universal, la cama donde está acostado el dios Visnú.

«El dolor es como una hidra, por cada uno que muere nacen dos.»

(Calderón de la Barca)

LA TEMIBLE HIDRA DE LERNA

Pero como ya hemos comentado antes, la serpiente policéfala más famosa de la historia es la Hidra de Lerna, cuya muerte se considera el segundo trabajo del héroe griego Heracles (Hércules en Roma). Hija de Tifón y Equidna (y supuesta madre de Quimera), las primeras cerámicas helenas la describen con seis cabezas, pero el poeta Alcaceus aseguraba que tenía nueve. Euristeo mandó a Heracles matar a este monstruo de Lerna, y el hijo de Zeus se llevó a su sobrino Yolao. Suya fue la idea de cauterizar con fuego cada cabeza para evitar que surgieran dos más a cada decapitación de la férrea espada de Heracles. Tras la muerte final de la serpiente, Heracles enterró su última cabeza inmortal entre Lerna y Eleunte, recogiendo un poco del peligroso veneno que exhalaba para futuros trabajos. Otras versiones cuentan que Hera envió un cangrejo gigante, el Carcinos, para que le mordiera los pies al héroe heleno en su lucha contra la inmortal serpiente, pero Heracles se deshizo de este peligroso adversario con un pisotón, matándolo en el acto. A la vuelta, Euristeo consideró que Heracles había recibido ayuda de Yolao (cosa cierta) y determinó la misión como nula. En un principio, Hércules tenía que realizar diez trabajos, pero terminó realizando doce. Estos famosos trabajos fueron una orden del Oráculo de Delfos para conseguir el perdón tras haber asesinado a su mujer e hijos. La diosa Hera se compadeció de Hidra y Carcinos y los colocó en el cielo como constelaciones. Hidra contiene 288 estrellas y es una de las 88 constelaciones modernas. Fue una de las cuarenta y ocho que el astrónomo Claudio Ptolomeo registró en el famoso *Almagesto* (siglo II) en Alejandría. Hera situó a Carcinos, o Cáncer, en el zodíaco, siguiendo a Leo.

La hidra ha inspirado a muchos malvados a lo largo de la historia, como a la organización criminal Hydra, grupo terrorista mundial a cargo del barón Wolfgang von Strucker y apoyada por el comandante nazi Cráneo Rojo. Como la serpiente en la que se inspira, Hydra siempre reaparece más poderosa que nunca después de sufrir una derrota, sobreviviendo durante milenios. Su lema es «¡Hail Hydra, corta una cabeza y aparecerán dos más!»

LO PUEDES ENCONTRAR EN...

Hércules (1997), película de Ron Clements y John Musker

Los doce trabajos de Heracles es una de las historias mitológicas más famosas de la historia mediterránea y la podemos encontrar en muchos libros que recopilan la mitología griega y romana. Recientemente, el guionista y dibujante gallego David Rubín (Orense, 1977) publicó una versión libre y futurista del mito titulada *El héroe* (2011-2012). El 35° clásico de Walt Disney es una revisión muy libre del mito de Heracles y forma parte de las cinco películas de la segunda mitad de los noventa de la compañía (junto a *Pocahontas, El jorobado de Notre-Dame, Mulan* y *Tarzán*). Sería el cuarto trabajo de Ron Clements (Sioux City, 1953) con Disney tras *La Sirenita* (1989) y *Aladdin* (1992). El director norteamericano volvería a contar con las partituras del oscarizado Alan Menken (New Rochelle, 1949). En *Hércules* no vemos los doce trabajos, ni al Rey Euristeo, ni a Hera. El enemigo de nuestro héroe es Hades, quien envía a Hércules a combatir con diversos monstruos como la Hidra. Mucho más dragón policéfalo que serpiente, la hidra de Disney comienza con una cabeza, reproduce tres cada vez que es cortada y acaba con una veintena de cuellos convertidos en peligrosos toboganes por los que se desliza un pequeño Hércules. La organización terrorista internacional Hydra fue creada por Stan Lee y Jack Kirby en el *Strange Tales #135* (1965) y ha salido en varias películas de Marvel y es el antagonista principal de las primeras temporadas de *Agents of S.H.I.E.L.D.* (2013-2018), creada por el director Joss Whedon (Nueva York, 1964).

Hipocampo

LOS CORCELES DE POSEIDÓN

El hipocampo (literalmente «el monstruo caballo», de hipo-caballo y campo-monstruo) es un ser híbrido acuático heleno mitad pez mitad caballo. Cubierto prácticamente de escamas brillantes de diversos colores, la parte delantera es la propia de un caballo con aletas dorsales en lugar de crin, cabeza majestuosa y dos patas delanteras con terminaciones en aletas en vez de cascos. La parte trasera tiene forma de pez con un largo pedúnculo y una gran aleta caudal que en muchas razas de hipocampos acaba con los colores del arco iris. Algunos hipocampos han desarrollado unas alas como las de Pegaso en los lomos, como podemos admirar en la Fontana de Trevi de Roma. Ser herbívoro y amable, los hipocampos son tan amigables como los delfines y se cuentan historias en el mar Egeo de marinos salvados por estos simpáticos caballos de agua que pueden llegar a tener hasta cuatro metros de largo.

En realidad, los hipocampos son criaturas del dios griego Poseidón. Muchas historias cuentan cómo el dios del mar, los terremotos y los caballos (esto último lo afirmaba el famoso poeta Homero) viajan por sus reinos marítimos en un carruaje hecho de olas de espuma blanca tirados por cuatro poderosos hipocampos, los más fuertes y bellos del océano. Cuando un hipocampo comienza a nadar/correr por encima de las olas del mar puede llegar a ser mucho más rápido que la lancha más veloz. Este esbelto caballo marino puede transitar por los ríos de Europa también, pero tiene su entrada prohibida en los ríos escoceses, propiedad de los kelpies, parientes muy lejanos de los hipocampos, pues estos son seres más viles y antropófagos.

EL REY DE LOS HIPOCAMPOS

En la costa de Perú existe un rey de estos equinos marinos, el Hipocampo de Oro, un fantástico animal de las profundidades marinas que no es feliz porque tiene que proveerse cada cierto tiempo de ojos humanos para poder ver. También necesita una copa de sangre para abrillantar su cuerpo dorado y azahar de durazno de las dos almendras para conservar su sabiduría. Por eso este caballo marino dorado visita apenado las playas sudamericanas a la búsqueda de estos ingredientes necesarios para su supervivencia. Cuando esto sucede, los pueblos cercanos a la costa suelen encerrarse en sus casas a cal y canto. Se puede saber cuando el Hipocampo de Oro sale del mar en la búsqueda de su copa de sangre por las huellas fosforescentes que deja en la arena húmeda y por el silbido estridente que se oye en el mar cuando cae la noche y crece el silencio. Pero la prueba definitiva de que el Hipocampo de Oro está a punto de salir a la superficie es que suele ser precedido por peces con alas luminosas que saltan sobre las olas. Señal para alejarse de la orilla corriendo. Su cuerpo parece nimbado como una nebulosa en una noche azul y tiene una claridad lechosa y vibrante.

> «Un ejemplar de hipocampo azul fue capturado en Escocia. Esto sucedió en 1949 y pudo ser domesticado.»
>
> (J.K. Rowling)

No debemos confundir nunca a los hipocampos con los caballitos de mar, que son otra raza diferente de seres marinos. Los hipocampos son mitad mamífero mitad pez, mientras que los caballitos de mar son unos peces marinos pertenecientes a la familia de los Syngnathidae, parientes de los peces aguja. La similitud de una zona interna del lóbulo temporal del cerebro con estos magníficos seres provocó que los primeros anatomistas bautizaran a esta parte del sistema límbico con el título de hipocampo. Esta parte del cerebro de los mamíferos desempeña funciones importantes de la memoria y el manejo del espacio y la navegación, cosa que le asemeja mucho más a su contrapartida animal, pues los hipocampos no pueden nunca perderse en los océanos más profundos y siempre encuentran su camino.

LO PUEDES ENCONTRAR EN...

Percy Jackson y el Mar de los Monstruos (2006), libro de Rick Riordan

El poeta Homero contaba en *La Illiada* que los hipocampos eran los corceles de Poseidón. La historia del rey Hipocampo de Oro la encontraremos en el cuento publicado en 1920 del escritor peruano Abraham Valdelomar (1988-1919), uno de sus cuentos más logrados y recordados. Creado por Rick Riordan, conoceremos las aventuras de Percy Jackson y sus amigos héroes a través de dos sagas de cinco libros cada una (más seis libros de relatos complementarios). *Las Crónicas del Campamento Mestizo* tuvo dos versiones cinematográficas: *Percy Jackson y el ladrón del rayo* (2010), dirigida por Chris Columbus (Spangler, 1958), quien ya había lanzado la carrera cinematográfica de *Harry Potter*, y *Percy Jackson y el Mar de los Monstruos*, dirigida por Thor Freudenthal (Berlín, 1972). En esta última aparecía por primera vez Rainbow, el hipocampo de Poseidón que ayuda a los dos hijos de este dios, el ya conocido Percy Jackson y el cíclope Tyson, para llegar a la isla de Polifemo, situada en el temible mar de lo Monstruos (en realidad, el Triángulo de las Bermudas), en busca del preciado Vellocino de Oro.

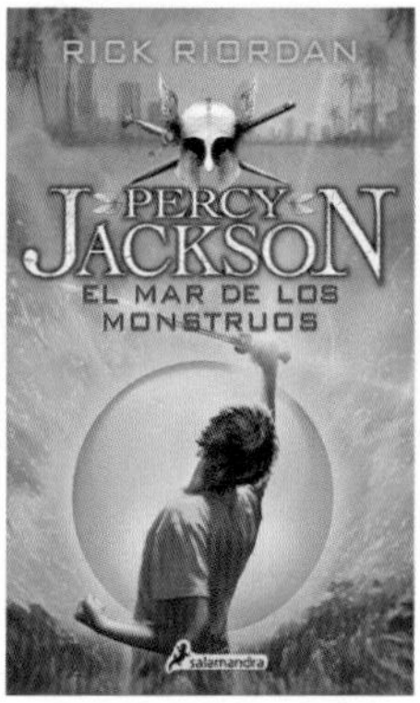

Kappa

LOS YOKAIS DE LOS RÍOS JAPONESES

Para ver kappas tendremos que viajar a Japón. Aunque existen en muchos de los ríos y lagunas de las cuatro principales islas de este maravilloso país, el lugar más adecuado para encontrarse con estos seres es en las aguas del río Kappabuchi, en la ciudad de Tono. Pero si no puedes encontrarte con ninguno, existe un brazo momificado de kawataro en la sala de la capilla del templo budista de Sogenki. Un kappa es un yokai o demonio japonés acuático de un tamaño no superior a un metro, mitad humanoide mitad rana. Su cara se asemeja a una tortuga con un gran pico y destaca por un agujero calvo rodeado de pelo en la parte superior de su cabeza. Esta cavidad está repleta de agua, y toda la fuerza y energía de estos pequeños demonios proviene de esta agua depositada en el agujero. Si un kappa sale a la superficie y pierde el preciado líquido de su cabeza podría morir deshidratado. Por eso suelen tapar su cabeza con algún objeto, como un plato o un kasa, el clásico sombrero japonés, cuando se pasean por tierra firme. Los kappas tienen diversos colores: del verde más oscuro al azul más claro, dependiendo del entorno acuático en el que viven. Tiene

piel escamosa y membranas interdigitales en pies y manos, como las sirenas y los tritones europeos, cosa que les permite nadar mucho más rápido y huir si existe algún peligro. En muchas ilustraciones aparecen los kappas con un caparazón de tortuga en su espalda, aunque muchos lugareños afirman haber visto a este ser sin su caparazón digno de Muten Roshi, el maestro de artes marciales de Son Goku y Krilin.

EL YOKAI DE NATURALEZA MALÉVOLA

Aunque a simple vista parezcan unas criaturas divertidas en tierra, con su cara de tortuga feliz y el plato en la cabeza, no te fíes ni un pelo de ellas. Los kappas, kawataros, komahikis o kawatoras pueden ser ogros hambrientos según la tradición budista (aunque los sintoístas lo consideran un dios del agua o suijin, como los dragones o las serpientes marinas). Son criaturas muy curiosas y burdas, suelen tirarse flatulencias apestosas, espiar a las chicas cuando se están bañando e, incluso, son capaces de violarlas. Su naturaleza malévola y vil se muestra en toda su plenitud en su manjar favorito: niños humanos. Pero se conocen historias de kappas que han hecho buenas migas con aldeanos de pueblos cercanos a sus ríos y lagos. Para estos seres existe un manjar mucho más suculento que un bebe: el pepino. Algunos pescadores suelen hacer tratos con los kappas a cambio de este gustoso fruto verde. De hecho, existe una tradición en algunas aldeas de Japón que consiste en lanzar a ríos y lagos pepinos con el nombre de los niños de las casas para que los kappas no se los coman si se los encuentran perdidos un día. Si en una cálida noche de verano, paseando cerca de un río, te encuentras con un kappa huraño en el camino y no tienes a mano ni un mísero pepino ni fuego (los seres acuáticos y los malos espíritus odian el fuego), existe un pequeño truco para deshacerse de estos seres: hacer una reverencia. Los kappas siempre están obligados a devolver una reverencia. Al hacerla, la preciada agua de su calva se derramará sobre la tierra, perdiendo así sus poderes.

> **«Eres como un kappa arrastrado por el río.»**
> (PROVERBIO JAPONÉS)

Existe también una clase de kappa llamado Hyosube, que se diferencia de su hermano anfibio por estar completamente cubierto de pelo. Pero este ser se asemeja más a un mono que un espíritu acuático, cosa que lo hace mucho más temible. Hay criptozoólogos que han emparentado a los kappas con otros seres acuáticos como los vodyanoy rusos (también en este libro), los näkki finlandeses o las nixes alemanas. Pero la mayoría de estos seres son espíritus acuáticos cambiaformas, mientras que los kappas son yokais japoneses que siempre mantienen el mismo aspecto.

LO PUEDES ENCONTRAR EN...

El verano de Coo (2007), película de Keiichi Hara

Tras curtirse como animador y director en animes tan longevos como *Doraemon, Esper Mami* o el mítico *Shin-Chan* (en el que trabajó ininterrumpidamente desde 1992 hasta 2004), el animador y director Keiichi Hara (Tatebayashi, 1959) dirigió en 2004 una de sus películas más famosas y reconocidas en todo el mundo, *Kappa no Ku- to Natsuyasumi* (Las vacaciones de verano del kappa), que en España se conocería como *El verano de Coo*. La historia cuenta como un adolescente llamado Koichi Uehara descubre un fósil antiquísimo en Tokio que parece una concha antediluviana. Al llevarlo a su casa y limpiarlo con agua, el fósil vuelve a la vida descubriendo que en realidad se trata de un joven kappa que perdió sus poderes hace más de doscientos años. Koichi lo llama Coo y el amable y joven ser acuático se convierte en uno más de la familia durante todo un verano repleto de magia, amistad, aventuras y, también, algún que otro peligro.

Kraken

EL MONSTRUO DE LOS MARES EUROPEOS

Aunque el kraken más famoso de la historia sea griego, estos pulpos o calamares gigantes con inteligencia humana son el terror de los mares del norte de Europa desde la época de los vikingos. El teólogo y ornitólogo danés Erik Pontoppidan (1698-1764), obispo de Bergen, escribió en su obra magna *Historial Natural de Noruega* (1752) que el kraken es un animal del tamaño de una isla flotante. Cuanto son adultos puede llegar a tener una longitud de 2,4 kilómetros de largo. Aunque muchos marineros describen ataques de krakens a sus navíos, seguramente se trate de criaturas más jóvenes, de varios metros de largo que todavía no han alcanzado su plenitud. El verdadero peligro de los kraken no es que apresen tu navío con sus fuertes tentáculos, sino que se hunda en las profundidades marinas creando un remolino de succión tan potente que acabe tragándose todos los barcos cercanos a este espectáculo de la naturaleza. En la mitología escandinava existen este tipo de monstruos marinos tan común en los mares del norte como Halgufa y Lyngbark, que se pueden encontrar en la saga *Örvar-Oddr*. El término «kraken» proviene de la palabra escandinava «krake», que significa literalmente animal enfermizo o retorcido.

«Un gran cabrón el kraken... se supone que sube a la superficie al final, justo cuando el mar hierve.»

(Terry Pratchett)

Aunque el kraken haya sido descrito como una isla flotante o un cangrejo con tentáculos, los marineros se han confundido con leviatanes u otros monstruos marinos, ya que este ser tiene una forma particularmente cefalópoda. Pero como ya hemos indicado antes, el kraken más famoso de la historia es Ceto, un monstruoso y gigante titán acuático que era la personificación de los peligros del mar y los terrores desconocidos de las profundidades. Aunque en la titanomaquia oficial no se considere a Ceto como un titán auténtico (no como sus seis hermanastros originales: Océano, Ceo, Crío, Hiperión, Jápeto y Crono), Ceto era hijo de Gea, pero su padre era Ponto, hijo de Gea y Urano y hermano de los seis titanes originales. Aunque hay dibujos que presentan a Ceto con forma de pez mezclado con una serpiente marina, en realidad se trataba de un gigantesco kraken humanoide con grandes tentáculos. Podía erguirse sobre las montañas de la costa convirtiendo a Ceto en un ser monstruoso, temido en todo el Egeo y el Mediterráneo.

EL TERRORÍFICO CETO

Ceto es importante en la historia del héroe heleno Perseo. El joven héroe, hijo de Zeus y Dánae, volvía de su enfrentamiento con la Gorgona Medusa (a la que también podrás encontrar en este libro) cuando

se encontró a la joven Andrómeda encadenada en un acantilado siendo ofrecida en sacrificio al kraken Ceto. La joven princesa, hija de los reyes Cefeo y Casiopea de Etiopia, había sido encadenada y se había pedido su sacrificio a los dioses por culpa de su madre. Casiopea se jactó de ser más bella que las mismísimas nereidas (las ninfas del mar Mediterráneo, hijas de Nereo y Doris). Por esa ofensa fue castigada por los mismísimos dioses que enviaron a Ceto para destruir su reino. El oráculo de Amón predijo que solo se librarían de la furia de Ceto si sacrificaban a Andrómeda. Pero Ceto y los dioses tuvieron la mala suerte de que Perseo pasará por allí justamente el día del sacrificio de Andrómeda y se quedó prendada de la bella princesa. Gracias a la cabeza de Medusa que conservaba en un zurrón mágico que le regalaron las ninfas, Perseo pudo petrificar al gigante Ceto cuando estaba a punto de comerse a Andrómeda.

Hay mucha gente que cree que el gran Cthulhu que duerme en la ciudad sumergida de R'lyeh en algún lugar ignoto del océano Pacífico se trata, en realidad, de un kraken antiquísimo, pero nada más alejado de la realidad. Aunque comparta ciertas similitudes físicas con los kraken, sobre todo por su cabeza con forma de pulpo, Cthulhu es una criatura extraterrestre, uno de los Primigenios o dioses de gran poder caótico.

LO PUEDES ENCONTRAR EN...

Furia de titanes (1981), película de Desmond Davis

Aunque *Furia de titanes* esté dirigida por el director británico Desmond Davis (Londres, 1926), todo el mundo sabe que fue una apuesta del experto en efectos especiales y animación stop-motion Ray Harryhausen, productor de la película junto a Charles H. Schneer. *Furia de titanes* fue la última película en la que el animador desplegó toda su magia, y la verdad es que se trata de uno de sus mejores trabajos. Interpretada por actores como Harry Hamlin o Judi Bowker, destacan los dioses Lawrence Olivier (Zeus), Maggie Smith (la nereida Tetis) o Ursula Andress (Afrodita). Inspirada en los trabajos de Perseo, el Ceto de Harryhausen, llamado kraken en esta adaptación, era un gigantesco tritón con cuatro brazos y cola de pez. Una de las frases más famosas de la historia la pronuncia Lawrence Olivier cuando ordena a su hermano Poseidón (Jack Gwillim) que libere al Kraken, con un tono de derrota pero firme y autoritario, tras haber visto como su hijo Perseo fallaba en su misión de salvar a Andrómeda. El gran Cthulhu es creación del escritor norteamericano H.P. Lovecraft (1890-1937).

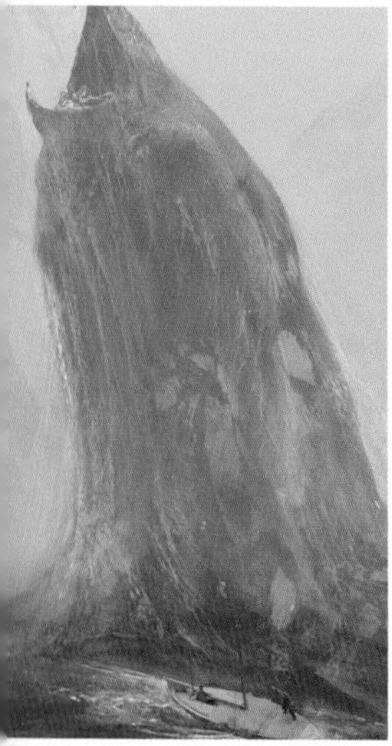

Leviatán

EL MONSTRUO MARINO BÍBLICO

Actualmente conocemos más al trabajo *Leviatán* publicado en 1661 sobre el contrato social y el estado ideal del filósofo británico Thomas Hobbes (1588-1679) que al mítico monstruo marino de la tradición judía. Aunque Hobbes se inspiró en esta bestia antiquísima para referirse al miedo de la pobre Inglaterra del siglo XVII a la poderosa Armada española. El escritor norteamericano Herman Melville (1819-1891) fue el primero en señalar a los increíbles cetáceos de su novela *Moby Dick* (1851) como poderosos leviatanes, incluida la temible ballena blanca del título. El miedo de los marinos del Atlántico al desconocido submarino Nautilus de Nemo en *Veinte mil leguas de viaje submarino* (1871) del novelista francés Jules Verne (1828-1905) también le hacían llamarlo con ese nombre. Incluso podríamos decir que el gigante tiburón blanco de *Jaws* (1975), el exitoso film de Steven Spielberg (Cincinnati, 1946), se trata de un poderoso leviatán. Pero estos son ejemplos de cómo el nombre de una criatura monstruosa se ha convertido en un adjetivo para referirse a muchos horrores del mundo animal submarino.

El terror de todos los marineros desde el principio de los tiempos no tiene forma de gigantesca ballena, sino de serpiente marina cuya aparición produce tormentas y olas destructivas. El Leviatán del Antiguo Testamento es descrito como un monstruo de muchas escamas que utiliza de protección como algunos dragones marinos, forma reptiloide, color azul para confundirse con el fondo marino, dientes muy afilados y ojos brillantes que iluminan la oscuridad de las profundidades. El profeta hebreo Job decía que era como un gran cocodrilo, pero Enoc cuenta que Leviatán y Behemoth son en realidad una dragona y un dragón. La dragona Leviatán vive en el mar y el dragón Behemoth mora en los desiertos. Leviatán fue creado al quinto día del Génesis y fue sometido por el arcángel Gabriel con la ayuda del mismísimo Yaveh. Aunque en otros escritos del judaísmo se cuenta que Leviatán servirá como banquete para honrar el tiempo que ha de venir después del Armagedón. Su piel se usará para cubrir la tienda donde todos disfrutaremos de ese gran banquete compuesto por su carne cocinada.

LA CRIATURA MÁS MALVADA DEL MAR

El rabino Johanan Bar Nappaha se encontró en el siglo III con el Leviatán en pleno mar. Este ser mitológico con cuernos sacó la cabeza del agua y conversó con el rabino, contándole que era una de las criaturas más malvadas del mar y que tenía unas 3000 millas de longitud. Como ya hemos apuntado al principio, Leviatán no es la ballena de Jonás. De hecho, existe una leyenda que cuenta que este gran cetáceo que se tragó al profeta durante tres días estuvo a punto de ser devorado por el Leviatán, quien engulle a diario una ballena para poder sobrevivir. Jonás, el Barón de Munchausen o el Pinocho de la película de Walt Disney de 1940 (en el libro de Carlo Collodi era un tiburón quien se comía a Pinocho) son algunos de los grandes personajes de la ficción que han vivido en el interior de una gran ballena.

> «Rompiste las cabezas del Leviatán y le diste por comida a las tortugas del mar.»
>
> (SALMOS)

La tradición cristiana transformó a Leviatán en un ser mucho más tenebroso, en un serafín que siguió a Lucifer y cayó del cielo. Según la biblia satánica del escritor norteame-

ricano Anton Szandor LaVey (1930-1997), Leviatán es uno de los cuatro príncipes del infierno junto a Satanás, Lucifer y Belial. Pero seguramente se trate de una confusión con el demonio marino o dragón de agua Rahab, mencionado en el Talmud como el ángel de la insolencia y el orgullo, encargado del oleaje y las tempestades, y uno de los agentes del caos primordial.

LO PUEDES ENCONTRAR EN...

Las aventuras del Barón Munchausen (1988), película de Terry Gilliam

Aunque el mito del Leviatán de la película de Terry Gilliam (Medicine Lake, 1940) de 1988 *Las aventuras del Barón Munchausen* está más inspirado en otro gran monstruo marino de la *Biblia*, la gran ballena que se traga al profeta Jonás por orden divina en el libro del mismo título, no se puede negar que el monstruo marino de este surrealista film es una de las criaturas más increíbles que han surcado nunca los mares. El personaje literario creado por el escritor y científico alemán Rudolf Erich Raspe (1737-1794) en 1781 estaba inspirado en el auténtico Barón de Münchhausen Karl Friedrich Hieronymus, contemporáneo de Raspe. A diferencia de este caballero alemán, el Barón de Raspe podía montar en balas de cañón, viajar a la Luna, conocer a Afrodita en el infierno de Vulcano o bailar dentro del estómago de una gran ballena. En la película, Gilliam convirtió el interior del gigantesco cetáceo en una tumba inmortal llena de navíos donde sus marineros iban envejeciendo lentamente perdiendo la chispa de la vida. Serpiente marina, gran cetáceo, dragón... muchas son las formas de Leviatán. Hasta la de gran isla flotante con forma humana que describe el escritor canadiense Yann Martel (Salamanca, 1963) en su novela *La vida de Pi* (2001). Piscine y su tigre Richard Parker se encuentran con una isla misteriosa formada por algas que contiene un bosque en su interior, agua dulce y está habitada únicamente por suricatas. Pero el joven náufrago que sobrevivió 227 días en un bote salvavidas descubre que en realidad se trata de un ser viviente carnívoro que expulsa ácido por las noches para acabar con los pobres marineros que han atracado en esta isla flotante demoniaca.

Namazu

EL PEZ GATO DE LOS TERREMOTOS

Como gran archipiélago de 6852 islas situado en el océano Pacífico, Japón es una tierra con muchos dioses, monstruos y fantasmas acuáticos, tanto marinos como de agua dulce. Pero el ser más temible de toda su mitología no vive en sus aguas, sino en las profundidades de la isla más grande de Japón, Honshu. Se trata de Namazu, un siluro, pez gato o bagre gigante de escamas oscuras como su alma y viejas como el mundo. Cuenta la leyenda que cada vez que el gigantesco bagre se mueve y chapotea en su cueva produce terremotos por todo Japón. Nadie sabe muy bien cómo Namazu acabó en las profundidades de Honshu ni qué pasaría si este temible yokai mitológico llega algún día a escapar de su cárcel.

Porque Namazu no es libre. Existe un dios guardián que se encarga de que el oscuro pez gato no se mueva demasiado y acabe destrozando el país del sol naciente con sus espasmos. Ese dios es Takemikazuchi, el dios del trueno y las espadas. También es el dios fundador de los combates de sumo. Takemikazuchi, o Kashima-no-kami, nació cuando el dios Izanagi cortó la cabeza a la deidad del fuego Kagutsuchi con una espada. De la sangre que salpicó en las rocas de la espada Totsuka-no-Tsurugi nacieron varios dioses, como el propio Takemikazuchi. El dios del trueno y las espadas fue uno de los dioses que conquistaron el plano terrestre, llamado por los celestiales como el País del Medio.

LA PIEDRA, LA ESPADA Y EL DIOS DEL TRUENO

Takemikazuchi es el único dios con poder para parar al temido Namazu. Normalmente es capaz de dominarlo con solo su fuerza y magia, pero cuando no está, mantiene inmovilizado al gran bagre aplastándole la cola con una gran roca sagrada llamada Kaname-Ishi. Esta roca se considera como el punto defensivo del mundo espiritual, donde todos los dioses mantienen bajo control y a raya las fuerzas negativas de la naturaleza: como los temibles terremotos que asolan el archipiélago japonés. Es por eso que en templos y castillos del Japón feudal medieval se encuentran rocas sagradas para ahuyentar los terremotos. También existen otras versiones de este mito en que no se habla de una piedra, sino de una gran espada clavada en la cola del siluro. Aunque Kaname-Ishi puede resistir los embistes del pez gato, necesita la vigilancia de Kashima-no-kami para que no ocurran más desgracias. Una vez al año, en octubre, Takemikazuchi debe acudir al Santuario de Izumo a la reunión anual de los dioses. Es entonces cuando el dios del trueno pide ayuda a Ebisu, uno de los siete dioses de la fortuna y dios de los pescadores, para controlar a Namazu, pero esta hábil deidad no tiene el poder de Takemikazuchi para poder calmar al temible pez gato negro de las profundidades de Japón. La conexión de este ser mitológico con los siluros es evidente. Cuentan las leyendas que horas antes de un terremoto se suele ver a estos peces de agua dulce chapoteando en sus charcas y lagos, o comportándose de forma errática.

Namazu comenzó a ser muy conocido a mediados del siglo XIX, cuando un gran terremoto arrasó Edo-Tokio durante el 1855. Se comenzó a publicar una serie de dibujos ukiyo-e que representaban el poder temible del mítico pez. Estos pergaminos se llamaron namazu-e y se compraban para protegerse de las des-

«Pronto Namazu se liberará de la piedra y destrozará esta tierra por completo.»
(STAN SAKAI)

gracias. Pero Namazu también comenzó a ser adorado como una deidad rectificadora del mundo, una yonaoshi daimyojin, representando la renovación del mundo, sacudiendo a los ricos, destrozando el *statu quo* y redistribuyendo las riquezas con un nuevo comienzo.

LO PUEDES ENCONTRAR EN...

Teenage Mutant Ninja Turtles / Usagi Yojimbo (2017), cómic de Stan Sakai

La leyenda de Namazu se ha ido transmitiendo de generación en generación hasta aparecer en poemas del siglo XVII como el *Edo Sangin* de Matsuo Basho (1644-1694). Usagi Yojimbo es un conejo antropomorfo samurai experto en el uso de la espada del antiguo Japón creado por el historietista japonés-norteamericano Stan Sakai (Tokio, 1953) en 1984 para su propia serie que lleva publicándose ininterrumpidamente desde hace más de treinta y cinco años. Las Tortugas Ninja Mutantes Adolescentes son cuatro tortugas antropomorfas que viven en Nueva York y reciben los nombres de Leonardo, Raphael, Michelangelo y Donatello. Fueron creadas por Kevin Eastman (Portland, 1962) y Peter Laird (North Adams, 1954) en 1984 y es una de las franquicias más exitosas del mundo del cómic con varias películas, series de televisión y merchandising que se vende en todo el mundo. Juntos, protagonizaron un cómic realizado por el propio Sakai donde el conejo y las tortugas unen sus fuerzas en el antiguo Japón medieval para parar al malvado Jei, la espada de los dioses, quien quiere destruir la piedra Kaname-ishi que sujeta la cola del peligroso Namazu para destruir Japón.

Nessie

LA MISTERIOSA CRIATURA DEL LAGO NESS

El Monstruo del lago Ness, o Nessie para los amigos, es una de las criaturas legendarias y uno de los críptidos más famosos de la historia junto al Yeti o el Big Foot. También es uno de los misterios más longevos de la historia que dura desde el siglo VI, hace más de mil quinientos años. Las pocas pruebas y fotografías que existen sobre Nessie apuntan a que se trata de un ser similar al extinto plesiosauro de la era mesozoica que vive en las profundidades oscuras del lago Ness de las Tierras Altas de Escocia. Este lago tiene una superficie superior a los 54 kilómetros cuadrados y en su punto más bajo llega hasta los 230 metros de profundidad (el más hondo después del lago Morar). El bueno de Nessie ha permanecido tanto tiempo oculto porque este lago es rico en

> «A diferencia de otros audaces monstruos de la antigüedad, Nessie es una criatura tímida y retraída que nunca ha dañado un alma.»
>
> (RICK EMMER)

nutrientes, con mucha pesca como lucios, salmones, truchas o salvelinos.

Se han encontrado datos sobre la existencia del monstruo del lago Ness en textos del siglo VII. En la *Vida de Columba* de Iona (521-597), santo que introdujo el cristianismo en Escocia, se narra cómo este hombre de Dios salvó a un pobre pescador que estaba siendo atacado por un gigante animal en un lago sin nombre del norte. Muchos estudiosos apuntan a que se trata del lago Ness, pero otros afirman que en realidad se trata de una alegoría de la lucha del cristianismo contra Satán en tierras impías. Aunque en el Ness ha habido muchas leyendas sobre kelpies, Nessie se hace famosa en 1868 cuando el diario *Inverness Courier* comienza a recopilar los rumores de la zona sobre una criatura parecida a una gran serpiente, o un gran dragón, que solía avistarse en la superficie del lago escocés.

EL MONSTRUO, LOS CIENTÍFICOS Y LOS PERIÓDICOS

Todo el mundo quería ver al increíble monstruo del lago Ness, pero la nessiemanía estalla con fuerza en 1933, cuando el mismo periódico de Inverness se hizo eco de un avistamiento en tierra firme. Una pareja vio a un enorme animal rodando por la tierra y hundiéndose en la superficie oscura del lago. Al año siguiente se hizo mundialmente famosa la fotografía tomada por el cirujano R. K. Wilson, donde se puede ver al famoso plesiosauro, con la cabeza y su largo cuello surgiendo de las negras aguas. Ese mismo año, 1934, se monta la expedición Edward Mountain, con 20 hombres repartidos por toda la geografía del lago durante cinco semanas. No sería la única. A lo largo del siglo XX y el XXI han existido varios estudios. Como la famosa oficina de Investigación de los Fenómenos del lago Ness que estuvo operativa entre 1962 y 1972 y llegó a contar con más de mil miembros; el Estudio Sónar de 1967 y 1968 que mapearon todo el lago; los muchos estudios del profesor de la Academia de Ciencias Aplicadas Robert H. Rines que ha desarrollado entre 1972 y 2008; la Operación Deepscan de 1987 donde se utilizaron ecosondas montadas en 24 embarcaciones; o la gran campaña de la BBC en 2003, en la que llegaron a utilizar hasta satélites artificiales con las más modernas tecnologías de precisión y localización.

La verdad es que Nessie ha resultado ser una criatura bastante esquiva, y mil quinientos años después nadie sabe a ciencia cierta si existe o no. Ha habido muchas elucubraciones: que se trata de un bagre gigante de los años treinta, bancos de anguilas que forman imágenes o un elefante que se estaba bañando en el lago (sin saber muy bien cómo diablos llegó allí). Pero una de las hipótesis más alucinantes es la del presentador y zoólogo Jeremy Wade (Ipswich, 1956) en su programa *Monstruos de río*, donde apunta que Nessie en realidad podría tratarse de un gran tiburón de Groenlandia que llegó al Ness subiendo por el río Oich que conecta con el lago. Según todos los estudios, un *Somniosus Microcephalus* podría sobrevivir en las aguas dulces y profundas del lago Ness y tiene una forma alargada y plana, parecida a la de una bestia mesozoica.

LO PUEDES ENCONTRAR EN...

Mi monstruo y yo (2007), película de Jay Russell

El director norteamericano Jay Russell (North Little Rock, 1960) se enamoró del cuento del escritor juvenil británico Dick King-Smith (1922-2011) *El caballo del agua* (1990) desde el día de su publicación, pero sabía que las novísimas imágenes generadas por ordenador todavía no estaban a la altura para realizar una película sobre este famoso libro. Tuvo que venir *Jurassic Park* o el genial trabajo de la empresa de Nueva Zelanda Weta en la saga de *El Señor de los Anillos* para que Russell adaptase al séptimo arte el libro juvenil de King-Smith en 2007. El caballo del agua revitaliza el mito de Nessie convirtiendo a nuestro querido plesiosauro en una especie de hipocampo o en un kelpie, más cercano al Rainbow de Percy Jackson que a algún bicho jurásico. Ambientada en la Segunda Guerra Mundial, *Mi monstruo y yo* cuenta como el joven escocés Angus MacMorrow se encuentra con un misterioso huevo del que surgirá una extraña criatura mitad caballo mitad pez al que llamará Crusoe.

Profundos

LOS HIJOS DE PADRE DAGÓN Y MADRE HIDRA

«Creo que su color predominante era un verde grisáceo, aunque tenían un abdomen blanquecino. Eran brillantes y resbaladizos, pero su espina dorsal era escamosa. Sus formas eran vagamente antropoides, mientras que su cabeza era de pez, con prodigiosos ojos grandes y saltones que nunca cerraban. Al lado del cuello tenían agallas palpitantes y sus largas zarpas poseían membranas interdigitales. Andaban de forma irregular, a veces erguidos y a veces en cuatro patas. Estaba de alguna forma alegre de que no tuvieran más de cuatro extremidades. Sus voces croantes, aullantes, claramente usadas para articular el habla, poseían todos los matices de expresión que le faltaba a sus caras.» Así es como define el joven Robert Olmstead a esta raza submarina que vive en las costas de Massachussets, aunque tienen otras ciudades submarinas en otras partes del mundo.

Los Profundos suelen habitar bajo el agua de océanos y mares (nunca en agua dulce) pero pueden moverse por tierra en libertad. Son inmortales, pero aunque tengan una gran resistencia física pueden ser asesinados por medios violentos. Cuanto más anciano es un Profundo más alto es, llegando a tener seis metros de altura, como Padre Dagón y Madre Hidra, los gobernantes de los Profundos y adoradores del Cthulhu. Pero mientras este gran primigenio permanece dormido en las profundidades de R'lyeh, los otros dos dioses de los Profundos viven en la gran ciudad de esta raza submarina, Y'ha-nthlei, situada en el Arrecife del Diablo, cerca de Innsmouth. Otras ciudades de los *Deep ones* (su nombre en inglés) son Ahu-Yhloa (Cornualles, Gales) y G'll-Hoo (Surtsey, Islandia). Esta raza está enemistada con los Antiguos (también en este libro).

LA ESCALOFRIANTE DESCENDENCIA MUTANTE

Los Profundos tienen relación con los humanos, a los que corrompen con oro y pesca abundante. Al principio exigen sacrificios humanos, pero el pacto se cierra procreando entre las dos razas. Estos híbridos nacen humanos pero, lentamente, van derivando su aspecto a la forma acuática de esta raza antigua. Los Profundos también se han juntado con otras razas, como los yuggs, que habitan bajo tierra. Cuando un Profundo y un yugg procrean nace un yuggya, un ser híbrido con aspecto de insecto y cefalópodo. Son viles, inteligentes y empáticos, manipuladores de las emociones de sus adversarios.

«Nos zambulliremos en los abismos negros... y en esa guarida de los Profundos moraremos en medio de la gloria para siempre.»
(H.P. Lovecraft)

Esta raza de humanoides ha inspirado a muchos escritores y creadores. Pero el caso más evidente de inspiración no viene de los cuentos de Lovecraft, sino de una leyenda brasileña de seres mitad peces mitad humanos del Amazonas. Nos referimos al monstruo mítico de los estudios Universal, la criatura de la laguna negra, de la película *La mujer y el monstruo* de 1954. Este monstruo, obra de los maquilladores Bud Westmore y Millicent Patrick, es fiel a la descripción de los Profundos realizada por Lovecraft veinte años antes. *Creature of the Black Lagoon* es una película en 3D dirigida por Jack Arnold (1912-1922) y su «criatura» es uno de los monstruos clásicos más reconocidos de la historia del cine que ha perdurado en novelas, cómics y homenajes varios. Lástima que el reciente Dark Universe actual de los estudios Universal rehaciendo mitos clásicos como *La Momia, Frankenstein, el Hombre Invisible* o *Mister Hyde* se haya olvidado de tan icónica figura.

Los Profundos de Lovecraft sí que inspirarían de manera notable a una creación del autor de cómics Mike Mignola: Abe Sapien, uno de los protagonistas de la series de *Hellboy* y la *AIDP*. Mitad humano, mitad pez, Abe es en realidad el científico victoriano Langdon Everett Caul, miembro de la organización ocultista Oannes Society. Tras un ritual arcano, Caul se convirtió en un *ichthyo sapien*, al que mantuvieron oculto en laboratorio de Washington DC durante casi cien años. La cápsula donde reposaba su cuerpo inmortal fue descubierta por unos obreros en 1978 y el recién bautizado Abe Sapien fue acogido por la Agencia de Investigación y Defensa Paranormal (AIDP) donde lucha para defender la humanidad junto al famoso Hellboy (mitad demonio, mitad humano), la pirotécnica Liz Sherman, el ectoplasma Johann Krauss o el homúnculo Roger.

LO PUEDES ENCONTRAR EN...

La sombra sobre Innsmouth (1936), novela de H.P. Lovecraft

The shadow over Innsmouth es una pequeña novela de cinco capítulos que el escritor norteamericano Howard Phillips Lovecraft escribió en 1931 y que fue rechazada por el editor de la publicación Weird Tales Farnsworth Wright en 1933 porque no sabía muy bien cómo separarla. Al final fue editada en 1936 por la Visionary Publishing Company, convirtiéndose en el único libro que Lovecraft publicó en su vida. En ella se cuenta cómo el narrador Robert Olmstead llega a la pesquera población de Innsmouth de Nueva Inglaterra cuando estaba buscando información genealógica. Allí se encuentra con la Orden Esotérica de Dagon fundada por el rico empresario Obed Marsh y a algunos extraños habitantes de este extraño puerto pesquero. Pero lo más sorprendente de Innsmouth no vive en la ciudad, sino en el negro y tenebroso arrecife que se encuentra enfrente de esta maldita ciudad. El origen y el tema de *La sombra sobre Innsmouth* se basa en la preocupación sobre las enfermedades hereditarias y la degeneración física y mental que temía el propio escritor.

Sirena

LA REINA DE LOS MARES

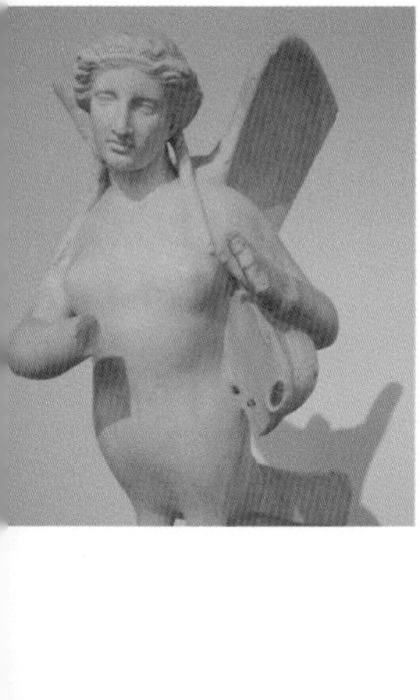

Las sirenas de las griegos antiguos no eran los seres mitad mujer mitad pez que reconocemos de siempre. Estas criaturas marinas mitológicas eran parecidas a la diosa Ba de los egipcios, con cuerpo de ave y torso de mujer, aunque no hay que confundirlas con las harpías (también en este libro). Vivían en acantilados y arrecifes y poseían una voz hipnótica que embrujaba a los marinos empujándolos hacía la costa. Los pobres marineros estrellaban sus embarcaciones contra las rocas donde morían y acababan siendo el alimento de estos peligrosos seres. Nadie se pone de acuerdo con su origen. Algunos dicen que surgieron de la sangre del dios Aqueloo cuando fue derramada por Heracles, mientas que otros afirman que tienen relación con las musas Estérope, Melpómene y Terpsícore, musas del canto. Lo que está claro es que tras su desafortunado encuentro con Ulises, que se resistió a ellas, estos seres terminaron desapareciendo en el mar convirtiéndose en riscos y acantilados. En la antigua Grecia existía un ser con el torso humano y la cola de pez, el dios Tritón, mensajero de las profundidades marinas e hijo de Poseidón y

Anfitrite. Tritón poseía un tridente y una caracola que usaba como instrumento de viento para calmar o embrutecer las olas del mar. Este dios griego vivía en un palacio submarino cerca de las costas de Libia y ayudó a los argonautas de Jasón en su periplo por el Mediterráneo. Es por esta razón que en muchas culturas las sirenas machos son llamadas tritones, en honor al dios heleno.

LAS SIRENAS CON COLA DE PEZ

Mientras las sirenas griegas aladas desaparecían, las sirenas con cola de pez de Oriente medio eran adoradas por los marineros, como la diosa siria Atargatis o la asiria Derceto, ambas de constitución anfibia. Pero su mala fama llegaría hasta las Islas Británicas, donde estos seres híbridos marinos eran considerados presagios de mala suerte. Se cuentan historias de sirenas que remontaban los ríos ingleses para tentar a los campesinos y ahogarlos hasta su muerte. En la isla de Irlanda, los sirénidos tienen el nombre de *merrows* y son femeninos y masculinos. Los sirenios hombres son más feos que las mujeres y tienen un rostro semejante a un cerdo con dientes puntiagudos. Los *merrows* tienen garras con membranas interdigitales, como los Profundos. Mientras que las lenguas de naturaleza latina y griega no distingue entre sirena pájaro y sirena pez, las lenguas germánicas si hacen distinción, llamando *siren/sirene* a la clásica mujer-ave y *mermaid/meerjungfrau* a la nueva criatura marina con cola de pez. En Escocia existe la sirena Ceasg, con cola de salmón, que si es capturada puede conceder tres deseos al pescador si se la devuelve al agua. Pero cuidado con enamorarse de ella, pues podrías acabar siendo arrastrado hacía la negrura de las profundidades marinas para siempre.

«Nos hemos quedado en las cámaras del mar al lado de muchachas marinas coronadas de algas marinas rojas.»
(T.S. Eliot)

En China también hay sirenas, cuyas lágrimas se convierten en perlas brillantes y tejen una tela preciosa muy valiosa y hermosa. Es por eso que algunos codiciosos pescadores quieran atrapar a algunas de estas maravillosas criaturas. En Arabia se cuenta cómo el pescador Abdullah acabó en el fondo del mar con la habilidad de poder respirar bajo el agua y allí descubrió a un pueblo de sirenas que no tenían cola de pez pero que vivían bajo el agua. La sirena más famosa de la historia es Ariel, hija del rey del mar. A las sirenas se les permitía subir a la superficie cuando cumplían los 16 años. Cuando es el turno de la joven Ariel, la pequeña sirena salva a un príncipe de morir ahogado en una tempestad y se enamora de él. Sabiendo que su amor es imposible como sirena, acude a la Bruja del Mar, quien le vende una poción para convertirse en humana a cambio de su voz. Ariel podrá subir a la superficie, caminar con dos piernas y conocer al príncipe, pero al no tener voz su historia no acabará muy bien.

LO PUEDES ENCONTRAR EN...

Piratas del Caribe: En mareas misteriosas (2011), película de Rob Marshall

Protagonistas en la *Odisea* de Homero o en miles de cuentos mitológicos y obras de arte, las sirenas se hicieron mundialmente famosas con el cuento *La sirenita* (1837) de Hans Christian Andersen (1805-1875), llevado al cine en más de una ocasión (hasta convertirse en princesa Disney). *Los hombres submarinos del pescador Abdullah* es uno de los muchos cuentos de *Las mil y una noches* (850). La cuarta película de las aventuras del capitán Jack Sparrow fue la primera no dirigida por Gore Verbinski (Oak Ridge, 1964). La superproducción de Disney caería en manos del artesano Rob Marshall (Madison, 1960), autor de películas como *Chicago* (2002) o *Memorias de una Geisha* (2005). Considerada por los fans de la saga como su peor película, *En mareas misteriosas* huye de la pirotecnia CGI de estos films con una dirección mucho más poética y lírica. Cosa que Marshall demuestra en la espectacular escena de las sirenas, donde los tripulantes del *Venganza de la Reina Ana*, el barco de Barbanegra, tienen que capturar a uno de estos míticos seres porque necesitan sus lágrimas como ingrediente de las mágicas aguas de la fuente de la eterna juventud. Las sirenas de *Piratas del Caribe* son mujeres virginales con cola de pez que encantan con su voz a los pobres marineros para hundirlos en las profundidades y devorarlos. Cuando están en tierra firme su cola se convierte en dos piernas, pero necesitan agua y estar hidratadas o morirán lentamente entre grandes dolores.

Vodyanoy

EL HOMBRE RANA ESLAVO

Muchas culturas tienen espíritus o monstruos acuáticos que ahogan a los campesinos despistados que se acercan demasiado a los lagos, arroyos o ríos donde moran estos oscuros seres. En la población eslava tienen a un anciano desnudo con cara de rana o sapo, barba verde, escamas negras, patas palmeadas en lugar de manos, ojos rojos inyectados en sangre y largos pelos mojados y pringosos. Su cuerpo emerge del agua cubierto de algas y fango cuando avistan a un pobre campesino demasiado cerca del lago o río donde este ser descansa en un tronco medio hundido. Aunque en algunos pueblos se le llama como abuelo o antepasado por su aspecto, en realidad se trata de un vodyanoy, un espíritu maligno acuático que vive en las aguas dulces de los pueblos eslavos. Este es su nombre en Rusia (y que significa, literalmente, acuoso), pero también es conocido como vadzianik en Bielorrusia, vodianyk en Ucrania, wodnik en Polonia, vodník en la República Checa y Eslovaquia, vodnik en Bulgaria y Macedonia, vodanoj en Croacia, Povodni Mož en Eslovenia y vodenjak en Serbia.

EL REGALO DEL TABACO

Junto a las rusalkas, unas ninfas-demonio que viven en las aguas dulces de los países eslavos y que suelen salir a medianoche a bailar desnudas por los prados y seducir a los jóvenes hermosos, el vodyanoy es uno de los monstruos más peligrosos de la mitología eslava. Su apariencia puede variar en según que zonas de la geografía del este de Europa, y en algunas ocasiones suele ir vestido con ropas andrajosas, con lo cual se le puede confundir con un vagabundo. Para detectarlo tenemos que ver si sus ropas están siempre húmedas y gotea agua constante de ellas. Aunque se cuenta historias de vodyanoys benévolos, nada ni nadie puede huir de la ira de este demonio acuático: ahoga a incautos campesinos, pescadores y ganado, inunda molinos de agua y rompe los diques de los ríos inundando las cosechas. También se cuentan leyendas de humanos que han acabado viviendo en las profundidades de los lagos como esclavos de los vodníci. Aunque la historia más horrorosa sobre esta criatura es aquella que cuenta que coleccionan las almas de sus víctimas en exquisitas tazas de porcelana tapadas que etiquetan con esmero y enseñan a sus pocas visitas, como si fuera un coleccionista normal. Pero también existen historias de vodniks benévolos, sobre todo entre los pescadores. A los vodyanoys les encanta fumar en pipa, y en algunas zonas de la República Checa los pescadores suelen depositar un poco de tabaco de liar en el agua para pedir al vodnik del río o del lago una buena pesca.

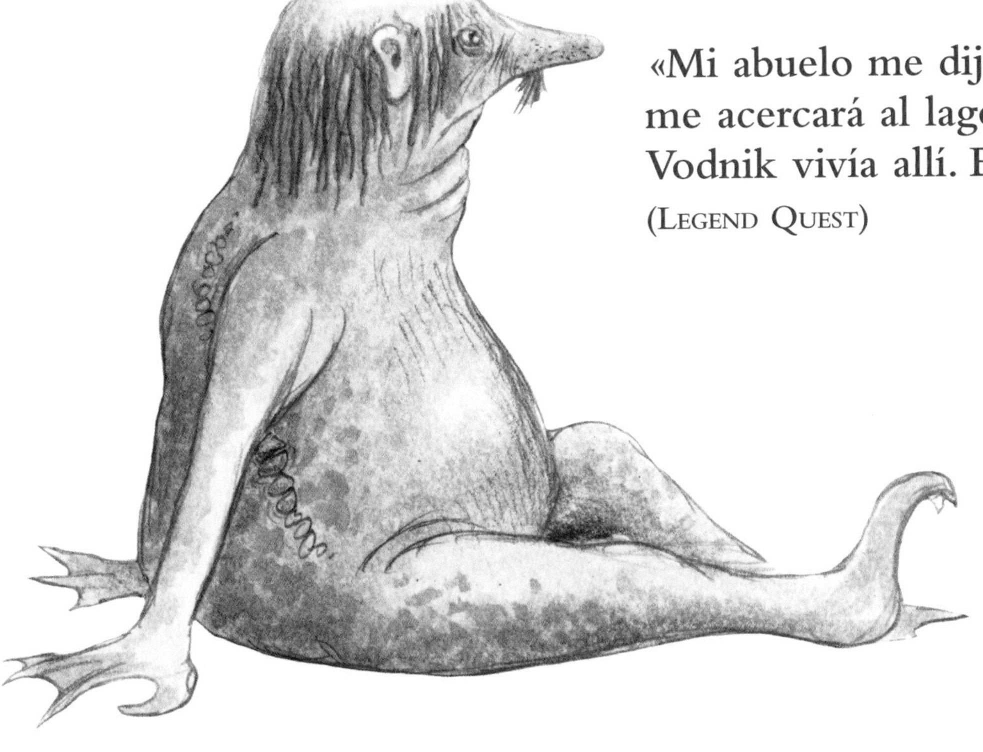

«Mi abuelo me dijo que nunca me acercará al lago porque el Vodnik vivía allí. Era su lago.»
(LEGEND QUEST)

LO PUEDES ENCONTRAR EN...

AIDP: Una plaga de ranas (2004), cómic de Mike Mignola y Guy Davis

Tras el éxito de *Hellboy*, el cómic del autor norteamericano Mike Mignola comenzó a publicar en 1993 para el sello Legends de la editorial Dark Horse, era normal que una nueva colección comenzara cuando este icónico personaje abandonó la Agencia de Investigación y Defensa Paranormal (AIDP en la edición española o BPRD en el acrónimo original inglés). Formada por sus compañeros Abe Sapien, Liz Sherman, Roger o Johann Krauss (cada uno de ellos con poderes especiales como Hellboy), el primer gran problema de la AIDP sin su rojo compañero fue defenderse de una avalancha de criaturas con forma de rana que son, en realidad, mutaciones mágicas de humanos. Inspirado en los *Ciclos de Cthulhu* del escritor H.P. Lovecraft (ver los Profundos o los Antiguos de este mismo libro), Mignola y el dibujante Guy Davis (Michigan, 1966) dibujan a las ranas mutantes como si fueran un vodyanoy en vez de asemejarse a un profundo. Mignola ha utilizado la mitología eslava en muchos de sus cómics de *Hellboy*, Baba Yaga es una enemiga de este demonio, y puede ser que ya conociera a esta oscura criatura acuática.

Animales

BESTIAS MÍTICAS QUE DOMINAN EL CIELO,
LA TIERRA Y LAS PROFUNDIDADES TERRESTRES

Basilisco

MUERTO CON UNA SIMPLE MIRADA

En la Antigua Grecia existían varios seres temibles, pero una de las criaturas más peligrosas de las que habitaban en el Mediterráneo era, sin lugar a dudas, el rey de todas las serpientes, el basilisco. No era muy grande, no llegaba a medir ni medio metro, según el científico y naturalista Plinio el Viejo en su *Naturalis Historia*. Era natural de la región de Cirene (Libia) y se distinguía de otras serpientes de la zona por una marca blanca en la cabeza parecida a una diadema y una cresta con forma de corona en su cabeza. El poder del basilisco está en su veneno. Es el ser más venenoso de la creación, tanto que es capaz de matar con solo una mirada. Su influencia es tan nociva que su aliento destruye la flora y las piedras que le rodean. El basilisco nace de un huevo de gallina empollado por un sapo.

En este momento hay que explicar las diferencias entre un basilisco y una cocatriz. Esta bestia mítica es una criatura bípeda parecida a un dragón con cabeza de gallo que nace de un huevo de sapo empollado por una gallina. Existe una versión medieval del basilisco que se trata de un gallo de cuatro patas, plumas amarillas, cola de serpiente y grandes alas espinosas. También hay versiones con escamas en vez de plumas, donde la cola de serpiente acaba en cabeza de serpiente, pero son reinterpretaciones de la cocatriz, que era definido por Plinio como un basilisco con alas. No debemos de confundirlo con nuestro temible rey de las serpientes.

ALEJANDRO MAGNO Y EL BASILISCO

El basilisco viven en la zona desértica que él mismo crea con su fétida presencia. Se sabe que estás entrando en el territorio de un basilisco cuando la vegetación está quemada y las rocas desechas y resquebrajadas. Se recomienda salir huyendo cuando te encuentres con una zona así, pues la mera visión de los ojos del basilisco te mataría en el acto. Su presencia venenosa es tan maligna que no se le puede ni mirar en un reflejo. Como ocurre con la gorgona Medusa, si lo haces, quedarías petrificado al instante. Aunque hay algunos estudiosos que afirman que el basilisco no mata con la mirada, sino con la corrupción del aire de su aliento. Para derrotar a un basilisco hay varios modos: el canto del gallo es mortal para el rey de las serpientes y también tiene pavor al olor de la comadreja. Pero el basilisco no es inmune a su propia mirada. Si se ve reflejado en una superficie reflectante moriría en el acto. Se cuenta que Alejandro Magno mató a un basilisco con un espejo. Pero más famosa es la historia del caballero de los espejos que acabó con una plaga de basiliscos cubriendo toda su armadura

> «¡Es un basilisco para mis ojos, su vista me mata! ¡Fatalidad!»
> (William Shakespeare)

de cristal reflectante y paseando con los ojos cerrados por la zona donde se concentraban estas serpientes.

Existen otras versiones de esta fétida criatura en diversas culturas sudamericanas. Como el basilisco chilote, mitad gallo con una gran cresta roja y mitad culebra, que se alimenta de la saliva de la gente a la que duerme con su hipnótico sonido. Si te levantas con la boca imposiblemente seca cada mañana seguro que tienes un basilisco chilote escondido en algún sitio. En el folclore gaucho de Argentina el basilisco no es una serpiente, sino un gusano gigante ciclópeo que causa la muerte con solo mirarte, como su primo lejano europeo.

En el mundo de los magos el basilisco es increíblemente grande y puede llegar a tener hasta quince metros de largo. Mata al simple vistazo de sus ojos amarillos y suele petrificar a sus víctimas si se mira a través de objeto o reflejado en alguna superficie. El veneno de los grandes colmillos de basilisco es mortal y puede destruir hasta la magia más potente, y el único antídoto conocido son las lágrimas de fénix. Los basiliscos no son inmortales pero pueden llegar a vivir muchos años. La serpiente de Salazar Slytherin vivió más de mil años en las catacumbas de la Escuela de Magia y Hechicería de Hogwarts y se tiene constancia de que el basilisco de Herpo el Loco llegó a los novecientos años de edad.

LO PUEDES ENCONTRAR EN...

Harry Potter y la Cámara Secreta (2002), película de Chris Columbus

Si la primera película inspirada en el personaje literario de J.K. Rowling, dirigida por el norteamericano Chris Columbus, recuperaba todo el encanto de las producciones juveniles e infantiles de la década de los ochenta, con esa mezcla tan conseguida entre magia, fantasía, aires navideños y sabor victoriano (gracias, sobre todo, a la inspirada partitura del compositor John Williams), la oscuridad se apropió pronto de la saga con su segundo libro y su segunda película. Más cercano al cuento de terror que a la fantasía mágica, *Harry Potter y la Cámara Secreta* continúa investigando varias constantes en la saga: la imparable voluntad de Lord Voldemort por convertirse en un ser inmortal y el peligro que acecha en cada esquina de la escuela Hogwarts. Si en la primera película aparecían monstruos como trols o un perro de tres cabezas en sus pasillos, el antagonista más peligroso de este segundo episodio es el gigantesco basilisco que perteneció a uno de los magos más brillantes de su generación, Salazar Slytherin, y que vive en las catacumbas del Castillo de Hogwarts.

Chupacabra

EL VAMPIRO NOCTURNO AMERICANO

Aunque existen avistamientos de criaturas similares al chupacabra en Rusia y Filipinas, este críptido moderno es autóctono en todo el gran continente de América. Han habido informes sobre sus fechorías en el sur de Estados Unidos y algunas zonas de México, en muchos países del Caribe americano como Puerto Rico, República Dominicana, Costa Rica, Honduras, Nicaragua, Guatemala, El Salvador o Panamá, y gran parte de Sudamérica (Chile, Paraguay, Perú, Colombia, Argentina, Ecuador, Uruguay, Bolivia y Venezuela). El chupacabra es un ser con aspecto de reptil, repleto de escamas y un tamaño entre un metro y metro veinte. Cuando está erguido de pie tiene cierta similitud con el canguro salvaje por la forma de sus patas traseras. Como es una criatura nocturna y suele moverse normalmente sobre sus cuatro extremidades, muchos campesinos lo suelen confundir con coyotes o perros salvajes sin pelo.

El chupacabra tiene una columna vertebral pronunciada sobresaliendo de su lomo, ojos grandes y acuosos como de pez, largas orejas como los de un zorro, garras afiladas y colmillos. Este animal es el terror de los ganaderos de América Latina porque se alimenta de la sangre de ganado como vacas, cabras y ovejas que duermen tranquilamente por la noche en los pastos. Por esa razón se le ha confundido muchas veces con un vampiro o un gran murciélago, aunque su naturaleza es muy diferente. Un chupacabra ataca a su víctima agarrándola con sus fuertes garras (si se trata de una oveja o una cabra) o subiéndose encima (si hablamos de una vaca) y muerde con fuerza el cuello del animal desangrándolo hasta morir. La característica huella del ataque de un chupacabra es una marca de tres agujeros con forma de triángulo invertido en el cuello de sus víctimas.

AVISTAMIENTOS DEL CHUPACABRA

Existen informes sobre el chupacabra, o *goat-sucker* en inglés, desde principios del siglo XVI, cuando los nativos americanos avisaban a los colonizadores europeos sobre los peligros de esta rara especie animal. Durante la revolución mejicana de principios del siglo XIX, algunos miembros del ejército real de Nueva España fueron atacados en un monasterio abandonado por un gigante chupacabra con alas, más parecido a un vampiro transformado que a nuestro pequeño chupasangre de grandes ojos. Aunque siempre se ha considerado al chupacabra como una leyenda, en 1995 se encontraron alrededor de 150 animales domésticos muertos y desangrados en varias zonas ganaderas de Puerto Rico. En Nueva Orleans existe un callejón muy popular entre los enamorados llamado Grunch Road. Según cuenta la leyenda, esta oscura calleja está habitada por grunches, una especie relacionada con el chupacabra. En el archipiélago de las Filipinas existe otro ser hematófago como el vampiro o el chupacabra, el sigbin, más parecido a un pequeño marsupial que a un reptil.

«Cuide su rebaño, cuide su sangre, el chupacabra tiene hambre.»
(BRENNA KOUF)

LO PUEDES ENCONTRAR EN...

Chupacabra: Dark Seas (2005), película de John Shepphird

El chupacabra, o vampiro americano, es una leyenda más propia de la criptozoología que de la cultura popular. Existen más libros intentando demostrar que existe de verdad que novelas de misterio u horror inspirados en este hematófago. Hemos podido ver al chupacabra en cómics como *Los Cuatro Fantásticos* o *Hellboy*; en series de misterio como *Expediente X* o *Grimm*; y hasta protagonizó un capítulo de *Scooby-Doo*. Esta criatura ha protagonizado varias películas con diversos resultados. Como la película animada *La leyenda del Chupacabras* (2016), situada en la Revolución mejicana y dirigida por Alberto Rodríguez, o la trilogía de serie Z de *Guns of El Chupacabra* (1997-1998), del director, actor, escritor y experto en el arte marcial coreano hapkido Scott Shaw (Hollywood, 1958). El canal por cable Syfy Channel produjo en 2005 una película que se comercializó directamente en el mercado del vídeo llamada *Chupacabra: Dark Seas* o *Chupacabra Terror*. Dirigida por John Shepphird, y protagonizada por John Rhys-Davies y Giancarlo Esposito, esta película mezclaba el mito del chupacabra con las películas del terror que transcurren en un barco en alta mar, como *Deep Rising* (1998) o *Ghost Ship* (2002).

Dragón

LA MAJESTUOSA SERPIENTE ALADA

Si existe una criatura que haya sido venerada en los sueños de la humanidad en todas las culturas desde los albores del tiempo, ese ser sería, sin lugar a dudas, el dragón. Temido en Europa, considerado un designio de mala suerte en Oriente medio, reverenciados como fuerza de la naturaleza en China y Japón o convertidos en dioses en las antiguas civilizaciones americanas, el dragón ha inspirado la mitología de la humanidad y es la materia de la que están hecho los sueños de toda la fantasía y la épica heroica desde los tiempos de Gilgamesh (Sumeria, 2500 aC), Jasón (Grecia, 300 aC) o Beowulf (Escandinavia, siglo v). Es imposible describir a un dragón con exactitud porque existen miles de variaciones posibles de esta increíble criatura. En algunas civilizaciones aparecía como una gran serpiente con alas y mirada venenosa; como un lagarto antediluviano alado y agresivo; cubier-

to de plumaje de vivos colores y cabeza de reptil; coronado con cuernos de ciervo y garras de águilas; cubierto de impenetrables escamas o de pelaje suave y albino; que expelen veneno o fuego candente por su garganta; imbuidos en magia ancestral o simples animales sin ningún poder; inteligentes y cultos, capaz de conversar en cualquier idioma humano o élfico... Hay tantos dragones como la imaginación humana haya podido soñar. Tremendamente listos y viejos, o jóvenes y aguerridos. Tan grandes como un edificio de cinco plantas o pequeños como un caballo. El dragón es la criatura más importante de la historia de los seres humanos.

En Europa y Oriente Próximo el dragón es un ser terrorífico al que se tiene que combatir. Han existido muchos dragones famosos en las mitologías de todos los pueblos que han vivido entre el mar Mediterráneo, el mar del Norte, el mar Báltico y el mar Rojo. Como Humbaba, el león con dientes de dragón que se enfrentó a Gilgamesh y Endiku en la antigua Sumeria; el dragón Nidhug que se alimentaba de las raíces de Yggdrasil, el fresno sagrado de la mitología germana; el dragón hijo de Equidna y Tifón que custodiaba el vellocino de oro colgado de un roble en la costa de Cólquide (Georgia); el dragón que mató al héroe Beowulf; el cruel enano Fafner que se convirtió en un dragón avaro y maligno cuando robó el oro maldito de Andvari; el dios Veles del inframundo de la mitología eslava; o el dragón de dos cabezas Amphisbaena que nació de la sangre de Medusa derramada en el desierto de Libia. Son ejemplos de algunos dragones famosos que camparon por toda Europa y Oriente Próximo durante siglos. Pero el más famoso e inspirador de todos es el dragón que Jorge de Capadocia (275-303) mató en una ciudad de la costa oriental del Mediterráneo. Este dragón había anidado en la fuente que daba agua a toda la población y exigía un sacrificio diario. Giorgius de Capadocia mató al dragón antes de que devorase a la hija del rey de esta ciudad. Jorge fue canonizado en el siglo V y se ha convertido en santo patrón de muchas ciudades y países en todo el mundo. No todos los dragones son considerados malos en las tradiciones europeas. Para los celtas el dragón era un dios del bosque y del mundo que podía ser controlado y utilizado por los druidas. Estos magos consideraban que las líneas telúricas o líneas ley magnéticas estaban conectadas entre ellas y se trataba, en realidad, de un gran dragón mágico que unificaba todo el mundo.

En América existen serpientes aladas gigantescas del abismo marítimo y de la montaña esplendorosa. La diferencia con las culturas europeas y orientales es que ni se tratan de seres malignos que tienen que ser combatidos ni de espíritus de buena suerte. Simplemente son deidades. Si draco es serpiente en griego, coatl es serpiente en varias lenguas precolombinas. El dios de la vida, la luz, la sabiduría y patrón del día y los vientos de las civilizaciones mexica, maya y olmeca es Quetzalcóatl, la serpiente emplumada, representado como un hombre o como un gran dragón de vistosas plumas de colores brillantes. En la mitología mapuche existen los dragones serpiente Trentren-Vilu y Caicai-Vilu. Este último es el gran dragón del mar con forma de pez y culebra, mientras que Trentren es una gran serpiente terrestre.

LOS DRAGONES ASIÁTICOS

En China, el dragón es la personificación del yang masculino, relacionado con la lluvia y el agua. El dragón chino tiene melena de león, cola de serpiente, escamas de pez, garras de águilas, bigotes de bagre, nariz de perro, morro de camello, ojos de langosta y cuernos de ciervo. El dragón es un símbolo de autoridad imperial desde hace milenios en las dinastías chinas. Existen varios dragones como Tianlong, el dragón celestial; Shenlong, el dragón espiritual; Dilong, el dragón del inframundo; Panlong, el dragón enroscado del agua; o Huanglong, el dragón amarillo que enseñó a los hombres la escritura. Los dragones japoneses son los más sabios del mundo y se considera una de las cuatro bestias divinas de la mitología nipona. La diferencia de los dragones japoneses con los dragones chinos o coreanos es que tienen tres garras de águila en vez de las cuatro de sus vecinos del oeste. Uno de los dragones más importantes de Japón es Ryujin o Owatatsumi, el rey del océano y los mares. Vive en su palacio submarino Ryugu-Ju, donde controla las olas y las mareas con sus gemas mágicas kanju y manju.

> «Si el cielo pudiera soñar, soñaría con dragones.»
> (Ilona Andrews)

Existen millares de historias sobre dragones, incontables, que nos servirían para rellenar varios libros muchos más grandes que éste. Pero vamos a intentar recopilar algunas. Como el dragón negro Krisanth que ataca a los Héroes de la Lanza en Xak Tsaroth en el resurgir de los dragones de Krynn; o la fiel Saphira, la dragona del joven jinete Eragon. En el Mundodisco, una tierra plana sobre cuatro elefantes que se apoyan sobre el gran caparazón de la tortuga estelar Gran A'Tuin, existen dragones, pero son pequeños y asustadizos, y suelen explotar con sus propios gases cuando se ponen muy nerviosos. Pero también existen grandes dragones majestuosos que solo pueden ser invocados con la imaginación. En el mundo de los magos del héroe Harry Potter existen varias razas de dragones gigantescos y peligrosos que son cuidados en reservas especiales para no ser descubiertos por los muggles (personas no mágicas). Hay de diversas razas, como el Colacuerno Húngaro (el más salvaje y letal), el Bola de Fuego Chino, el Ridgeback Noruego, el Galés Verde Común, el Hocicorto Sueco o el gigantesco Ironbelly Ucraniano. Los antiguos vikingos de Escandinavia llegaron a entrenar a los dragones que antes les asediaban para montarlos y utilizarlos en las batallas o en competiciones deportivas. El más peligroso, rápido y letal de ellos es el Furia Nocturna, negro como ala de cuervo. Pero había otros como el Rompehuesos, el pequeño y curioso Terrible Terror, la Pesadilla Monstruosa o el Leñador. En Terramar los dragones son seres de magia, viejos y sabios. El más poderoso de ellos es el dorado Orm Embar, quien no oculta su verdadero nombre en secreto, como el resto de estas mágicas criaturas. En el mundo de Fantasía existe un dragón de la suerte parecido al dragón chino pero con suave pelo y escamas blancas. Se llama Fújur y ayudó al joven guerrero Atreyu en su misión de salvar Fantasía de la gran Nada.

DRAGONES DE ARDA Y PONIENTE

En la Tierra Media existe dos de los dragones más famosos de la literatura occidental, uno de los primeros y uno de los últimos, los dragones urulóki o dragones con aliento de fuego Glaurung y Smaug. Al primero se le considera el padre de todos los dragones y vivió en la Primera Edad de Arda. Creado por el Señor Oscuro Morgoth, Glaurung no tenía alas, pero su fuerza e inteligencia eran temibles y fue uno de los generales de Melkor en las Guerras de Beleriand. Las fechorías de Glaurung verían su fin a manos del edain Túrin y su espada Gurthang. El otro gran reptil famoso en la Tierra Media es el último de los grandes dragones, Smaug. Con sus alas de murciélago y su piel escarlata de impenetrables escamas duras como el acero, Smaug invadió Erebor, el reino subterráneo de la montaña Solitaria de los enanos, por la codicia de sus grandes tesoros. Durmió satisfecho durante dos siglos sobre su oro hasta que la Compañía de Thorin Escudo de Roble, Bilbo Bolson y el mago Gandalf asaltó Erebor para recuperar el reino enano. Smaug despertó y atacó Esgaroth, la vecina Ciudad del Lago de los hombres, donde encontró su fin gracias a una certera flecha de Bardo que se clavó en el único punto débil de su pecho que no estaba cubierto por oro y joyas.

En Essos, los primeros valyrios descubrieron la existencia de dragones en las montañas de la península de las Catorce Llamas. Consiguieron domarlos y emplearlos como monturas y armas de guerra gracias al mortal fuego que escupían. Este pueblo se convirtió en uno de los más poderosos de todo el mundo, conquistando el Imperio Ghiscari y a los Rhyonar, llegando hasta Poniente. El Feudo Franco de Valyria se extendía desde el este en las montañas de los Huesos hasta la Isla de Rocadragón en Poniente. Pero alrededor del año 100 aC la ciudad de Valyria fue tragada por el mar, azotada por un gran cataclismo. El Feudo Franco cayó y muchos de los dragones de los valyrios murieron con ellos. Pero en Rocadragón se había asentado una de las grandes familias valyrias, la Casa Targaryen, comandada por Aegon y sus hermanas-esposas Visenya y Rhaenys. Muy pronto, los tres hermanos-consortes pudieron hacerse con los siete reinos de Poniente gracias al poder de sus tres temibles dragones: Balerion, Vhagar y Meraxes. Aegon se convirtió en Aegon I comenzando la larga dinastía de los Targaryen en Poniente. En la guerra civil de Danza de Dragones, muchos grandes dragones se extinguieron al ser destruido el Pozo Dragón donde se criaban en Desembarco del Rey. A partir de entonces los dragones de los Targaryen irían extinguiéndose hasta desaparecer del todo durante los tiempos de Aegon III. Pero no fue el fin para los dragones en Poniente y Essos. La joven Daenerys Targaryen consiguió que tres huevos de dragón petrificados eclosionaran al sacrificarse en una pira funeraria. Llamaría a estos cachorros de dragón con el nombre de Viserion, Rhaegal y Drogon, convirtiéndose en las criaturas más peligrosas de Poniente y su oportunidad de recuperar el Trono de Hierro que le fue arrebatado a su padre Aerys II en la Guerra del Usurpador.

LO PUEDES ENCONTRAR EN...

Eragon (2002), libro de Christopher Paolini

La saga de cuatro libros de *El Legado del joven Christopher Paolini* (California, 1983) comenzó en 2003 con *Eragon*, un relato sobre jinetes de dragón que se convirtió en todo un fenómeno de masas. Paolini publicó este libro con 20 años, pero comenzó a escribirlo cuando tenía quince. En 2002 fue editado por los padres de Paolini, pero no sería hasta 2003, con su reedición en otra editorial, cuando se convertiría en un *best seller* mundial. Inspirado en la épica de *Beowulf*, la literatura de Tolkien y los mundos mágicos de Ursula K. Le Guin, la saga de Paolini nos cuenta cómo un joven campesino llamado Eragon descubre un gran zafiro que se trata en realidad de un huevo de dragón. Cuando Saphira, su dragona, nace, será perseguido por el despótico rey Galbatorix, pero será ayudado por el anciano cuentacuentos de su pueblo, Brom, quien fue un jinete de dragón cuando era joven. Tras Eragon vendrían *Eldest* (2005), *Brisingr* (2008) y *Legado* (2011). En 2011, Stefen Fangmeier (El Paso, 1960) dirigiría la adaptación cinematográfica de *Eragon* con actores solventes como Jeremy Irons o John Malkovich, pero la película fue un fracaso de taquilla y no se continuó la saga. En este capítulo también recogemos dragones de las *Crónicas de Dragonlance* (1984-1985) de los escritores Margaret Weis (Independence, 1948) y Tracy Hickman (Salt Lake City, 1955); *¡Guardias! ¿Guardias?* (1989) de Terry Pratchett (1948-2015); la saga de *Harry Potter* de J.K. Rowling; *Cómo entrenar a tu dragón* de la británica Cressida Cowell (Londres, 1966); la saga de *Terramar* (1968-2001) de la escritora norteamericana Ursula K. Le Guin (1929-2018); *La historia interminable* de Michael Ende; el legendarium de J.R.R. Tolkien; y *Canción de Hielo y Fuego* de George R. R. Martin.

Gremlin

LA MASCOTA PARA GENTE RESPONSABLE

Existen duendes malévolos y criaturas malignas, pero solo hay un ser que disfrute destrozando toda la maquinaria creada por el hombre. Su nombre es gremlin, una criatura malévola que es popular en la cultura anglosajona desde el siglo xv. Si te levantas una mañana y tu ordenador, televisor o móvil están destrozados, seguramente habrá sido cosa de un gremlin. Son pequeños, sucios, feos, con forma de duende. Se sabe que cuando son bebés se llaman widgets y que las gremlin mujer son fifinellas. Su mala fama llegó durante las dos grandes guerras que asolaron Europa y el mundo. Muchos cañones quedaron inutilizados por estos seres durante la Gran Guerra. Pero los pilotos de la Royal Air Force (RAF), la aviación inglesa de la Segunda Guerra Mundial, les temían. Más de un aeroplano se perdió en el Canal de la Mancha sin ser bombardeado por culpa de los destrozos de estas crueles criaturas. Algunos pilotos comprendieron que tenían que invocar la buena suerte con los gremlins y los convirtieron en sus mascotas para sobrevivir durante las peligrosas misiones sobre la Alemania nazi.

Algunas historias cuentan que los gremlins viven en esos bosques que son arrasados en tiempos de guerra para alimentar las fraguas de las grandes fábricas de acero. Como venganza, estos pequeños duendes oscuros destrozan los aviones y carros de combate que crean estas fábricas. Un piloto de la RAF convenció a algunos gremlins para que se uniesen al ejército británico en su guerra contra el malvado imperio de Hitler, y estos diminutos seres acabaron reparando aviones para la causa de los Aliados.Veinte años más tarde, un pasajero de un vuelo comercial que sobrevolaba América denunció haber visto un gremlin en un ala, destrozando los motores del avión durante una agitada noche de tormenta.

LA INVASIÓN DE LOS MOGWAI

En la década de los ochenta, un inventor llamado Rand Peltzer descubrió en Chinatown, Nueva York, a un animal diferente y desconocido a todos los que había visto hasta entonces. El viejo dependiente lo llamó mogwai, y era una pequeña criatura peluda con grandes ojos y grandes orejas, de mirada dulce y canto precioso que se convirtió en la mascota de su hijo Billy en la localidad norteamericana

«Si tu lavadora se estropea, revisa todos los armarios y mira debajo de las camas. Puede que haya un Gremlin en tu casa.»

(Chris Columbus)

de Bedford Falls. Para cuidar a tan exótico ser se tenían que seguir tres normas importantes. No exponerlo a la luz brillante porque podría matarlo. No mojarlo nunca. Y, la más importante: no darle de comer después de medianoche. Si un mogwai se moja produce unas bolas peludas de las que nacen unos nuevos mogwais que parecen haber perdido su dulzura durante la transformación. Si estos peludos animales comen después de las doce de la noche se transformarán en repugnantes crisálidas. Después de un día de incubación, nacen de estos huevos unas criaturas reptilinianas, malvadas e inteligentes que arrasarán con todo lo que puedan. Ya destrozaron casi todo el pueblo de Bedford Falls, pero la policía lo mantuvo en secreto durante seis años. No se sabe cómo, estos seres demoniacos acabaron invadiendo el rascacielos de Clamp Enterprises en Nueva York y acabaron mutando con los experimentos científicos que la compañía creaba en una de sus plantas. Algunos de estos seres acabaron con cuerpo de araña, con alas de murciélago o convertidos en forma eléctrica. Pero uno de ellos acabó siendo inteligente y se convirtió en el portavoz de esta nueva generación de gremlins, llegando a salir por la televisión nacional. Menos mal que todos fueron destruidos antes de que pudieran escapar del edificio de noche y asolar toda Nueva York.

LO PUEDES ENCONTRAR EN...

Gremlins (1984), película de Joe Dante

La Disney estuvo a punto de realizar una película animada en la década de los cuarenta sobre los gremlins buenos que ayudaban a los pilotos ingleses que el escritor Roald Dahl (1946-1990) describió en *Los Gremlins* (1943). En un capítulo de *The Twilight Zone* «Pesadilla a 20.000 pies» de 1963 dirigido por Richard Donner (Nueva York, 1930) y protagonizado por William Shatner salía un gremlin crecidito más parecido a Big Foot que a nuestro duende maligno. Pero el mito del gremlin se hizo mundialmente famoso con la película que escribió Chris Columbus, dirigió Joe Dante (Morristown, 1946) y produjo Steven Spielberg en 1984. El director de *ET* recortó las partes más cruentas del guión de Columbus y *Gremlins* acabó siendo una película juvenil y familiar en vez del film de terror de serie b que tendría que haber sido en un principio. Toda la película (y su secuela, *Gremlins 2: La nueva generación*) era una fábula cruenta de Navidad moralizante: si no estás preparado para responsabilizarte de los pequeños mogwais, la desgracia arrasará tu vida.

Huargo

EL REY DE LOS LOBOS

En las noches oscuras y frías de los albores del tiempo el ser humano siempre ha tenido miedo a los lobos. Hay antropólogos que afirman que la sociedad no comenzó a prosperar y a volverse sedentaria hasta que los primeros humanos amaestraron a los lobos y los convirtieron en sus mascotas. Pero estos salvajes animales astutos no son nada en comparación con los huargos o wargos, los lobos gigantes del tamaño de un poni o un caballo. En la mitología nórdica se llamaba vargr a estos grandes lobos que en ocasiones podían llegar a ser domados y utilizados por los guerreros como montura: Hyndla montó un wargo en el funeral de Balder y la giganta Hyrrokkin llegó a Jotuhheim montada sobre un gigantesco lobo que ni cuatro berserkers pudieron llegar sujetar. Pero para muchos vikingos, los huargos eran los tres grandes lobos mitológicos del Ragnarök: Fenrir y sus hijos Sköll y Hati.

En Arda, en el continente de la Tierra Media, también existieron huargos, unos lobos gigantes de extrema fiereza, maldad e inteligencia. Algunos estudiosos sostienen que su origen se encuentra en los licántropos que pelearon junto al Señor Oscuro en la Primera Edad. Estos espíritus corrompidos por Melkor adoptaron su temible aspecto de lobo gigante por medio de la magia más oscura, podían comunicarse en la lengua negra, o en las diversas lenguas élficas, y eran temidos por todos los habitantes de la Tierra Media. Los wargos de la Tercera Edad viven en las Tierras Ásperas, o Rhovanion, en el lado oriental de las montañas Nubladas. Aunque ya no son tan inteligentes como los licántropos de la Primera Edad, son bastante más astutos que el resto de la fauna de Arda. Entienden el idioma orco y se cree que tienen un idioma propio que ninguna criatura ajena a ellos conoce. Los wargos están aliados con los orcos y otras criaturas malignas a las órdenes de Sauron, que los utilizan como monturas para cazar a sus enemigos. Poseen un olfato tan agudo como el del mejor perro cazador y son mucho más rápidos y letales que un caballo en carreras cortas.

LOS REYES DEL NORTE

En Poniente también viven una clase de huargos, menos malignos que los de Arda y más similares a los descritos en las mitologías nórdicas. Estos son llamados direwolves y pueden llega a alcanzar el tamaño de un poni cuando son adultos. Aunque un lobo huargo es el emblema de la Casa Stark de Invernalia, es extraño ver a una de estas criaturas al sur del Gran Muro, siempre vigilado por la Guardia de la Noche. Aunque suelen ir en manadas, son cazadores solitarios e inteligentes, y pueden sobrevivir dominando una manada de lobos comunes convirtiéndose en su líder gracias a su gran tamaño. En la edad de los Primeros Hombres y su guerra contra los hijos del bosque, los verdevidentes (los más sabios de esta casi extinta raza) convocaron a los huargos para luchar contra los hombres. Por eso todos los habitantes de Poniente tienen pavor a estos magníficos seres.

> **«Un lobo huargo es capaz de arrancarle el brazo a un hombre tan fácilmente como un perro mata una rata.»**
> (George R.R. Martin)

No se tenían noticias de direwolves amaestrados en Poniente hasta que el Señor de Invernalia, Eddard Stark, y sus seis hijos descubrieron a una huarga muerta cerca de uno de los caminos de Invernalia, la capital del Reino del Norte de Poniente. Cerca de este difunto animal se encontraron con cinco crías de huargo que Ned Stark regaló a sus cinco hijos. Robb, el mayor y heredero nombró a su lobo con el nombre de Viento Gris; la joven Sansa, prometida al príncipe Joffrey Baratheon de Desembarco del Rey, llamó al suyo Dama; la guerrera Arya, la hija pequeña de Ned, le puso el bello nombre de Nymeria, en honor a la princesa guerrera rhoynar de Dorne; los niños Bran y Rickon bautizaron a sus pequeños lobeznos con los nombres de Verano y Peludo. En el viaje también iba el hijo bastardo de Eddard Stark, Jon Nieve, quien pidió a su padre que regalara los lobos a sus hermanastros si se responsabilizaban de ellos. Un poco más adelante, Jon se encontró con un pequeño y desnutrido huargo albino de bello pelaje blanco que no emitía ningún sonido y reclamó a este bello animal para sí, bautizándolo con el nombre de Fantasma.

El vínculo entre los miembros de la familia Stark y sus lobos es mucho mayor que el de una simple mascota, pues Jon Nieve, Arya y Brandon son cambiapieles, una persona con la capacidad de poder entrar en la mente de algunos animales, ver lo que ellos ven, o controlarlos con la voluntad. Los cambiapieles que pueden entrar en la mente de un lobo huargo se suelen llamar wargs y tanto Jon, como Arya y Brandon tienen la capacidad de poder ver por los ojos de Fantasma, Nymeria y Verano, respectivamente. Brandon Stark destaca como cambiapieles y su relación con Verano es única.

LO PUEDES ENCONTRAR EN...

Juego de Tronos (2011-2019), serie de David Benioff y D. B. Weiss

Basada en la serie de libros de George R.R. Martin *Canción de Hielo y Fuego*, las ocho temporadas de *Juego de Tronos* se considera una de las ficciones televisivas más exitosas de la historia de la televisión. Y también una de las más caras. Creada y producida por David Benioff (Nueva York, 1970) y Daniel Brett Weiss (Chicago, 1971), este drama de fantasía medieval épico se estrenó en abril de 2011 en el canal HBO convirtiéndose en una de las series más seguidas del mundo. En 2014 ya era la serie más vista de la HBO, por encima de *Los Soprano*, y cuenta en su palmarés con un Globo de Oro y 38 premios Emmy. En 2019 se estrena la última temporada, poniendo fin a la serie y habiendo superado en el desarrollo de su historia a los libros de Martin (quien, presuntamente, estrenará su sexto libro cuando la serie se acabe). Una buena producción, actuaciones sólidas y el respeto por el material literario convierten a *Juego de Tronos* en una de los hitos de la fantasía fílmica junto a las versiones de *El Señor de los Anillos* de Peter Jackson.

Kaiju

LOS GRANDES TITANES DEL ARCHIPIÉLAGO JAPONÉS

Como ya hemos comentado en algunas partes de este libro, Japón y su archipiélago es uno de los lugares del mundo con más seres, criaturas, fantasmas y monstruos por metro cuadrado del mundo. Si sobre los yokais, seres mitológicos japoneses, se podrían escribir varios libros, existe otra clase de seres relacionadas con Japón de los que se podría escribir toda una enciclopedia. Hablamos de los kaiju, bestias extrañas… aunque el título más adecuado para estos gigantescos titanes tendría que ser daikaiju, grandes bestias extrañas. Grandes criaturas colosales de origen radiactivo, extraterrestre, provenientes de otra dimensión o que han hibernado durante eones escondidas bajo el lecho marino, o bajo volcanes, que siente una irremediable tentación a nadar, caminar o volar en dirección a la capital de Japón (u otra gran ciudad del archipiélago) para destrozarlo todo a su paso. Estos animales pueden medir entre 50 y los 150 metros y tienen diversas formas, aunque casi siempre se acercan a mutaciones de reptiles o de grandes saurios de la época jurásica o cretácea, aunque esa no sea la norma. Existen muchos, con nombres como Anguirus, Gorath, Rodan, Atragon, Dogora, Ebirah, Barugon, Gyaos o Guiron, pero para no hacernos eternos hablaremos de los cuatro más famosos: Godzilla, Gamera, Mothra y King Ghidorah.

«Si continuamos realizando pruebas nucleares, es posible que otro Godzilla vuelva a aparecer en algún lugar del mundo.»

(Shigeru Kayama)

Godzilla fue el primer kaiju del que Japón tuvo noticia. Era un godzillasaurus que vivía aislado en una pequeña isla del sur de Japón donde era adorado y temido. Pero la radiación de las pruebas nucleares del Pacífico lo mutó en una gigantesca criatura de 50 metros de aspecto reptiliano y una espalda repleta de placas como las de los stegosaurus, rematado en una gran cola como la de un tyrannosaurus rex. El ejército japonés pudo acabar con él en la década de los cincuenta, pero revivió en más de una ocasión convirtiéndose, con el tiempo, en un aliado de los japoneses y enfrentándose contra otros kaijus que querían invadir el país. En la década de los noventa, unos viajeros temporales del futuro cambiaron a Godzilla de isla para que no mutara, pero en su nuevo emplazamiento fue irradiado por un submarino atómico, creciendo el doble hasta encontrarnos con el gigante godzillasaurus que tenemos en el actualidad.

LOS AMIGOS DE GODZILLA

Gamera, con una altura cercana a los 60 metros, es una gigantesca tortuga voladora capaz de caminar erguida con una forma parecida a la de una tortuga matamata sudaméricana. Este ser se trata en realidad de una clase extraña de quelonio prehistórico que despertó de su eterno letargo por culpa de unas pruebas atómicas que los americanos realizaban en la Antártida. Tras destruirlo todo a su paso, llegó a Japón, donde el ejército logró capturarlo y enviarlo al espacio exterior dentro de un cohete. Pero la inmortal Gamera encontró la manera de volver a la Tierra, a la que también salvó en más de una ocasión. Mothra es uno de los kaijus más grandes de Japón. Se trata de una gran polilla con alas de vivos colores de unos

75 metros de envergadura que era adorada en una isla tropical del Pacífico como una deidad. Mothra es un ser pacífico y solo desatará su impresionante fuerza si es amenazado o amenazan a los suyos. En la década de los sesenta, un cruel empresario secuestró a las shobijin, las pequeñas hadas sacerdotisas de Mothra y se las llevó a Japón. Mothra era una larva cuando llegó a Tokio, pero allí se convirtió en la gigantesca polilla que conocemos en la actualidad. Las pequeñas shobijin pueden invocar para la batalla a Mothra cantando la plegaria «Mosura no uta». Pero si existe una criatura gigantesca, peligrosa y casi imparable en el mundo de los kaijus, ese es el rey del terror, el King Ghidorah. Con su envergadura de 150 metros, su forma híbrida de dragón dorado con dos colas, tres cabezas de hidra montadas sobre tres cuellos largos, dos patas y sus espectaculares alas de murciélago, el rey Ghidorah no es una criatura mutante ni un dios, es un monstruo del espacio exterior, un mal ancestral que ha destruido a las civilizaciones de muchos mundos, incluido Venus. Para detener a este temible adversario hizo falta la coordinación del ejército de varios países y las fuerzas combinadas de tres titanes kaijus como Godzilla, Rodan (un

pteranodon dorado gigante) y Mothra, quienes consiguieron expulsar al gran monstruo. King Ghidorah ha vuelto en alguna ocasión más, pero siempre ha tenido que huir con las dos colas entre las patas.

Recientemente, un portal interdimensional (El Abismo) situado en el fondo del océano Pacífico se ha convertido en la puerta de entrada para una nueva generación de kaijus alienígenas que quieren invadir la Tierra. Han destruido varias ciudades y se han tenido que construir gigantescas murallas costeras para frenar a estas temibles criaturas. Los kaijus se clasifican en cinco categorías según su tamaño, fuerza, toxicidad y habilidades especiales, y reciben nombres como Tresspasser, Knifehead, Kaiceph, Otachi, Raiju o el temible Slattern, de categoría cinco. Los kaijus de El Abismo son de aspecto reptiloide extraterrestre y son muy peligrosos y destructivos, pero muchos de ellos han podido ser parados y destruidos por los robots gigantes jaegers, máquinas prodigiosas pilotadas por dos pilotos mentalmente sincronizados construidas por países como China, Estados Unidos, Rusia, Australia o Japón.

LO PUEDES ENCONTRAR EN...

Japón bajo el terror del monstruo (1954), de Ishiro Honda

El gran lagarto radiactivo de la Toho, el rey de los monstruos, Gojira o Godzilla, es una de las figuras populares más famosas de la cultura japonesa del siglo XX. Este monstruo de 50 metros que arrasa Tokio surgió de la mente de Shigeru Kayama, pero fue el experto director japonés Ishiro Honda (1911-1993) quien dirigió la película que en España se conocería como *Japón bajo el terror del monstruo* y cuyo gran éxito en Japón daría comienzo a todo un estilo cinematográfico reconocido en todo el mundo: el Kaiju Eiga, películas de monstruos. Rodada nueve años después de las bombas atómicas de Hiroshima y Nagasaki, *Godzilla* era un alegato contra la carrera armamentística atómica que comenzaba a imperar en la Guerra Fría. Un alegato pacifista que ha perdurado hasta la actualidad, siendo clave en revisiones modernas como el *Godzilla* de Roland Emmerich (Stuttgart, 1955) de 1998. Godzilla volvería pronto con *El rey de los monstruos* (1955), dirigida por Motoyoshi Oda (1910-1973), enfrentándose a otro daikaiju, Anguirus, un anquilosaurio mutante.

Kong

EL REY DE ISLA CALAVERA

En 1933 el mundo conoció a la Octava Maravilla del Mundo, un gigantesco gorila de treinta metros de altura cuya historia, lamentablemente, acabó en desgracia. Todo fue idea, o culpa, del director cinematográfico Carl Denham, quien conocía la existencia de un lugar ignoto en muchas cartas de navegación, la nunca descubierta Isla Calavera, situado en algún punto desconocido del Pacífico. Denham, su equipo, incluidos hombres bien armados, y la bella actriz Ann Darrow encontraron la isla, rodeada de una infranqueable niebla. En sus costas descubrieron una población de indígenas que se escondían tras una gigantesca muralla hecha de grandes troncos con una altura de cuarenta metros. Estos indígenas adoraban a su dios Kong, al que ofrecían mujeres en sacrificio para calmar su furia para que no destrozara el gran muro y su pueblo. Admirados por la belleza y el pelo rubio de Ann Darrow, ofrecen un intercambio a la *troupe* del cine, pero estos no quieren sacrificar a su actriz y se retiran a la seguridad del barco. Por la noche, los nativos secuestran a Darrow y se la ofrecen a Kong, un gorila gigantesco, con un rostro lleno de cicatrices, que se lleva a la actriz al interior de la frondosa selva del interior de la Isla Calavera.

Denham, el segundo capitán de a bordo Jack Driscoll y muchos hombres de la tripulación parten hacia el interior de la isla para salvar a Ann, pero allí se encontrarán con arañas, cangrejos y lagartos gigantes mutantes, más algunas especies prehistóricas extintas como tricerátops, brontosaurus, styracosaurus y varios peligrosos tyrannosaurus rex. Al final solo quedan Driscoll y Denham, quienes son capaces de salvar a Ann (de quien se ha encariñado el gigantesco Kong y a la que ha defendido de ostros monstruos) y capturar al simio gigante gracias a varias bombas de gas.

SU VIAJE A NORTEAMÉRICA

Este extraordinario primate es apresado, encadenado y llevado a Nueva York contra su voluntad, donde el director Carl Denham quiere presentarlo en un teatro como King Kong, la octava maravilla del mundo. Tras varias actuaciones musicales se exhibiría a la gigantesca criatura atada, pero Kong escapa el mismo día de su presentación arrasando con todo lo que encuentra en su camino y secuestrando, otra vez, a su admirada Ann. El simio gigante encontraría cierta seguridad escalando el Empire State Building y atrincherándose en su terraza superior, pero fue atacado por avionetas del ejército hasta que el pobre rey Kong fue abatido precipitándose a las calles de Nueva York falleciendo por la gran caída. Recientemente se ha descubierto que Kong podría tratase de un miembro de una generación de simios gigantes y que podría haber más en el interior de la gran selva de la Isla Calavera.

«¡Damas y Caballeros, admiren a Kong, la Octava Maravilla del Mundo!»
(James Ashmore Creelman)

LO PUEDES ENCONTRAR EN...

King Kong (1933) de Merian C. Cooper y Ernest B. Schoedsack

Inspirado en mitos como el de la Bella y la Bestia o libros de aventuras sobre tierras perdidas e ignotas repletos de fauna exótica como *El mundo perdido* (1912) de sir Arthur Conan Doyle (1859-1930) o *La tierra olvidada por el tiempo* (1918) de Edgar Rice Burroughs, el productor de la RKO Pictures Ernest B. Shoedsack (1893-1979) convencería al director Merian C. Cooper (1894-1973), al guionista James Ashmore Creelman (1894-1941) y el experto artesano en efectos especiales Willis O'Brien (1886-1962) para rodar una película con muñecos en *stop motion* y retroproyección que contaría la historia de una *troupe* de Hollywood que viaja a una isla desconocida a grabar una película y descubren a un gigantesco simio que recibe el nombre de Kong. En 2004, la revista *Empire* le concedió el título de mejor película de monstruos de la historia a este gran clásico del cine. El rey Kong ha vuelto varias veces al cine (y la literatura): en 1976, dirigida por John Guillermin (1925-2015); en 2005, con dirección de Peter Jackson; y en 2017, con *Kong: La Isla Calavera,* obra de Jordan Vogt-Roberts (Detroit, 1984), que forma parte del Monstruoverso de las productoras Legendary y Toho, donde también está Godzilla.

Leucrota

EL TEMIBLE CARROÑERO AFRICANO

Muchas veces confundidas con la hiena actual, las leucrotas son unos carnívoros cuadrúpedos que llevan siglos poblando las llanuras de Etiopia. El geógrafo e historiador Estrabón (64 aC-24 dC) llamaba crocuttas o leucrocottas a los híbridos entre un lobo y un perro. Plinio el Viejo coincidía con esta descripción, pero añadió varios detalles más. También es la combinación de una hiena y un león. Es un ser bisexual que se convierte en macho y hembra en años alternos, y se reproducen por partenogénesis: las hembras no necesitan un macho para tener descendencia.

La leucrota tiene el tamaño de un asno, cabeza de caballo o tejón, cuello y patas delanteras de león y cuartos traseros de ciervo. Según Plinio, es uno de los seres más veloces de la naturaleza, tan valiente como un león y tan fuerte como un toro que, además, no puede ser herida por ningún arma hecha de acero. Una de las características más inquietantes de las leucrotas son sus labios negros, que se parecen alarmantemente a los de un ser humano, rodeando una boca que le llega hasta las orejas formada por dos huesos con forma de herradura. En las noches frías de la sabana de Etiopía se escucha el inquietante y característico clack-clack-clack de su boca al chocar los dos huesos sin dientes. Las leucrotas no pueden cerrar nunca sus ojos, así que no podemos saber con seguridad si duermen o no. Además, todas las crocottas tienen los ojos de diferente color, abarcando todo el gran espectro cromático de la luz.

LA VOZ DE LA MALEFICIENCIA

Aparte de su ferocidad y su gran tamaño, la leucrota tiene una peculiaridad que la convierte en uno de los seres más peligrosos de la creación junto a las sirenas: tienen la habilidad de imitar perfectamente cualquier voz humana. Las crocottas se esconden entre los arbustos y llaman a los campesinos imitando la voz de algún ser querido. Cuando este insensato se acercaba a su zona, la leucrota lo atacaba por la espalda acabando con su vida. Existe la leyenda de que también son carroñeras, como las hienas, y suelen desenterrar los cuerpos de los difuntos recientes. Aparte de comérselos, también les roba la voz para poder conseguir más presas utilizando la voz de los seres queridos fallecidos. Otra particularidad mágica de estos seres sucede cuando su sombra cae sobre un perro. El pobre can no podrá espirar ningún sonido, quedándose mudo.

«La leucrota remeda con dulzura la voz humana.»
(Jorge Luis Borges)

Aunque la leucrota es natural de Etiopía, también se tienen noticias de crocottas en la India. Los nativos la llaman la hiena india. El político e historiador Dion Casio (155-235) cuenta en su *Historia Romana* que el emperador Septimio Severo (146-211) tenía una leucrota de la India en su corte de Roma. Este ejemplar «era del color de una leona y tigre combinados, y la apariencia general de esos animales, así como de un perro y zorro curiosamente mezclados». Como su descripción es diferente a la ya conocida, no sabemos muy bien si realmente se trataba de una leucrota o de otro animal prodigioso.

LO PUEDES ENCONTRAR EN...

Los Héroes del Olimpo: Los diarios del semidiós (2012), libro de cuentos de Rick Riordan

El gran escritor Jorge Luis Borges (1899-1986) ya hablaba de las crocontas y las leucrocotas en su bestiario fantástico *El libro de los seres imaginarios* (1957), uno de los mejores libros sobre criaturas fantásticas de la historia. Pero las leucrotas también aparecen en un libro recopilatorio de cuentos de Rick Riordan. Tras el éxito de la pentalogía de *Percy Jackson y los Dioses del Olimpo*, Riordan continuó con su modernización de los mitos helenos con una nueva serie de libros, *Los Héroes del Olimpo*. Si la primera saga se basaba en la Titanomaquia (la guerra de los Titanes y los Olímpicos), la nueva pentalogía se basaría en la Gigantomaquia (la guerra de los Olímpicos contra los Gigantes). *Los Héroes del Olimpo* comenzó con *El héroe perdido* (2010) y acabaría con *La sangre del Olimpo* (2014). En 2012 Riordan publicaría el libro de relatos *Los diarios del semidiós*, donde se cuentan algunas aventuras del antagonista de Percy en los primeros libros, Luke Castellan, hijo de Hermes, antes de lo sucedido en *El ladrón del rayo*. Luke y Thalia Grace se encuentran con varias peligrosas leucrotas encerradas en el interior de una mansión encantada.

Tarasca

LA MALDICIÓN DE LOS DIOSES

La legendaria tarasca es el monstruo más aterrador de los continentes Faerûn, Ansalon o Flaenia, exceptuando, quizás, a los dragones más gigantescos. Este bípedo escamoso, tan alto como un edificio de cinco plantas y que puede llegar a tener más de veinte metros de largo y diecisiete de alto, es parecido a un gran dinosaurio con fuertes patas de velociraptor, brazos gigantes y fuertes, caparazón puntiagudo en su espalda y una cabeza coronada con dos cuernos y una boca repleta de colmillos. La tarasca se comporta como un ave de presa, lanzándose al ataque sin miedo y utilizando su larga cola para mantener el equilibrio. Cuidado con atacarla por la espalda, pues esa cola es ágil y letal, capaz de destrozar al humano o ser más fuerte.

Nadie sabe muy bien dónde se encuentra la madriguera de la tarasca, pero, por suerte, este ser permanece en letargo la mayoría del tiempo, entre cuatro y seis años. Cuando se despierta, sale de caza cada uno o dos días hasta que se alimenta durante dos semanas. Luego se vuelve a dormir. Cuando la tarasca está activa nada sobrevive a su apetito: plantas, animales, humanos o pueblos enteros. Nadie está

a salvo y todo el mundo recomienda no cruzarse nunca en el camino de una. Se sabe que este cruento animal es una abominación liberada por los antiguos dioses para castigar a toda la humanidad, aunque también es el instrumento de poderosos magos oscuros con el poder de convocar a esta temible criatura para destruir a sus enemigos. Eso sí, se trataría de la última solución, pues cuando una tarasca está libre, nadie ni nada puede pararla.

«Échale guindas a la tarasca, y verás como las masca.»

(Frase popular)

LA TARASCA CRISTIANA

En la Antigua Roma, en Tarascón, la Provenza francesa, existió una criatura con este mismo nombre, tarasca. Un dragón con seis cortas patas de oso, cuerpo de buey, cabeza de león con orejas de caballo, colmillos de jabalí y un caparazón impenetrable parecido al de una tortuga. Su larga cola acababa con un temible aguijón venenoso parecido al de un escorpión. Cuenta la leyenda que el rey de Tarascón atacó durante años a este temible monstruo sin éxito. Solo Marta de Betania, conocida más tarde como santa Marta por la Iglesia Cristiana y Ortodoxa, pudo domar a la criatura cantándole plegarias a Dios. Ella llevó a la bestia domada a la ciudad, pero sus horrorizados habitantes atacaron a la pobre criatura que no ofreció ninguna resistencia. Santa Marta predicó un sermón recriminándole este hecho y muchos ciudadanos de Tarascón acabaron convirtiéndose al cristianismo. Este hecho se celebra en varias procesiones del Corpus Christi, sesenta días después del Domingo de Resurrección, en España o Francia paseando figuras de la tarasca por las calles de diversas ciudades o pueblos.

LO PUEDES ENCONTRAR EN...

Forgotten Realms: Dragonreach (1990), cómic de Jeff Grubb y Rags Morales

Los Reinos Olvidados es una campaña de juego de *Dungeons & Dragons* creada por el canadiense Ed Greenwood (Toronto, 1959) y publicada en 1985. Con el tiempo, el mundo Abeir-Toril y los continentes de Faerûn y Kara-Tur se han convertido en uno de los universos más ricos y visitables de este gran juego de rol. Sobre estos reinos se han escrito muchos libros y cómics, como la colección *Forgotten Realms* que publicó DC Comics entre 1989 y 1991. Veintiséis números con guión del experto en rol y autor de libros sobre *Dragonlance, Spelljammer, Magic: The Gathering* o *Warcraft* *Jeff Grubb* (Pittsburgh, 1957) y el debut del reconocido dibujante de cómics Rags Morales (Nueva York, 1966). En el segundo arco de la serie, correspondiente a los números 5 al 8 bajo el título de *Dragonreach*, los protagonistas de esta serie descubren que una fuerza misteriosa está asesinando a los dragones de diversos reinos. Al final se descubre que un poderoso mago llamado Outcast ha matado a los dragones y ha convocado a una indestructible tarasca, una bestia titánica del caos y la destrucción.

Unicornio

LA CRIATURA DEL CUERNO MÁGICO

El unicornio es uno de los seres más puros y bellos del reino animal. Se trata de un caballo de blanco pelaje suave como una nube, barba de chivo, patas de antílope y un largo cuerno blanco que le nace en la frente, sobre los ojos. Protagonista de numerosas historias y leyendas, el unicornio es un animal fabuloso con gran poder y fuerza, capaz de vencer a un elefante o un rinoceronte. La primera vez que se describieron a unicornios fue en la India, alrededor del siglo V antes de Cristo. El médico e historiador heleno Ctesias de Cnido describía en su *Índica* (*Historia de la India*) las costumbres de sus habitantes, flora o fauna, donde salían mantícoras y unicornios. A este último se le describía con cabeza púrpura y un largo cuerno negro con punta roja y base blanca. Este médico griego también habló de las milagrosas propiedades del mágico cuerno que podía curar problemas estomacales, epilepsia o cualquier envenenamiento. Es por esta razón que se cazan unicornios desde la antigüedad, por los poderes sanadores y médicos de su preciada asta. Durante la Edad Media se llegó a creer que el cuerno de unicornio podía alargar la vida de los mortales, y por esa razón los reyes y nobles pagaban cifras astronómicas por tener uno de ellos. El unicornio sale en todos los bestiarios medievales y se consideraba un animal que daba buena suerte. Los trovadores de la época cantaban sobre ellos como representación del amor casto. Los alquimistas medievales y renacentistas llamaban alicornio a la sustancia extraída del cuerno de un unicornio. Sustancia que era utilizada por médicos, pero también por druidas, brujos y brujas para realizar sus pociones mágicas y encantamientos. Los druidas celtas son los primeros en descubrir en el norte de Galicia al unicornio dorado, caballo que tenía la punta final de su cuerno cubierto de oro y un ser mítico de gran poder.

«Cuando un unicornio es asesinado, los hombres destruyen la imagen de la belleza que buscan.»
(Nicholas Stuart Gray)

CÓMO CAZAR UN UNICORNIO

La mejor manera de cazar a un unicornio era usar una joven virgen. Estos extraños equinos se siente atraídos por lo puro y virginal. Esta joven podría amansar a esta peligrosa y poderosa criatura, con lo cual sería mucho más fácil su caza. Eso sí, los unicornios son seres puros llenos de gracia vinculados con Dios y Jesucristo. Por eso se considera una herejía capturar y matar a uno de estos seres sagrados, un pecado que ningún ser divino o humano podría perdonar. El navegante griego Cosmas Indicopleustes escribió en su *Topografía Cristiana* (550) como un unicornio huyó de sus captores lanzándose por un precipicio. Al encontrarse en el aire, el caballo mágico giró de una manera antinatural, como si fuera un gato, cayendo sobre su cuerno, que recibió todo el impacto de la caída y el unicornio no tuvo ningún daño.

Las crías de unicornio del mundo de los magos son de color dorado cuando nacen, plateados de los dos a los siete años y puramente

blanco a partir de los siete hasta el día de su muerte (suelen vivir un poco más que un caballo normal). Los unicornios adultos son tan blancos que la nieve parece gris en comparación. Se encuentran por toda Europa, sobre todo en zonas boscosas y reguladas por los magos. En el Bosque Prohibido, cerca del Colegio Hogwarts de Magia y Hechicería, existe una manada de unicornios que solo se acercan a brujas adolescentes y suelen evitar a los magos hombres. La sangre de los unicornios es de color azul y se considera una poderosa poción para mantener viva a una persona que esté cerca de la muerte, pero esa persona perdería su alma al asesinar a una bestia tan pura. Los pelos de unicornio se suelen utilizar para fabricar núcleos de varitas mágicas porque proporcionan gran fidelidad a su primer dueño, siendo muy difícil de usar por otros magos.

LO PUEDES ENCONTRAR EN...

Legend (1985), película de Ridley Scott

Tras el éxito de su primera película, *Los Duelistas* (1977), el director británico Ridley Scott (South Shields, 1937) quería dirigir una historia sobre el mito medieval anglo-germánico de Tristán e Isolda, pero no encontraba un giro comercial en el guión, así que aceptó dirigir una película de ciencia-ficción con monstruo llamada *Alien* (1979). Tras la buena taquilla de este film y el éxito de crítica de *Blade Runner* (1982), Scott se sintió con poder en Hollywood para adaptar la leyenda medieval a un entorno más fantástico y convertirlo en un cuento de hadas clásico. La película se llamaría *Legend* y estaría protagonizada por Tom Cruise, Mia Sara y Tim Curry. La historia cuenta como el Señor de la Oscuridad necesita el cuerno de un unicornio para traer la negrura, la tristeza y el frío al mundo. A este demonio se le enfrentará la princesa Lili y el habitante del bosque Jack, que lucharán contra duendes oscuros para salvar a un unicornio que ha sobrevivido. *Legend* fue un fracaso de taquilla y Ridley Scott tuvo que dirigir thrillers ochenteros como *La sombra del testigo* (1987) y *Black Rain* (1989) antes de retomar la senda del éxito y el prestigio con *Thelma & Louise* (1991).

Antropófagos

LOS MONSTRUOS CARNÍVOROS DE LA CREACIÓN

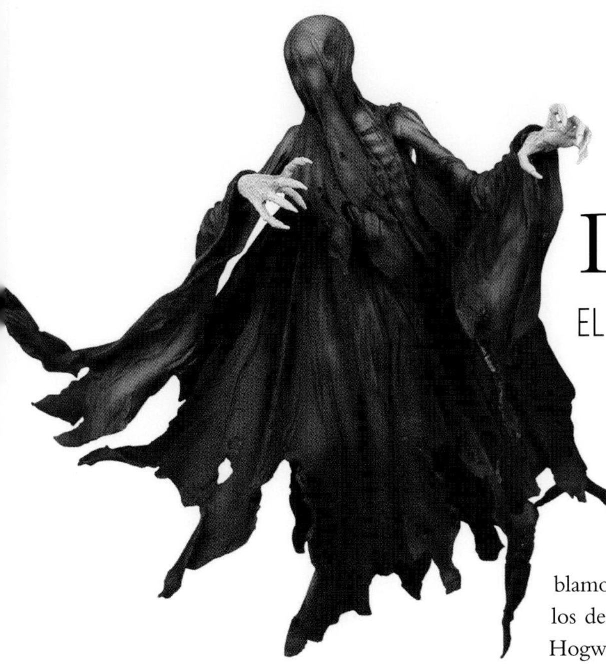

Dementor

EL DEVORADOR DE LA FELICIDAD

Aunque esta sección va sobre criaturas antropófagas devoradoras de carne humana, también existe una clase de viles seres en el mundo que se alimentan de tu felicidad y de tu alma. Hablamos de los oscuros dementores. Como muy bien los describe el profesor Remus Lupin del Colegio Hogwarts de Magia y Hechicería «los Dementores están entre las criaturas mas nauseabundas del mundo. Infestan los lugares más oscuros y más sucios. Disfrutan con la desesperación y la destrucción ajenas, se llevan la paz, la esperanza y la alegría de cuanto los rodea... Si alguien se acerca mucho a un Dementor, este le quitará hasta el último sentimiento positivo y hasta el último recuerdo dichoso. Si puede, el Dementor se alimentará de él hasta convertirlo en su semejante: un ser desalmado y maligno. Lo dejará sin otra cosa que las peores experiencias de su vida». Son unos seres fantasmagóricos cubiertos por una capa de color negro andrajosa, de gran estatura (llegan a los tres metros), que flotan acechando a sus alegres víctimas. Son como representaciones fantasmales de la parca o de la muerte, con unos brazos huesudos y un rostro no muy bien definido. No tienen ojos y su boca es un gran orificio abierto por donde absorben la felicidad y los recuerdos alegres, dejando solo tristeza y desolación. Los dementores no hablan ni parecen que tengan más intelecto que el puramente depredador, aunque se han aliado con los magos en más de una ocasión para sus negros intereses.

DESOLACIÓN Y TRISTEZA

Un mago o un muggle (persona no mágica) notará que un dementor anda cerca cuando la temperatura descienda rápidamente y la humedad comience a convertirse en escarcha, aunque sea el más cálido verano. Los muggles no pueden ver a los dementores, pero notan su presencia como los magos. El Ministerio de Magia hace siglos que utiliza a estas criaturas como carceleros o guardianes de los prisioneros mágicos que tienen que ingresar en la temida Prisión de Azkaban. También suelen estar presente en los juicios contra estos magos oscuros y, en ocasiones, el Ministerio los ha enviado a proteger lugares, como ocurrió en 1993 cuando se escapó el peligroso asesino Sirius Black y el Primer Ministro de Magia mandó a los dementores proteger el Colegio Hogwarts.

Si un dementor puede dejarte triste y desolado durante días o semanas, este fantasmagórico ser tiene un ataque aún más le-

«Los dementores crecen como hongos en los lugares húmedos, oscuros, fríos y tristes.»
(J.K. Rowling)

tal, el temido Beso del Dementor. Un ataque que no tiene curación, pues el dementor succiona el alma colocando su mandíbula alrededor de la boca de la víctima. Puede que el cerebro y el corazón están funcionando, pero nunca se volverá a tener ningún sentido de individualidad ni memoria. Solo existirá una cáscara vacía. El Ministerio de Magia aplicaba esta condena a los delincuentes brujos más peligrosos, pero solo en ocasiones muy extremas, pues se trata de una condena de muerte. Se han visto dementores libres, sin control del Ministerio, aunque en raras ocasiones. La única manera de detener a un dementor es haciendo un encantamiento Patronus, conjurando un guardián mágico, una proyección de todos los sentimientos alegres del brujo o bruja. Este guardián suele tomar la forma de un animal con la que el mago comparte una afinidad profunda.

LO PUEDES ENCONTRAR EN...

Harry Potter y el Prisionero de Azkaban (2004), película de Alfonso Cuarón

La escritora británica J.K. Rowling creó a los dementores para su serie de siete libros de Harry Potter cuando pasó una depresión clínica. Estos seres son la representación corpórea de la depresión, parecida a la muerte en vida. Su aparición estelar sucedió durante el tercer libro de la saga, *Harry Potter y el Prisionero de Azkaban* (1999), una historia más adulta que las dos anteriores. Como en esta novela no salía como antagonista el maligno Lord Voldemort, los dementores se convirtieron en un buen sustituto para asustar y atacar a Harry Potter y sus amigos. Rowling describe a un dementor como una mezcla entre un fantasma y la Parca, pero su presencia en el cine tenía que ser demoledora y provocar mucho miedo. Su primera aparición en el tren de Hogwarts de la película dirigida por el director mejicano Alfonso Cuarón (México DF, 1961) es uno de los momentos más escalofriantes de la reciente historia del cine. Los dementores aparecerían en más libros, películas y videojuegos del mundo de Harry Potter, aliándose con los mortífagos (brujos seguidores del oscuro Lord Voldemort) en la Batalla de Hogwarts.

Ghoul

LOS DEMONIOS DE TOKIO

El gul, o ghoul en inglés, es un demonio necrófago que habita en lugares deshabitados y suele visitar los cementerios de noche para profanar sus tumbas y alimentarse de los cadáveres. El gul puede cambiar de forma, convirtiéndose en una hiena u otro carnívoro del desierto. Hay leyendas que cuentan que también cazan niños pequeños y se beben su sangre. Pero en Tokio, la capital de Japón, existen otra clase de ghouls, unos seres antropófagos con la misma apariencia física e inteligencia que un ser humano normal, a pesar de su horripilante dieta. Los ghouls de Japón son considerados un peligro por el gobierno, quienes crearon una rama especial de la policía llamada CCG (Comisión de Contramedidas Ghoul). Como existen pocas diferencias físicas entre un ghoul y un humano, estos viven infiltrados en la sociedad y son seres muy territoriales. Se suelen organizar entre ellos como bandas y dominan al estilo mafioso su distrito de la ciudad o coto privado de caza. Los ghouls se alimentan de carne humana y solo pueden beber agua y café. Sus papilas gustativas son diferentes a las humanas y vomitarían cualquier comida que no fuera carne de un hombre o mujer. Aunque algunos ghouls han entrenado para que el asco no sea tan fuerte e integrarse más en la sociedad llegando a digerir alimentos normales.

EL GRAN PODER DEL KAGUNE DEL GHOUL

Un ghoul es más fuerte, hábil y ágil que un ser humano. Aparte de esto, se diferencia de un humano en dos aspectos. El kakugan u ojo brillante: cuando un ghoul está luchando o va a alimentarse, sus pupilas se vuelven rojas y la esclerótica se tornan de color negro atravesada por venas hinchadas en sangre. La otra particularidad es su kakuhou, un órgano situado en la espalda que libera las células Rc para formar el kagune característico de los ghouls. Todos los humanos tenemos células Rc, células que pueden ser líquidas o tan duras como dientes. Se cree que es por esa razón que los ghouls comen seres humanos, para conseguir tantas células Rc como puedan. Del kakuhou sale el kagune, el órgano depredador de un ghoul que funciona como un arma. Al ser un músculo líquido que se endurece como el acero a voluntad puede adoptar miles de formas y ser tan versátil como el propio poder del ghoul. Algunos kagunes pueden mutar en kakujas, que pueden funcionar como arma y como armadura, envolviendo todo

«Después de devorarlo solo te quedaría el arrepentimiento mientras estás cubierto de sangre y tripas. Ese es el hambre de un ghoul.»

(SHU ISHIDA)

el cuerpo para defenderse o solo un brazo para atacar con más fuerza. Cuando un ghoul no está bien alimentado, su kagune es débil y puede ser abatido con facilidad.

Los investigadores ghoul son la policía especial de la CCG que utiliza kagunes extraídos de ghouls muertos para enfrentarse contra ellos. Pero no todos estos seres son asesinos sedientos de sangre y vísceras. Algunos de ellos viven en pequeñas comunidades en Tokio bebiendo café (la única bebida que para su ansía) y comiendo trozos de cadáveres de humanos suicidas. Los ghouls se reproducen entre ellos y sus hijos tienen el mismo nivel de crecimiento que un niño humano. Raramente, un ghoul y un humano pueden engendrar, naciendo un híbrido ghoul de un solo ojo. Estos extraños seres también pueden nacer si un humano tiene un trasplante de kakuhou, produciéndose un ghoul de un solo ojo artificial. Para cazar o pelearse entre bandas de diferentes distritos los ghouls utilizan máscaras para no ser reconocidos por los agentes del CCG. Muchas veces estos ghouls son llamados por el mote de sus máscaras.

LO PUEDES ENCONTRAR EN...

Tokyo Ghoul (2011-2014), manga de Sui Ishida

Sui Ishida (Fukuoka, 1985) se ha convertido en un autor de mangas mundialmente conocido gracias a su serie *Tokyo Ghoul*. La serie nació en 2010 y quedó segunda en el 113º Gran Premio de la revista *Weekly Young Jump*, cosa que le permitió tener un contrato y desarrollar la serie. Se estuvo serializando entre 2011 y 2014, recopilándose en catorce tomos, más tres novelas ligeras, un videojuego para móviles, otro para PS Vita, y, sobre todo, un anime producido por el estudio Pierrot de tres temporadas emitidas en 2014, 2015 y 2018. En 2014 comienza la publicación de *Tokyo Ghoul:re*, una secuela situada dos años después de lo acontecido en el primer cómic y más centrada en el CCG y la Escuadra Quinx, agentes exterminadores de ghouls que en realidad son híbridos ghouls de un solo ojo creados artificialmente. El gul árabe se hizo famoso con las primeras traducciones de *Las mil y una noches* (siglo IX), aunque la palabra ghoul como sinónimo de necrófago lo han utilizado escritores como Edgar Allan Poe (1809-1849), Clark Ashton Smith (1893-1961) o H.P. Lovecraft. En el mundo de *Harry Potter* de J.K. Rowling, los ghouls son fantasmas alborotadores, sin instintos homicidas ni antropófagos.

Licántropo

CUIDADO CON LA LUNA LLENA

El licántropo, u hombre lobo, es una de las criaturas fantásticas más legendarias del mundo junto a los vampiros y los dragones. Un licántropo es una persona con el poder de convertirse en un ser medio lobo medio humano con una gran ferocidad, fuerza, astucia y rapidez. Existen muchos tipos de hombres lobos. Aquellos que son capaces de convertirse en un lobo gigante parecido a un gran lobo huargo; los que se convierten en una criatura híbrida mitad lobo, mitad humano, capaz de desplazarse sobre cuatro patas o sobre dos; y aquellos que su lupinidad solo se demuestra en su rostro, similar al de un lobo, y su cuerpo cubierto de pelo. Existen varios tipos de licantropía también: hay humanos que se convierten en lobo durante unas cuantas horas en noches de luna llena, perdiendo el pobre desdichado su intelecto y libre albedrío, o aquellos individuos que son capaces de controlar su parte lobuna y utilizar a placer para hacer el mal o el bien. Estos seres normalmente no pierden su intelecto, pero su salvajismo es bastante más patente, llegando a perder muchas veces el control como los guerreros berserker de la mitología nórdica.

Aunque ha habido pocos científicos que hayan podido estudiar a los hombres lobos, existen un par de conceptos que todo el mundo da por válidos sobre la licantropía. Solo hay dos maneras de crear a un hombre lobo: por línea sanguínea, cuando alguno de tus progenitores (o los dos) han sido hombres lobos; o por la mordedura de otro hombre lobo. Para los pobres mortales que solo pueden convertirse en licántropo sin voluntad durante las noches de luna llena, se trata de una maléfica maldición. Pero aquellos que disfrutan siendo un hombre lobo y la libertad salvaje que esto te da, la licantropía es como el mayor de los regalos. Aunque un hombre lobo sea cabal y mantenga su libre albedrío en su forma salvaje, suele pasarlo mal durante las noches de luna llena, como muchos otros animales salvajes. Algunos tienen fuertes jaulas en los sótanos de sus casas, donde se encierran en las noches de luna llena para seguridad de sus vecinos. La otra constante en todos los hombres lobo es que pueden ser abatidos por la plata, mortal para ellos. Aunque algunos también son debilitados por la hierba esencia de lobo, muy difícil de conseguir.

«Incluso un hombre puro de corazón y que reza sus oraciones por la noche puede convertirse en lobo cuando la luna de otoño es brillante.»

(ANDREW KEVIN WALKER)

COMUNIDADES DE LICÁNTROPOS

Muchos hombres lobo suelen juntarse en comunidad, como si fueran una manada, a las órdenes de un macho o hembra alfa que manda sobre toda la comunidad. En el norte del estado de Washington, en

Estados Unidos, existe la tribu indígena Quileute, tribu que tiene magia en su línea de sangre. Ente ellos existen los guerreros espirituales que son capaces de convertirse en grandes lobos, transformándose a voluntad. Los pocos guerreros de los Quileute con esta capacidad se pueden curar a un ritmo más rápido, son muy fuertes, pueden retrasar su envejecimiento y se comunican telepáticamente con los miembros de su manada, siendo una fuerza temible cuando se lucha contra ellos. Su enemistad con los vampiros es bien conocida por todos. Aparte de los Quileute, existen por todo el mundo la raza de los blutbaden, hombres lobos que crecen en comunidad y que se vuelven muy violentos cuando cazan con su manada. Existen los wieder blutbad, blutbaden reformados que se abstienen de matar seres humanos y suelen ser vegetarianos.

Existen muchos hombres lobo históricos conocidos por la humanidad. Uno de los primeros fue Licaón, rey de Arcadia, en la Antigua Grecia, un monarca cruel y salvaje que fue condenado por Zeus a convertirse en lobo y que toda su línea sanguínea sufriera la misma maldición que él. En la Edad Media se dieron muchos casos de licantropía, relacionados con la brujería, y muchos hombres lobo fueron quemados en los juicios de la Inquisición católica. Algunos licántropos famosos de la historia son la familia Gandillon en Francia (siglo XVI); la Bestia de Gévaudan asesinada por una bala de plata (finales del siglo XVIII); el joven León de España (siglo XVIII); el asesino Manuel Blanco Romasanta, más conocido como el Hombre de Lobo de Allariz o el Sacamantecas (mediados del siglo XIX); la maldita familia Talbot británica (finales del siglo XIX); el joven británico Fleete, quien sufrió una maldición de licantropía por parte de unos monjes indios (finales del siglo XIX); el polaco Waldemar Daninsky, maldecido por un hombre lobo desenterrado por unos gitanos (mediados del siglo XX); o el joven turista norteamericano David Kessler, que sufrió la mordedura de un hombre lobo en la campiña británica y sembró el terror en las calles de Londres durante una larga y angustiosa semana (1981).

En el mundo de los magos han estudiado con profundidad a los licántropos y saben más sobre ellos que los muggles (personas no mágicas). El Ministerio de Magia y el Departamento de Regulación y Control de Criaturas Mágicas lleva un Registro de Hombres Lobo desde el siglo XVII. Normalmente, los magos que han sido infectados con la maldición de la licantropía llevan una vida normal y toman la Poción de Matalobos, inventada por Damocles Belby en la década de 1970, que alivia los peores síntomas y lo calman durante las noches de luna llena. El hombre lobo encuentra más gustoso el sabor de la sangre de un mago que la de un muggle, y existen seres viles que disfrutan siendo hombre lobo y asesinando magos, como el infame Fenrir Greyback.

LO PUEDES ENCONTRAR EN...

Un hombre lobo americano en Londres (1981), película de John Landis

Escrita y dirigida por el director americano John Landis (Chicago, 1950), *Un hombre lobo americano en Londres* sería su primera experiencia en un film de terror tras dos comedias como *Animal House* (1978) y *The Blues Brothers* (1980). A medio camino entre el terror y el humor, se convirtió en una película de culto gracias al genial maquillaje de Rick Baker (Binghamton, 1950), que le hizo ganar un Oscar. Pero existen muchas ficciones literarias sobre licántropos, como los libros de *Harry Potter* de J.K. Rowling, la saga *Crepúsculo* de la escritora norteamericana Stephanie Meyer (Hartford, 1973), o *La marca de la bestia* (1890), cuento del inmortal escritor británico Rudyard Kipling (1865-1936). Historias sobre hombres lobos existen en la literatura desde la época de Virgilio (70-19 AC) y Plinio el Viejo, quienes hablaron de ellos en sus libros. El cine ha convertido a nuestro querido licántropo en una figura de la cultura popular gracias a películas como *El hombre lobo* (1941) de George Waggner (1894-1984), *La maldición del hombre lobo* (1961) de Terence Fisher (1904-1980), *La marca del hombre lobo* (1968) de Enrique López Eguiluz (1930-1997), *Aullidos* (1981) de Joe Dante, *Teen Wolf* (1985) de Rob Daniel (1942-2016), *Underworld* (2003) de Len Wiseman (Fremont, 1973), o *The Wolfman* (2010) de Joe Johnston (Tejas, 1950). En la televisión podemos encontrar hombres lobo en las series *Feroz* (2010), *True Blood* (2010), *Grimm* (2011), *Teen Wolf* (2011), *Hemlock Grove* (2013) o *Penny Dreadful* (2014).

Ogro

EL TERROR DE LOS CUENTOS INFANTILES

Los ogros son monstruos de apariencia humanoide brutales, grandes, desagradables, grotescos y antropófagos, con debilidad por la carne humana y, sobre todo, la de los niños. Un ogro suele tener normalmente una cabeza desproporcionadamente grande, abundante cabello, piel de algún color entre el rojo, el verde o algún color oscuro, y una apariencia y olor horribles. El ogro existe desde hace siglos en las zonas más recónditas de la geografía, en oscuras cuevas o en frondosos bosques laberínticos, pues los ogros odian al resto de los seres vivos y su misantropía es altamente conocida. La palabra ogro deriva del dios etrusco Orcus, quien se alimentaba de carne humana. Muchas veces se describe al ogro como un ser torpe, tonto y al que es posible engañar, pero algunos ogros tienen un gran intelecto, siendo unos adversarios magníficos de extrema vileza.

Existen algunos ogros mágicos, como los protagonistas de las historias medievales de *Pulgarcito* y *El gato con botas*. Pulgarcito y sus seis hermanos fueron abandonados en un bosque por su padre leñador porque eran muy pobres. Estos encontraron refugio en la casa de un ogro, su mujer y sus siete hijas, quienes secuestraron a los niños para guardarlos cuando escaseara la comida. Tras algunas desventuras, Pulgarcito robó las mágicas botas de siete leguas del ogro, convirtiéndose en el mensajero del rey. El gato del campesino Benjamín era el gato más inteligente del reino. Gracias a él, su amo prosperó en la vida y llegaría a matar a uno de los ogros más poderosos de Francia. Este ogro era mágico y podía convertirse en cualquier ser. El gato le retó a que se convirtiera en un ratón o una rata. Cuando el ogro lo hizo, el gato saltó encima de él y se lo tragó de un bocado. El gato le dio el castillo del ogro a su dueño y se convirtió en un gran señor.

EL HORROR DE MULGARATH

En Japón existen los onis, los parientes orientales de los ogros, aunque en la tradición japonesa están más vinculados con los demonios. Son gigantescas criaturas con garras afiladas, frondoso pelo o calvos, y uno o dos cuernos en su cabeza. Normalmente aparecen con su forma humana fuerte, grande y de color rojo, pero también se pueden convertir en seres con forma grotesca, con muchos ojos o infinitas articulaciones. A los oni les gusta vestir con las pieles del tigre que suelen matar con su kanabo o gran porra de hierro. Uno de los ogros más peligrosos que han existido nunca es Mulgarath, quien quería robarle la Guía de campo del *Mundo Invisible* al

«Me gustaría sentirme, aunque solo fuera un día, un ogro otra vez.»
(Roger S. H. Schulman)

investigador Arthur Spiderwick para destruir a las hadas y controlar el mundo mágico. Para ello organizó un ejército de feroces duendes para hacerse con la guía a toda costa. En el mundo de Narnia los ogros son unas criaturas grandes y de escasa inteligencia que formaban parte del ejército de la malvada Bruja Blanca, demostrando su servil y vil naturaleza. Tras el triunfo de los hermanos Pevensie en la Revolución de Invierno y la Batalla de Beruna quedaron muy pocos ogros en Narnia y muchos huyeron a Archenland. En el mundo mágico de Xanth los ogros son criaturas brutales y violentas que se comerían a cualquier ser antropomorfo y destruyen todo lo que pueden. Viven en Ogre-Fen-Ogre y se comunican entre ellos con rimas. Los ogros de Xanth consideran que la fealdad es lo más bonito del mundo. Si un humano es muy feo, un ogro podría perdonarle la vida por encontrarlo bello.

LO PUEDES ENCONTRAR EN...

Shrek (2001), película de Andrew Adamson y Vicky Jenson

Los ogros son unos personajes estereotipado por las leyendas y los cuentos infantiles desde los tiempos del escritor francés Charles Perrault (1628-1703) quien recopiló y dio forma literaria a cuentos populares como *La bella durmiente, Cenicienta, Pulgarcito* o *El gato con botas*. Considerado unos brutos con poca inteligencia por el escritor británico C.S. Lewis en su serie de *Las crónicas de Narnia* (1950-1956), por el escritor británico Piers Anthony en sus libros sobre Xanth, y la mayoría de guías sobre *Dugeons & Dragons* o los libros de *Dragonlance*, el ogro se convertiría en un astuto antagonista en *Las crónicas de Spiderwick* de Tony DiTerlizzi (Whitier, 1969) y *Holly Black* (Nueva Jersey, 1971). Pero el ogro más famoso del siglo XXI es Shrek, un ogro verde bueno que solo desea que le dejen en paz en su fétida ciénaga. Tras el éxito de la película de Andrew Adamson (Auckland, 1966) y Vicky Jesnon (San Francisco, 1960), inspirada en el libro que el ilustrador norteamericano William Steig (1907-2003) publicó en 1990, Shrek se convertiría en una franquicia de DreamWorks Animation con cuatro películas estrenadas y una quinta en preparación.

Trol

EL MONSTRUO DE LOS BOSQUES Y LOS PUENTES

Si el ogro es el monstruo salvaje, cruel, oscuro, sucio y gigante de gran parte de Europa y Japón, el trol es la mítica raza salvaje del folclore escandinavo. Los trols (*trolls* en inglés) y los ogros suelen ser parecidos, pero un trol se diferencia de un ogro al estar cubierto de pelo y tener una nariz y unas orejas anormalmente grandes. Mientras que los ogros pueden alcanzar los dos metros y medio de alto, los trols pueden llegar a parecer gigantes, tan grandes como un edificio de tres plantas. Existen muchos trols escondidos por los escarpados bosques de las montañas de Escandinavia que se alimentan de lo que cazan, pero que no hacen ascos a la carne humana de montañeros, pastores y cazadores perdidos. A los trols también les gusta secuestrar a bebés recién nacidos en sus cunas. Suelen cambiarlos por uno de sus sucios hijos para que sean criados por la familia, muy parecidas a las tradiciones de los duendes celtas del niño cambiado. El bebé humano que se llevan acaba siendo la comida del día. Muchos trols odian la luz del Sol y suelen estar escondidos en cuevas, zonas oscuras del bosque o debajo de los puentes que cruzan los ríos escandinavos. Cuando alguien intenta pasar por debajo de uno de estos puentes, el trol exigirá un pago, que casi siempre suele ser la vida del pobre desdichado que intenta atravesar el puente. Los trols no son tontos por naturaleza, pero sus acciones son contradictorias por la mezcla de emociones como la envidia, la avaricia, el orgullo, la ingenuidad y la ignorancia. En la actualidad, los trols son estudiados y clasificados por el gobierno noruego y la Junta Noruega de Vida Silvestre.

EL SER DE ROCA

Existen otras clases de trols en diferentes mundos. En la Tierra Media son una de las razas más fuertes y peligrosas de todas. Son criaturas grandes de unos cuatro metros de altura y de escasa inteligencia. Esta raza fue creada por el Señor Oscuro Morgoth durante las Edades de las Estrellas para enfrentarse a los gigantescos Ents. Existen varios tipos de trols en Arda. Los trols de piedra se convierten en piedra cuando les da la luz del Sol. Los Olog-hai son fuertes, ágiles y astutos. Fueron creados por Sauron para que no les afectara la luz del Sol. Los trols de las cavernas tienen escamas oscuras verdosa, sangre negra y la piel muy dura, difícil de atravesar por una espada. Por último, los trols de las nieves son naturales de Arador, son más pequeños que el trol normal y tienen la piel blanca.

En el Mundodisco también existen trols, de gran altura (entre dos y tres metros) hechos de roca, material del cual se alimentan, y con grandes dientes de diamante. El sol y el calor no les mata, pero su cerebro funciona mucho más lento y pueden llegar a quedarse petrificado, como hibernando. Los trols salvajes de la montañas del Carnero duermen durante el día y solo se mueven durante la noche o el invierno. Es conocida su eterna disputa con los enanos en las regiones montañosas de Uberwald. En Ankh-Morpork existe una nueva generación de trols más 'civilizados' que contri-

«Cualquiera que quiera atrapar a un trol debería usar un edificio atado a un gran tronco de árbol.»
(Terry Pratchett)

buyen a la comunidad en trabajos pesados o como empleados de seguridad personal, pues ningún loco osaría meterse con un trol.

En Azeroth, el mundo de Warcraft, los trols provienen de dos tribus principales, los Drakkari y los Zandalari. Son una de las razas más diversas de Azeroth y forman parte de la Horda de los orcos y los taurens. Estos trols suelen medir más de dos metros y son delgados y musculosos, a diferencia de los trols conocidos de Escandinavia o la Tierra Media. Los trols de Azeroth tienen unos colmillos feroces, orejas largas y puntiagudas, tres dedos en las manos y dos en los pies. Una de las características que les hace letales en combate es que pueden curarse y regenerar extremidades perdidas a un ritmo acelerado.

LO PUEDES ENCONTRAR EN...

Trollhunter (2010), película de André Øvredal

Los parientes escandinavos de los ogros son uno de los monstruos más conocidos de Noruega o Suecia, formando parte del folclore de estos países. Los autores noruegos Peter Christen Asbjørnsen (1812-1885) y Jørgen Moe (1813-1882) recopilaron muchos cuentos tradicionales en su *Norske Folkeeventyr* (1874), incluido el famoso *Las tres cabras macho Gruff*, protagonizado por un trol. J.R.R. Tolkien se inspiró en los trols de los cuentos escandinavos para su obra *El Hobbit*, aunque también saldrían en *El señor de los anillos* y en muchos otros relatos de la Tierra Media. El escritor británico Terry Pratchett también usaría a los trols en su serie de libros sobre el *Mundodisco* (1983-2015) y son personajes recurrentes en la literatura fantástica. Los trols del videojuego de rol multijugador de Blizzard Entertainment *World of Warcraft* (2004) son diferentes a los grandes y tontos de la literatura. Muy recomendable es el falso documental de André Øvredal (Oslo, 1973) *Trollhunter*, que sigue el trabajo de un funcionario del gobierno noruego que identifica, sigue y mata a gigantes trols.

Vampiro

LA SANGRE ES LA VIDA

Los vampiros son los verdaderos señores de la noche, las criaturas malignas que llevan milenios acechando en la oscuridad y en las pesadillas de la humanidad. Un vampiro es un ser que se alimenta de la sangre de otros seres vivos, aunque también existen los vampiros blancos, que se alimentan de la esencia vital, alimentándose de la energía y las ganas de vivir. Pero no son mayoría entre el extenso universo de estos chupasangres. Existen muchos tipos de vampiros, desde nobles que llevan escondidos miles de años en la oscuridad hasta sucias alimañas que se alimentan de cualquier ser vivo y se esconden en las alcantarillas de las grandes ciudades. Como en el mundo de los humanos, existe el primer mundo de los vampiros, la élite, el uno por ciento. Normalmente son los ricos que organizan el mundo vampírico. Como el diablo, el vampiro ha conseguido su mejor truco haciéndole creer a los humanos que no existen, que solo son un mito. Existen varios nombres para referirse a un vampiro: vrykolakas del griego, nosferatu o no muerto, strigoi en rumano, vampyrus en latín o kyuuketsuki en japonés.

El poder y la fisionomía de un vampiro varía como la fisionomía de un humano, pero uno de los rasgos más determinantes de un vampiro son sus largos colmillos, que utiliza para poder desgarrar el cuello de sus víctimas y beberse su sangre. Los vampiros tienen muchos poderes, pero todos son bastante ágiles y fuertes, fuerza que va aumentando con la edad del vampiro. También tienen los sentidos más evolucionados que los humanos, como la vista, el olfato y el oído. Existen vampiros que pueden volar, leer o controlar mentes, transformarse en animales o en unos grandes monstruos alados con rostro de quirópteros (como los vampiros del reino animal). Incluso hay vampiros que pueden transformarse en espesa niebla negra que se mueve a voluntad.

Un vampiro es un humano que ha sido infectado por otro vampiro. Cuando el nosferatu le da su sangre a un humano este muere en el transcurso de pocos días y resucita convertido en un ser inmortal sediento de sangre. Aunque también se han conocido casos de vampiros que han nacido con esa maldición o seres malditos por acciones sacrílegas. Nadie sabe muy bien cuál es el origen de los vampiros. Algunos creen que son los hijos que Lilith, la primera esposa de Adán anterior a Eva, tuvo con los demonios del mundo exterior cuando abandonó el Edén por decisión propia. Otros creen que son los descendientes de Lamia, la reina de Libia amada por Zeus a la que la celosa Hera transformó en un monstruo mitad mujer mitad serpiente

que devoraba y consumía la sangre de los niños. Otras leyendas vampíricas afirman que todo comenzó en Egipto dos mil años antes de Cristo, con los reyes Akasha y Enkil y la maldición de las hechiceras Maharet y Mekare. Aunque son inmortales, la mayoría de los vampiros tienen dos enemigos mortales: son vulnerables a la luz del Sol y pueden ser asesinados atravesándoles el corazón y siendo decapitados. También existen vampiros que tienen aversión al ajo o a los símbolos religiosos. Aunque hay una regla general para todos, son más activos de noche. Muchos nosferatus duermen en cementerios y ataúdes durante el día, saliendo de noche para cazar. Pero existe una raza de vampiros a la que el Sol no le afecta y cuya piel tiene propiedades cristalinas que provoca que reaccione como un prisma brillante. Estos vampiros no suelen tener muy buena fama entre el resto de criaturas de la noche.

EL FAMOSO CONDE DRÁCULA

Han existido varios vampiros famosos en la historia. El más conocido de ellos es el príncipe Vlad III, Vlad Tepes, Vlad Draculea o Drácula. Un noble rumano que luchó contra los otomanos durante el siglo XV defendiendo Valaquia y Transilvania. Le llamaban el Empalador por su cruel método de empalar hasta la muerte a los soldados enemigos que sobrevivían a las batallas. No sabemos con seguridad si Vlad fue maldecido por Dios o fue bendecido por otro vampiro, pero vivió en su castillo durante cientos de años hasta que viajó a Londres a mediados del siglo XIX donde sería perseguido por el médico holandés Abraham van Helsing y el joven abogado Jonathan Harker. Dado por muerto en más de una ocasión, Drácula siempre ha sabido volver del sueño eterno para propagar su maldad. El caballero Gilles de Rais (siglo XV) fue un asesino en serie en Bretaña, aunque muchos creían que en realidad se trataba de un no muerto que se bebía la sangre de sus víctimas. La condesa húngara Erzsébet Báthory fue llamada la Condesa Sangrienta y se le atribuyen más de 650 muertes. Aparte de beberse la sangre de sus víctimas, se bañaba en ellas, permaneciendo joven durante muchos años. Otra vampira famosa fue la irlandesa Ethelind Fionguala, la de los blancos hombros, una de las mujeres más bellas de la historia, que seducía a los jóvenes en los cementerios. Uno de los primeros vampiros del Nuevo Mundo fue el joven Louis de Pointe du Lac en Luisiana, convertido por el nosferatu francés Lestat de Lioncourt. Louis y Lestat acabaron con muchas nobles familias en la Nueva Orleans de finales del siglo XVIII.

«Dios mata indiscriminadamente, y nosotros también. Ninguna criatura de Dios se parece tanto a Él como nosotros.»

(ANNE RICE)

Los vampiros siempre han sido perseguidos por hombres creyentes y buenos. Ya hemos hablado del mítico cazador de vampiros Abraham Van Helsing, pero también ha habido otros cazavampiros famosos, como el mismísimo 16º Presidente de los Estados Unidos Abraham Lincoln (1809-1865) o la joven Buffy Summers, una mística cazadora con sede en la soleada Sunnydale en California. A mediados de los setenta, el hijo de Jonathan Harker (Quincy Harker) y la bisnieta de Van Helsing (Rachel Van Helsing) organizaron un efectivo equipo de cazadores de vampiros junto al medio vampiro Blade, un joven afroamericano que se convirtió en un dhampiro, un ser mitad vampiro mitad humano, con el poder, agilidad y fuerza de un no muerto, pero sin las debilidades de éste.

LO PUEDES ENCONTRAR EN...

Drácula (1897), libro de Bran Stoker

Muchos escritores han escrito sobre vampiros o no muertos que se alimentan de sangre. Desde el poema *Christanbel* (1797) de Samuel Taylor Coleridge (1772-1834), pasando por *El Vampiro* (1819) de John Polidori (1795-1821), *Vampirismo* (1819) de E.T.A. Hoffmann (1776-1822), *El festín de sangre* (1845) de James Malcolm Rymer (1814-1884), *Berenice* (1835) de Edgar Allan Poe o *El Misterio de Ken* (1883) de Julian Hawthorne (1846-1934). Pero ninguno de estos cuentos o libros alcanzaría tanta fama y repercusión como el *Drácula* del escritor irlandés Bran Stoker (1847-1912). Esta obra fue adaptada al teatro y se hizo muy famosa en el Broadway de la década de los treinta, cosa que permitió su adaptación al cine en 1931, dirigida por Tod Browning (1880-1962) y protagonizada por Bela Lugosi. La productora Hammer explotaría al personaje en la década de los sesenta con el rostro de Christopher Lee. En 1972, la editorial de cómics Marvel publicaría *The Tomb of Dracula*, serie de cómics con guión de Marv Wolfman (Nueva York, 1946) y dibujo de Gene Colan (1926-2011) donde nacería el famoso cazador de vampiros afroamericano Blade. Tras el éxito de *Entrevista con el vampiro* (1973) de la escritora Anne Rice (Nueva Orleans, 1941), la literatura gótica romántica sobre el vampirismo se convertiría en todo un gran género de la fantasía, destacando como superventas la saga *Crepúsculo* de Stephanie Meyer. El norteamericano Jim Butcher (Independence, 1971) habla de los vampiros blancos y la corte blanca en su serie de libros *The Dresden Files* (2000-2014). La televisión se ha convertido en el nuevo refugio de los nosferatus con series como *Buffy Cazavampiros* (1997-2003), *Crónicas vampíricas* (2009), *Blood+* (2005), *True Blood* (2008), *Being Human* (2008), *The Originals* (2013), *Vampire Detective* (2016), *Moonlight* (2007), *Abierto hasta el amanecer* (2014), *Van Helsing* (2016) o *The Strain* (2014-2017).

Wendigo

EL CANÍBAL AMERICANO

Aunque existen mucho monstruos antropófagos y criaturas malditas a lo largo del vasto mundo, en los pueblos algonquinos de la Costa Este de Norteamérica y la región alrededor de los Grandes Lagos entre Estados Unidos y Canadá existe un ser bestial, antinatural, a medio camino entre un oso blanco y un ser antropomórfico que se alimenta de carne humana en las frías noches de invierno. Ese monstruo es el wendigo, un ser creado por una maldición, como el licántropo. Al contrario que el hombre lobo, el wendigo no es creado cuando otro wendigo te muerde. Un wendigo es un hombre maldito convertido en monstruo al haber traspasado uno de los tabús más peligrosos de los pueblos nativos de América del Norte, el canibalismo. En el norte de Estados Unidos y Canadá los inviernos son crudos, fríos y oscuros. Sin una buena preparación y caza abundante recolectada durante el otoño, el invierno puede ser inclemente con el ser humano. Cuando la hambruna y la inanición comienzan, la codicia y la glotonería provoca que algunos hombres maten a otros para ingerir su carne y sobrevivir. Entre los pueblos nativos de los ojibwa, saulteaux, naskapi e innu existe la creencia que un hombre que ha practicado canibalismo estará maldito para siempre siendo poseído por el espíritu demoniaco del wendigo. Cada noche, este demonio transformará grotescamente a esa persona en un cruel monstruo que saldrá a cazar más víctimas de las que alimentarse.

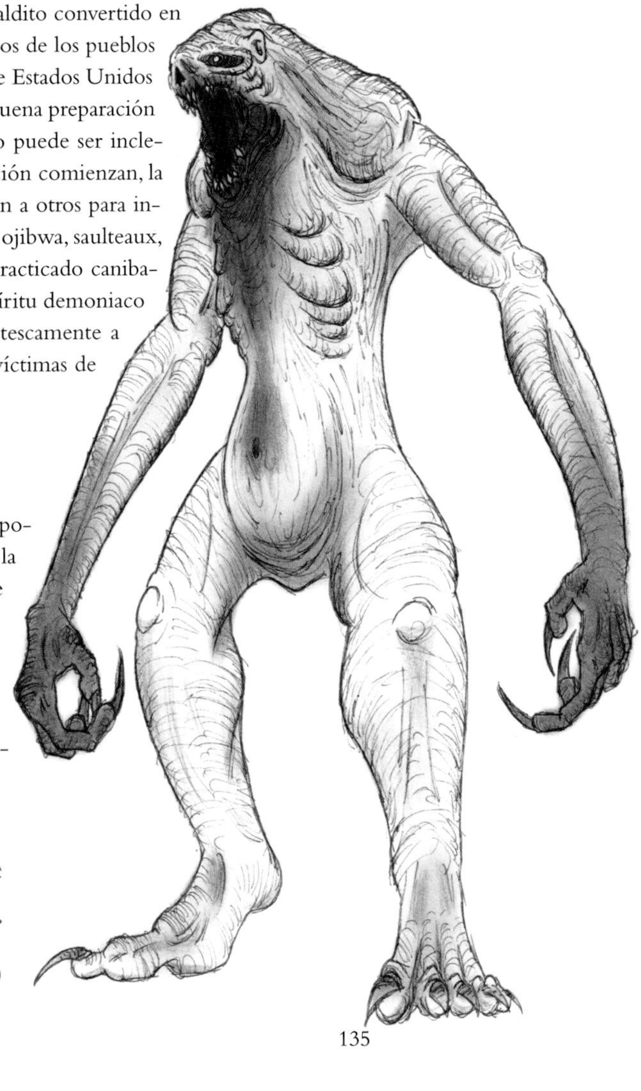

EL ANSIA DE LA CARNE HUMANA

El wendigo tiene los recuerdos del ser humano que ha poseído y puede llamar a sus amigos o seres queridos por la noche para que se adentren en el interior del bosque donde encontrarán una muerte fría y sangrienta sirviendo como alimento al amigo que habían querido. Existe una leyenda entre los nativos que cuenta que el primer wendigo fue un indio nativo traicionado por su amada. Este, por venganza, la asesinó, le arrancó el corazón y se lo comió. Desde en-

«El wendigo es la llamada de lo salvaje personificada.»

(ALGERNON BLACKWOOD)

tonces es una criatura maldita que come corazones por los bosques norteamericanos. Para matar a un wendigo tienes que acabar con la vida del huésped que lo aloja, el mortal embrujado por haber comido carne humana. Estos seres maldecidos no saben lo que están haciendo por las noches, cuando corren por los bosques nevados convertidos en wendigos, como les ocurrn a los malditos por la enfermedad de la licantropía que no pueden cambiar a voluntad. Lamentablemente, no existe ninguna medicina ni embrujo que pueda liberar a un ser humano que ha practicado el canibalismo de la maldición del wendigo.

LO PUEDES ENCONTRAR EN...

El Increíble Hulk #180-181 (1974), cómic de Len Wein y Herb Trimpe

Uno de los primeros literatos en indagar sobre el mito nativo norteamericano del wendigo fue el especialista británico en cuentos de terror Algernon Blackwood (1869-1951), escritor de la historia *El Wendigo* que se publicaría en la colección de cuentos *El valle perdido y otras historias* (1910). El cuento trata sobre una expedición escocesa al noroeste de Ontario. En el cine se ha hablado de este monstruo en películas de terror como *Ravenous* (1999), de la directora británica Antonia Bird (1951-2013) y protagonizada por Guy Pearce y Robert Carlyle, o en *Dark was the night* (2014), dirigida por Jack Heller, productor de otra película sobre caníbales americanos, *Bone Tomahawk* (2015). El wendigo se convertiría en un villano del universo Marvel apareciendo por primera vez como antagonista de Hulk en el número 162 de su serie regular (1973). Creado por el guionista Steve Englehart (Indianapolis, 1947) y el dibujante Herb Trimpe (1939-2015), este ser parecido al increíble hombre de las nieves tenía la maldición del canibalismo como el monstruo amerindio. Un año más tarde, el Wendigo y Hulk se volverían a enfrentar con la primera aparición de otro superhéroe que, con el tiempo, se convertiría en todo un icono: Lobezno o Wolverine.

Razas

LOS REYES DE LOS MUNDOS FANTÁSTICOS

Beholder

LA MALDAD SUBTERRÁNEA

Una de las criaturas más tenebrosas y peligrosas en los continentes de Flaenia o Faerûn son los malditos beholder o contempladores, una aberración de la naturaleza formada por un gigante cuerpo esférico que se asemeja a una gran cara con un solo ojo inyectado en sangre y odio, y una boca grande con colmillos que cruza su ovalado cuerpo. De esta inmunda bola de maldad surgen muchos tentáculos flexibles coronados con ojos. Cada uno de los ojos de los contempladores tiene una habilidad mágica diferente. Normalmente, el ojo principal proyecta una defensa que le hace inmune a la magia, mientras que los otros oculus tienen diversos poderes mágicos, como la desintegración de objetos, convertir a sus oponentes en piedra, herir, piroquinesis, teleuinisis, poder de congelación o la inducción al sueño. Aunque el poder más temible de algunos de estos beholders es el Rayo de la Muerte, que causa un daño necrótico continuo produciendo grandes dolores a todos aquellos que son atacados por los contempladores que poseen esta capacidad mágica.

Los beholders son unas criaturas que odian a todos los demás seres. Son tan xenófobos y paranoicos que suelen odiar a otros contempladores mutantes diferentes a ellos, aunque en algunas ocasiones han llegado a juntarse para combatir a un enemigo común. La única raza de beholders que es venerada son las Madre Colmena, quienes pueden dominar mágicamente a sus semejantes y crear nidos y comunidades de contempladores multirracial. Pero si existe un beholder venerado por encima de todo es la diosa Gran Madre, desquiciada y controladora, aunque también está su hijo rebelde, Gzemnid, el dios contemplador de los gases.

LOS BEHOLDER DE UNDERDARK

Casi siempre se encuentran en las profundidades subterráneas, en lugares como Underdark, donde se concentran otras razas como los drows o elfos oscuros, con los que se suelen enfrentar luchando por el territorio. Los beholders suelen cavar sus

> «Los contempladores son detestables, agresivos y avariciosos.»
>
> (MANUAL DE MONSTRUOS DE DUNGEONS & DRAGONS)

grandes ciudades con su ojo de desintegración. Por eso estos lugares suelen tener largo túneles rectos de la altura de un contemplador. Los beholder se alimentan de animales vivos y suelen tener muchas mutaciones. Como los poderosos elder orb; los muertos vivientes death tyrant; los chupasangre death kiss; los submarinos eye of the deep; los magepófagos gauths que se alimentan de magia; los mutantes gougers con sus cuatro piernas y su larga y punzante lengua que neutralizan los ojos de otros beholders; o el más peligroso de los contempladores, el overseer, con su forma de árbol negro con boca horripilante y ojos en las ramas.

En Faerûn, los contempladores se han infiltrado en la sociedad y trabajan con los Magos Rojos de Thay controlando el Gremio de ladrones de Skullport, bajo el subsuelo de la gran ciudad de Waterdeep. También se les puede encontrar en la ciudad subterránea de Ojos Tiranos u Ootul, aunque no te recomendamos que te enfrentes nunca a un beholder sin tener varios compañeros a tu lado y una buena preparación física y mágica.

LO PUEDES ENCONTRAR EN...

Eye of The Beholder (1991), videojuego de Westwood Studio

El beholder o contemplador es una de las pocas creaciones originales del universo del juego de *Dungeons & Dragons*. Muchas criaturas de este clásico del rol están inspiradas en monstruos de otras mitologías, pero el beholder es único, creado por Terry Kuntz (Fort Atkinson, 1953) y descrito por Gary Gygax (1938-2008), el inventor de juego de rol junto a Dave Anderson (1947-2009). Se le dio a conocer al público en el primer suplemento de *Dungeons & Dragons, Greyhawk* (1975), y protagonizó su portada. Rápidamente se convirtió en uno de los adversarios preferidos para los *dungeon masters*, o directores de juego, y para la mayoría de roleros del mundo. El videojuego *Eye of the Beholder* fue desarrollado por Westwood Associates en 1991 y se publicó para Amiga, Sega CD, DOS y PC-9800. En él tenías que llevar a cuatro aventureros por el alcantarillado de la ciudad de Waterdeep (que podrás encontrar en *Ciudades Fantásticas*, publicado en la misma colección de esta editorial), investigando el mal que se encontraba en las profundidades de esta ciudad, comandado por un gran contemplador, Xanathar. El éxito del videojuego produjo dos secuelas más.

Drow

LOS ELFOS QUE PERDIERON LA LUZ Y LA GRACIA

En los nueve mundos que forman parte de Yggdrasil, o el gran fresno del universo conocido, se encuentra el oscuro reino de Svartálfaheim, casa de los elfos oscuros o dökkálfar, que viven en fastuosas ciudades subterráneas. En este mundo viven dos clases de elfos. Los dökkálfar, de piel oscura, son mágicos y pueden llegar a ser amenazadores si se les trata con grosería. Evitan la luz del sol siempre que pueden y prefieren las profundidades de su mundo. Los svartálfar son los elfos negros, de cabellos oscuros, a diferencia del color blanco del pelo de los elfos de la luz Ljósálfar que viven en Alfheim. Estos elfos son muy diestros con la forja y la construcción de objetos de diversos metales, como los laboriosos enanos, pero sin la magia indestructible de estos.

En la Tierra Media existe otra clase de elfos oscuros o Moriquendi, aquellos que no vieron la luz de los árboles de Valinor. Esto engloba a los avari, nandor y sindar, que no llegaron a la tierra de Aman ni al Reino Bendecido. Durante el largo exilio de los elfos noldor, se llamaba elfo oscuro a cualquie-

«Hay dos verdades innegables en los Reinos: era muy fácil sobreestimar a un drow y aún más fácil subestimar a un enano.»

(R.A. SALVATORE)

ra de esta raza que no perteneciera a los pueblos de los noldor, vanyar o teleri. Principalmente, los Avari, raza diferente a los eldar, descendientes del clan de los Nelyar. Pero el término más adecuado se le dio a aquellos elfos que abandonaron a los suyos y se aliaron con el Señor Oscuro Melkor durante la gran guerra de la Primera Edad del Sol, convirtiéndose en unos sanguinarios generales. Con la sangre de estos elfos, Sauron, lugarteniente de Melkor, creó una raza de Orcos más fuertes y superiores llamados Uruk-hai.

LA ANTÍPODA OSCURA DE LOS ELFOS

En el mundo de Warhammer existen los elfos oscuros o Druchii, hermanos de los Altos Elfos. Vivían en el continente redondo de Ulthuan, junto a sus hermanos, pero iniciaron una guerra civil que casi acaba con ellos y tuvieron que emigrar a Naggaroth. Son la raza más maligna de este mundo y disfrutan haciendo sufrir a otros seres, pero odian con todo su ser a los Asur, Altos Elfos, y a los Asrai, Elfos Silvanos. Los Druchii son pálidos, ágiles, fuertes, altos, gráciles, de cabello oscuro y mirada siniestra. Estos elfos dieron la espalda a los dioses del cielo, los Cadai, y comenzaron a adorar a los dioses del inframundo, los Cythrai, sobre todo a Khaine, el dios de la mano ensangrentada, el dios élfico de la sangre, el asesinato y la guerra. El rey de los Elfos Oscuros es Malekith, rey de Naggaroth.

En el planeta de Abeir-Toril, en el extenso continente de Faerûn, existe debajo de él una gigantesca red de túneles y grandes cuevas llamada la Infraoscuridad, Underdark o la Antípoda Oscura, tan grande como la propia Faerûn. Este es el hogar de los drows o elfos oscuros, la raza dominante de este mundo donde no brilla la luz del sol. Esta raza no acostumbra a subir a la superficie porque suelen perder sus poderes mágicos con la luz del astro rey. Es una sociedad matriarcal que se concentra en varias ciudades drows esculpidas en grandes cavernas; las dos más importantes serían Menzoberranzan y Ched-Nasan. Estos elfos tienen piel oscura de obsidiana, pelo blanco, orejas largas y ojos rojos con el poder de visión infrarroja que le permite ver en la oscuridad. Son muy inteligentes, carismáticos, ágiles y diestros en la batalla, pero son diabólicos, mentirosos y rastreros. Ningún ser de Abeir-Toril haría bien en fiarse de un drow. Los drows se dividen en Casas, fundadas por una madre matrona clériga de la oscura Lolth, la Reina de las Arañas y una de las diosas más influyentes del panteón de los Elfos Oscuros.

LO PUEDES ENCONTRAR EN...

El Elfo Oscuro: La Morada (1990), novela de R.A. Salvatore

Los Dökkálfar y los Svartálfar se encuentran en la mitología nórdica y se pueden rastrear en el primer libro *Gylfaginning* de la *Edda prosaica* (1220), un manual del erudito islandés Snorri Sturluson (1178-1241) sobre poética donde un imaginario rey Gylfi habla sobre mitología. Los svartálfar son unos de los antagonistas del *Thor* de Marvel, creación de Stan Lee, su hermano Larry Lieber (Nueva York, 1931) y Jack Kirby. Los elfos oscuros y su líder Malekith el Maldito saldrían en la película *Thor: el Mundo Oscuro* (2013), dirigida por Alan Taylor (Nueva York, 1965). Estos elfos oscuros serían reintroducidos por J.R.R. Tolkien en su mitología de Arda y la Primera Edad de los elfos en *El Simarillion*, editado póstumamente por su hijo Christopher Tolkien. Los hermanos oscuros de los gráciles elfos son una de las criaturas fantásticas que más ha fascinado a los jugadores de rol. En el juego *Warhammer* de la compañía británica Games Workshop, los elfos oscuros están regidos por Malekith, como en el universo Marvel. En las campañas de *los Reinos Olvidados* de *Dungeons & Dragons* pueblan la Antípoda Oscura de Abeir-Toril. El escritor norteamericano R. A. Salvatore publicó una famosa trilogía llamada *El Elfo Oscuro* (1990-1991), protagonizada por un drow llamado Drizzt Do'Urden.

Duende

LOS PEQUEÑOS TRAVIESOS DEL BOSQUE

Los pequeños duendes de los bosques son criaturas relacionadas con los mundos espirituales de Faerie, de las hadas y los cuentos, regidos por la reina de las hadas Titania y su consorte Oberón. Son espíritus juguetones, pícaros y bellacos, aunque atados a ciertas normas ancestrales que no pueden romper. Jugar a ser más inteligente que un duende pequeño, de orejas largas y con aspecto de niño salvaje puede costarte el alma. Los duendes amigos de las hadas suelen disfrutar con sus travesuras causando el caos y la confusión. Hay que tener mucho cuidado con estas criaturas porque una de sus bromas favoritas es robar bebés recién nacidos y cambiarlos por sus propios bebés duendes. También secuestran niños humanos y se los llevan a la reino de las hadas, donde nunca crecerán y serán siempre felices sirviendo a Titania y su corte.

En Irlanda reciben el título de Leprechauns, y están vinculados con los anillos de hadas, pequeños montes donde los límites con el mundo del Eterno Verano son mucho más débiles y es fácil atravesarlos en las dos direcciones. Los leprechauns tienen aspecto de hombres viejos traviesos, con un tamaño entre quince y cincuenta centímetros. Aunque la tradición lo presenta siempre vestido completamente de verde en el Día de San Patricio, también pueden llevar chaquetas rojas de brillantes con calzas azules, más parecidos al lutin de Normandía o el vulgar gnomo silvestre. Son expertos zapateros, pero también son muy ricos: suelen custodiar un gran tesoro de piezas de oro guardadas en vasijas de barro a los que siente mucho aprecio. Si te encuentras con un leprechaun nunca dejes de mirarlo. En el momento que desvíes la vista de encima de este duende irlandés se esfumará para no verlo nunca más. En México existe una figura parecida al leprechaun: los chaneques, amigos de las travesuras como romper cosas, molestar a los perros o asustar a los animales del corral. Habitan cuevas y bosques y tienen poderes mágicos, capaces de provocar enfermedades terribles en un humano o recompensarlo con riquezas y buena fortuna.

OTRA CLASE DE DUENDES NO FAÉRICOS

Como los domovois, existen algunos duendes que también son protectores del hogar, como el cántabro tratolillu, con su manto rojo fabricado con cortezas de árbol y su gorro blanco. Del tamaño de un pequeño ratón, los trastolillus tienen ojos verdes, colmillos, y un par de pequeños cuernecillos. Viven en el calor de la cocina y el hogar, y son bastante traviesos y molestos, aunque se trate de una raza de espíritu familiar. Más trabajadores y hogareños son los pixies de Cornwall, pequeños seres alegres amantes de la música y la danza que suelen ayudar en las tareas del hogar por la noche, cuando todos los miembros de una familia están durmiendo. Siente debilidad por las viudas pobres, a las que ayudan para que no se sientan tan desvalidas, tristes y solas. El investigador Arthur Spiderwick tenía a un brownie escocés llamado Thimbletach en su casa que le ayudaba en sus trabajos de investigación sobre el mundo de las hadas y en las labores del hogar. Estas criaturas de unos quince centímetros de altura, cara de bonachón y vestido con retales es ferozmente leal y defenderán la casa a la que está vinculado sin esperar más recompensa que los restos de un plato o un cuenco con leche.

«Todos los escritores tienen la esperanza de que los duendes vendrán por la noche y acabaran la novela.»
(Neil Gaiman)

En el mundo de los magos existe una raza de duendes muy inteligente de un metro o metro cuarenta escaso de altura que tienen largas orejas y narices y los dedos y uñas muy largos. Son grandes herreros, como los enanos de otros mundos, y tienen una disputa eterna con los magos porque estos les prohibieron utilizar varitas mágicas, algo que los duendes consideran un gran insulto. La mayoría de duendes de Londres trabajan en Gringotts, el banco de los magos. En 1865, el Ministerio de Magia les cedió el control total de este gran banco que podemos encontrar en el Callejón Diagon para evitar más enfrentamientos con estas inteligentes criaturas. Sin ninguna relación, también tenemos a los revoltosos duendecillos de Cornualles, de veinte centímetros de altura, color azul eléctrico, rostros afilados y voces tan agudas y estridentes como oír a un montón de periquitos discutiendo. Si coinciden muchos de estos azules seres libres en una sala son imparables y pueden producir muchos destrozos. La única manera de detenerlos es con un potente y efectivo hechizo de congelación.

LO PUEDES ENCONTRAR EN...

El sueño de una noche de verano (1595), obra de William Shakespeare

Inspirándose en *Las Metamorfosis* de Ovidio y el *Cuento del Caballero* de *Los Cuentos de Canterbury* (1387) de Geoffrey Chaucer (1343-1400), el bardo William Shakespeare ideó un divertido vodevil situado en la Antigua Grecia donde unos cuantos mortales eran molestados por hadas y duendes durante una noche de verano. Entre ellos destaca el puck Robin Goodfellow, travieso y pícaro duendecillo. Los duendes son figuras muy conocidas en varias mitologías alrededor del mundo, capaces de agasajarte con regalos y fortuna o cometer crueles travesuras en casas y granjas. En la saga de libros de *Harry Potter* de J.K. Rowling tenemos dos clases de duendes, los normales y los duendecillos de Cornualles. Estos últimos tienen una escena memorable en la película *Harry Potter y la cámara secreta* (2002), mientras que los primeros controlan el banco de Gringotts y han sido interpretados por el actor Warwick Davis en tres películas de la saga, sobre todo en las dos partes de *Las reliquias de la muerte* (2010 y 2011). Thimbletach, el brownie escocés, es un personaje importante en la serie de libros *Las crónicas de Spiderwick* de Tony DiTerlizzi y Holly Black.

Elfo

LAS CRIATURAS DE LUZ

Existen pocos seres tan llenos de gracia, bondad y luz como los elfos, aunque como ocurre con las hadas, también existen historias sobre elfos soberbios, pendencieros, mentirosos y, sobre todo, racistas con el resto de seres de la creación. Los primeros elfos de los que tenemos constancia son los elfos de la luz de Alfheim o Ljusalfjheim, uno de los nueve mundos conectados por el gran árbol Yggdrasil. Esta era una tierra rica y llena de naturaleza gobernada por el rey Alf en la que vivía una raza de seres más hermosos que cualquier ser humano. Estos elfos solían viajar a Midgar (la Tierra) o Asgard y aparearse con seres humanos o asgardianos. Sus hijos eran considerados héroes por los antiguos nórdicos. Los elfos estaban relacionados con la Tierra y eran cuidadores de la naturaleza y avatares de la fertilidad. En la Edad Media y el Renacimiento comenzó a confundirse a elfos con hadas y duendes, simplemente porque tienen las orejas puntiagudas y son altaneros y bellos. Recordemos que muchos duendes y hadas tienen hechizos de glamour que les convierten en seres especialmente bellos y seductores.

«El pueblo élfico cree en la preservación de la vida y de todo lo que vive y crece en ella.»

(Terry Brooks)

En la historia de la Tierra Media, los elfos son los primeros hijos de Ilúvatar, al que los elfos llaman Eru. Esta raza despertó en la laguna de Cuiviénen y adoran a la Señora de los Cielos y las Estrellas Valië Varda o Elbereth. Los elfos son la raza más perfecta de Arda: gráciles, fuertes, valientes y bellos. Los primeros en llegar a Valinor y sentarse con los espíritus Valar fueron los Vanyar (hermosos elfos), pero también están los Noldor y los Teleri. Aunque también estaban los Avari, la raza de elfos que nunca llegó a Valinor. Los Teleri son los padres de los sindar, los elfos grises, y los silvanos nandor, elfos verdes que viven en bosques y montañas lejos del mar. Los elfos han velado por la Tierra Media luchando contra la maldad de los señores oscuros Melkor y Sauron durante tres edades del sol, unos 3021 años, época en que los últimos elfos abandonaron la Tierra Media en barco rumbo a las Tierras Imperecederas. Con el fin de los elfos comenzaría la Cuarta Edad del Sol o Edad de los Hombres, acabando con gran parte de la magia en la Tierra Media.

LOS ELFOS MÁS ALLÁ DE ARDA

En un futuro no muy lejano, la grandes guerras destrozarán la civilización actual, mutando a los hombres en cuatro especies diferentes: trols, enanos, gnomos y humanos. Los elfos volvieron y dejaron de esconderse para salvar a la Tierra y que fuera verde de nuevo. La elfa Galáfila creó el consejo de druidas de Paranor para salvaguardar los conocimientos antiguos. Los elfos de Shannara son bellos, atléticos, fuertes y con orejas puntiagudas. Viven en Arbolón, la capital de las Tierras del Oeste en el reino de los elfos. Esta raza protege a Ellcrys, el árbol sagrado de los elfos, protector de la barrera mágica de la Prohibición que separa los cuatro reinos de la Tierra de los demonios, dragones, harpías, furias y otras razas malvadas. Este mundo ansía invadir los cuatro reinos y buscan la desolación de todas las razas y seres vivos.

Los elfos de Faerûn, Ansalon o Flaenia son más bajos y delgados que los humanos, pero son muy rápidos y fuertes. Pueden vivir unos 1200 años y son considerados frívolos por parte de muchas razas, aunque eso se debe a que se trata de seres muy reservados. Las artes y la belleza son su gran pasión, pero también son seres muy hábiles, valientes y guerreros. Hace más de veinticinco mil años llegaron las razas de los sy-tel-quessir (elfos verdes), los ly-tel-quessir (lishary) y los arit-tel-quessir (avariel). Los elfos verdes, o elfos salvajes, son los más numerosos en la actualidad y los avariel están casi extintos. Más tarde llegaron elfos oscuros o drows, elfos solares o dorados de pelo cobrizo, elfos lunares o plateados y elfos marinos que se establecieron en cinco grandes civilizaciones tras el Tiempo de los Dragones.

En el Mundodisco los elfos no suelen ser bienvenidos y no son las criaturas bondadosas que muchos creen. Los elfos son maravillosos, provocan maravilla. Los elfos son fantásticos, crean fantasías. Los elfos son glamourosos, proyectan glamour. Los elfos son encantadores, tejen encantamientos. Los elfos son terroríficos, engendran terror. Nadie dijo nunca que los elfos son amables… son realmente malos. Suelen vivir en otro plano de la realidad, en el plano de la imaginación, un mundo frío y helado. Los elfos no tienen imaginación ni arte, por eso roban músicos y artistas a los que utilizan como juguetes. Su sangre tiene base de cobre y es de un color azul verdoso. Para ellos, los humanos del Disco son meras mascotas como el ratón para el gato y suelen montar cacerías de humanos cuando atraviesan los portales en los que las dos tierras están en contacto. Para entrar en nuestro mundo tienen que ser invitados desde el otro lado, cosa muy peligrosa y no recomendable. Ante una invasión de elfos la única defensa posible es el hierro, que los elfos temen y con el que pueden ser heridos.

En el mundo de los magos existen los elfos más tristes y cochambrosos de todo el universo: los elfos domésticos. Son criaturas mágicas que sirven devotamente a una familia de amos magos, incluso contra su propia voluntad. Viven muchos años y suelen servir a una misma familia durante incontables generaciones. La mayoría de estos elfos no soportan ser libres porque su mentalidad ha sido cambiada a lo largo de siglos por los magos para la servidumbre esclava. Para liberar a un elfo hay que darle una prenda de vestir y este, automáticamente, ya no tendrá que obedecer ninguna orden más. A muchos elfos la idea de ser liberados les produce miedo y lo consideran un insulto. Muchos magos amenazan a sus elfos con regalarle una prenda si no hacen sus labores bien. Los elfos tienen un gran poder mágico sin tener que utilizar varitas y son pequeños, de un metro de altura, piel clara, cabeza grande y narices y orejas puntiagudas. No suelen usar ropas y visten unos trapos raídos, viejos y sucios como atuendo.

LO PUEDES ENCONTRAR EN...

El Silmarillion (1977), novela de J.R.R. Tolkien

Los elfos provienen de la mitología nórdica y germánica, existen varias historias sobre ellos en diferentes sagas o poemas como la *Edda poética* o la *Edda prosaica*. En la Edad Media y el teatro del Renacimiento, los elfos eran confundidos con hadas, duendes y ninfas. No sería hasta la llegada del Profesor Tolkien y su *legendarium* de *El Señor de los Anillos* cuando los elfos se convertirían en una de las figuras más atrayentes de la literatura fantástica. La historia de la Primera Edad del Sol, dedicada casi enteramente a los valar y los elfos, se puede encontrar en *El Silmarillion*, obra publicada tras la muerte del autor. Los elfos son una figura clave en los juegos de rol, con *Dungeons & Dragons* a la cabeza, videojuegos y literatura fantástica. Son protagonistas de la extensa saga de *Shannara* (1977-2005), compuesta por catorce novelas del escritor norteamericano Terry Brooks (Sterling, 1944). Recientemente ha tenido una versión televisiva de dos temporadas titulada *Las Crónicas de Shannara* (2016-2017). Terry Pratchett se olvidó del elfo nórdico y clásico de Tolkien y rescató el elfo medieval y el de Shakespeare en novelas como *Lores y damas* (1992), protagonizada por unos elfos terroríficos. El norteamericano Jim Butcher también ha tratado el mundo de los elfos malignos y el mundo de Faerie en su saga *Las crónicas de Dresden* (2000-2014), compuesta por quince libros.

Enano

EL PODER DE LOS MAESTROS HERREROS

Los dvergar, dwarfs o enanos son una de las razas más sorprendentes, recias, orgullosas y testarudas de la historia. Suelen medir entre ciento veinte y ciento cincuenta centímetros y suelen destacar por su barba, común en machos y hembras, y su tono de voz siempre elevado y fuerte. Son seres orgullosos, fieles, indomables, valientes y persistentes. Es muy fácil ofender a un enano, pero si te ganas a uno tendrás su amistad para siempre. En los nueve mundos, los dvergar vivían en las profundidades del reino de Svartálfaheum, agrupados en tres tribus lideradas por grandes enanos como Mótsognir, Durin o Dvalin. Estos enanos eran mineros y unos herreros maravillosos, de piel muy blanca y pelo negro. En los nueve mundos se admiraban sus creaciones, sobre todo los inventos de los hijos de Ivaldi, que fabricaron regalos tan maravillosos como el barco Skíðblaðnir, la lanza Gungnir y el anillo Draupnir de Odín, los cabellos dorados de Sif, el jabalí Gullinbursti y el poderoso martillo de Thor Mjolnir.

En la Tierra Media, los enanos son uno de los hijos de Ilúvatar junto a los elfos y los hombres, aunque no fueron creados directamente por el dios único, sino por uno de sus ainur, Aulë, el herrero de los Valar, que sentía que una gran maldad acechaba a Arda y necesitaba una raza fuerte y resistente. Ilúvatar les dio alma, vida y los adoptó como hijos suyos. Aulë es el dios de los enanos, llamado por ellos Mahal, el Hacedor. Los enanos son seres de la tierra, les gusta estar sobre ella o, sobre todo, bajo ella. Son una raza de mineros y herreros, con grandes reinos como Erebor, las Colinas de Hierro, Moira o Aglarond, descubierta y colonizada por Gimli, hijo de Glóin. Les gusta el oro y los metales preciosos, pero su riqueza se mide en mithril, un material muy resistente. Las cotas de malla de mithril son casi impenetrables y se considera un regalo de reyes. Aunque los enanos tienen tratos con los hombres o los hobbits, odian con todo su ser a los elfos por su soberbia. Aunque el odio que tienen a orcos, trasgos y trols es mucho mayor y han colaborado juntos en grandes batallas como la Guerra del Anillo. Los enanos son seres muy cultos y gran parte de la historia de la Tierra Media la sabemos gracias a sus libros de registros. Aunque no tengan una gran altura, su bravura, dureza y experiencia en combate les convierte en una fuerza extraordinaria y temible en toda la Tierra Media.

LA PASIÓN POR EL ORO

«Dos enanos es una discusión, tres enanos es una guerra.»
(Terry Pratchett)

Los enanos del Mundodisco son mineros y magníficos herreros como los enanos de la Tierra Media. Suelen vivir unos trescientos años de edad y los dos géneros tienen barba. Los enanos son muy orgullosos y muy celosos con sus tradiciones, que se mantienen casi intactas durante milenios en sus grandes cuevas de Überwald y Ramtops. Actualmente, existe una clase de enanos más modernos en la ciudad-estado de Ankh-Morpork, cosa que provoca conflictos entre una población siempre dispuesta a sacar el hacha a la mínima provocación. En Ankh-Morpork los enanos son los mejores fabricantes de armas: aparte de hachas, escudos, cotas de malla o espadas, fabrican las mejores ballestas del Mundodisco. Si un humano ha sido criado por enanos, es un enano, aunque mida metro noventa. Por eso el capitán de la guardia nocturna Zanahoria Fundidordehierroson es considerado uno de los enanos más respetados en todo el disco. El cortejo de los enanos es algo muy incómodo y embarazoso; consiste, más que nada, en averiguar de qué género es el enano del que te sientes atraído. Los enanos y los trols tienen una enemistad desde hace milenios. Al estar hechos de roca y dormir durante largas temporadas, muchos trols han acabado convertidos en chimeneas. Una de las batallas más famosas entre trols y enanos fue la Batalla del valle de Koom, en la que los dos bandos montaron una emboscada al otro. Nadie sabe muy bien quién la ganó, pero la celebración anual de este día es un gran momento de tensión entre las dos razas.

LO PUEDES ENCONTRAR EN...

El quinto elefante (1999), novela de Terry Pratchett

La tradición del enano como gran herrero y minero proviene de la mitología nórdica: en poemas como el anónimo *Hávamál* (800) o la *Edda prosaica* de Snorri se cuentan los grandes inventos de esta raza que en la mitología vikinga no eran pequeños, sino del mismo tamaño que los asgardianos y los hombres. Los enanos de J.R.R. Tolkien para su *legendarium* de la Tierra Media están muy inspirados en estas historias. Tolkien mezcló elementos nórdicos, runas anglosajonas y mitología y fonología hebrea para crear a sus enanos. Las compañías de Thorin Escudo de Roble en *El Hobbit* son como los judíos que habían sido expulsados de su tierra y querían recuperarla. Como uno de los mejores escritores satíricos de la historia, Terry Pratchett cogió al enano de Tolkien y lo radicalizó, demostrando lo ridículo que pueden llegar a ser las tradiciones y el racismo. Siempre puede existir un buen equilibrio entre la tradición y la modernidad. Algunas de sus mejores obras van sobre conflictos enanos-trol-humanos, como *El quinto elefante* o *Thud!* (2005). El enano es una de las razas clave en varios juegos de rol o videojuegos como *Dungeons & Dragons*, *Warhammer* o *World of Warcraft*, y una de las figuras más reconocidas del género fantástico.

Ent

LOS PASTORES DE ÁRBOLES

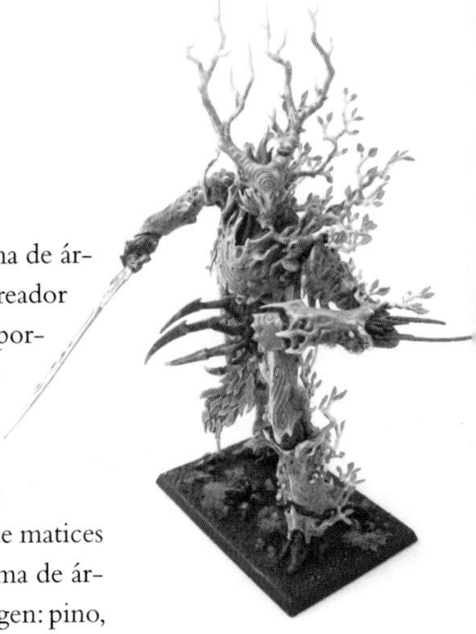

En el mundo de Arda existen elfos, enanos, hombres y ents. Estos seres gigantes con forma de árbol fueron creados por la ainur espiritual Yavanna con permiso del dios Eru o Ilúvatar, creador del universo Eä y de Arda. Yavanna creía que los árboles necesitaban unos protectores porque los enanos los talaban para quemarlos en sus grandes fraguas. Así nacieron los Ents o pastores de árboles, para proteger los grandes bosques de su total devastación. Según Bárbol, uno de los ents más influyentes de la Tercera Edad del Sol, esta raza de hombres-árboles no hablaban en un principio. Su lengua fue un regalo de sus amigos los elfos, siempre respetuosos con los bosques. Aunque mantienen oculto este lenguaje, tan complicado y lleno de matices que decir unas pocas palabras puede llevar varias horas. Los ents son grandes gigantes con forma de árbol con muchas clases de formas, ya que suelen mimetizarse con los tipos de árboles que protegen: pino, abeto, arce, nogal, roble, abedul u olmo. Su tamaño depende también del árbol con el que se mimetizan, desde el bajo nogal hasta el gran olmo. En la Tercera Edad del Sol solo quedan ents activos en el oscuro y denso bosque de Fangorn, aunque existen ucornos en muchos bosques de la Tierra Media, ents que han perdido su movilidad y se han transformados en árboles. Hace siglos que no se ven bebés ents. Un buen día las hembras de esta especie desaparecieron y los ents machos no saben dónde están y ha pasado tanto tiempo que ya ni recuerdan qué aspecto tenían. Los ents pueden mandar a los árboles para que se muevan y viajen a cualquier parte, hasta obligarlos a atacar a enanos u orcos.

ELEMENTALES Y TREEMEN

En nuestra Tierra no existen ents, pero sí que existe una raza de hombres plantas llamados elementales vegetales. Estos seres viven principalmente en el Verde, el estado mental en el que todas las plantas

«¡Hurrarrum! Los ents irán a la guerra, aunque ello signifique nuestro final. La última marcha de los ents.»

(J.R.R. Tolkien)

del universo tienen su conciencia. Físicamente tienen su morada en el interior de la selva brasileña, al sur del río Tefé. Es un concilio de grandes árboles con rostros llamado el Parlamento de los Árboles. Desde este lugar virgen para el hombre, el Parlamento nomina cada siglo a un defensor del Verde llamado La Cosa del Pantano, un monstruo mitad planta mitad humano, aunque de humanidad solo quedan sus recuerdos, pues ya no existe nada orgánico del ser llamado Alec Holland. La Cosa del Pantano peleó recientemente junto al Rojo (la vida animal) contra el Negro o la putrefacción.

En los continentes como Faerûn, Ansalon o Flaenia existe también una clase de ents llamados treants, seres de gran estatura con forma de árbol animado de piel gruesa y marrón, brazos nudosos como ramas y piernas que parecen troncos partidos. Los treants odian la maldad, el fuego y la industrialización, y son llamados los guardianes de la naturaleza. Son pacíficos, pero muy poderosos si se enfadan y entran en batalla. Con un solo pisotón de uno de sus grandes piernas-tronco pueden aplastar a varios enemigos. Además, pueden controlar a la vegetación en un radio de ciento ochenta metros y pasar desapercibidos escondidos en el bosque, cosa que les convierte en unos adversarios temibles e impredecibles en su propio terreno.

En el mundo de Warhammer también hay una clase de ents llamados treeman, hombres árboles, seres sabios que viven en el bosque de Athel Loren, en el Reino de Bretonnia entre las montañas Grises y el Gran océano. Son las criaturas más poderosas de este gran bosque y todos sus habitantes les reverencian y obedecen, incluidos los elfos de madera o Asrai. Son seres muy antiguos y han visto a razas enteras ascender y ser destruidas con el paso del tiempo. Su fuerza es comparable a los dragones de los claros profundos. En el planeta Taluhnia existe una raza de ents llamados Colosos Flora, gobernados por los Maestros Arbor, una raza extraterrestre vegetal a la que pertenece el famoso Groot, miembro de los Guardianes de la Galaxia y amigo de Star-Lord y Mapache Cohete. Ente los poderes de esta raza está una gran fuerza, factor de curación inmediato, crecer a voluntad, su plasticidad o la cloroquinesis o poder para controlar otras plantas. También se pueden regenerar en una semilla si su cuerpo es destruido, manteniendo el mismo intelecto cuando crecen.

LO PUEDES ENCONTRAR EN...

El Señor de los Anillos: La dos torres (2002), película de Peter Jackson

Los ents fueron creados por el autor británico J.R.R. Tolkien cuando asistió a una representación de *Macbeth* (1606) de Shakespeare con la escena final cuando el bosque de Birnam se mueve y ataca el castillo de Dunsinane. En la representación que Tolkien vio había unos actores que llevaban unas míseras ramas y se prometió hacerlo mucho mejor si escribía una escena parecida. Lo hizo, y el director Peter Jackson lo captó maravillosamente en una de las escenas más épicas de su trilogía de *El Señor de los Anillos*, al final de *Las dos torres* (2002). El actor John Rhys-Davies pondría voz a Bárbol. El Parlamento de los Árboles y el Verde es una invención del guionista Alan Moore (Northampton, 1953) para el cómic *Swamp Thing* (1986), y el personaje de Groot, tal y como lo conocemos ahora, fue una creación del guionista Keith Giffen (Nueva York, 1952) y el dibujante Timothy Green II para el cómic *Annihilation: Conquest – Starlord #1*(2007). Los ents (luego llamados treant en impresiones posteriores) eran una de las primeras criaturas de la caja blanca de *Dungeons & Dragons* (1974), inspirados en los seres creados por Tolkien, por supuesto. También salen en *Warhammer*, pero su aspecto es mucho más fiero y guerrero, viendo las excelentes miniaturas de Games Workshop.

Gnomo

LOS SERES DE LA TIERRA

Un gnomo no es muy diferente a un duende, sobre todo en altura, pero existen varias características para distinguir a un gnomo de uno de las otras maliciosas criaturas. El gnomo es un ser pequeño, de unos quince centímetros de altura que vive en los bosques construyendo sus viviendas y casas en lugares como el interior de un árbol, cuevas subterráneas y setas grandes. Los gnomos son una raza tranquila de humanoides pequeños que quieren vivir en paz. Aunque no se llamaban gnomos, el marinero Lemuel Gulliver dejó constancia en los diarios de su gran viaje por el océano Índico y Pacífico de dos islas pobladas por gente diminuta que habían construido una gran civilización moderna cerca de Asia. Estos dos reinos recibían el nombre de Liliput y Blefuscu, separados por un canal de setecientos metros de ancho. Gulliver estuvo varias semanas viviendo en la capital de Liliput, Mildendo, invitado de honor por orden del mismo rey.

> «Algún gnomo debería salir del árbol y regañarla por torturar el césped.»
> (Holly Black)

Los gnomos reciben varios nombres en diferentes partes de Europa: pueden ser los kabouter en Holanda, los kobold en Alemania o los brownie en Inglaterra. Suelen vestir de vivos colores, con cabezas adornadas con altos sombreros rojos y puntiagudos, parecido a los sombreros frigios. Los gnomos adultos llevan una barba larga y cerrada. Al ser más pequeños suelen vivir más rápido que la mayoría de los humanos, que pueden llegar a ser hasta diez veces más lentos que un kabouter. Se han escuchado historias de gnomos que ayudan a la gente, como algunos duendes, pero la mayoría de ellos solo quieren vivir en paz alejados de los hombres, cuidando a los animales del bosque, evitando trols y zorros, los peores enemigos de los gnomos. Los gnomos tienen el poder de comunicarse con todos los seres vivos y algunos alquimistas afirmaban que se trataban de seres poderosos. Como el médico suizo Teofrasto von Hohenheim Paracelso (1493-1541), quien señaló a los gnomos como espíritus de la Tierra, como los silfos del aire, las salamandras de fuego y las ninfas de agua. Pero normalmente no son nada mágicos, aunque son bastante buenos con pociones, como el líder del pueblo secreto gnomo belga de los schtroumpfs, con sus cuerpos azulados y sus gorros blancos que viven en setas y son llamados con el nombre de sus aficiones o defectos. Su enemigo es el mago negro Gargamel, quien considera la sangre de pitufo como uno de los elementos claves para fabricar la piedra filosofal.

LOS MOLESTOS GNOMOS DE JARDÍN DE LOS MAGOS

En el mundo de los magos también existen los gnomos, pero estos son seres sucios y poco inteligentes, que suelen infectar los jardines de las casas de los magos y brujas como si fueran topillos o pequeños ratones de campo. Son blancos, duros y cabezones, y para acabar con ellos se les tiene que cazar, agarrar de los pies, darles unas cuantas vueltas para marearlos y lanzarlos fuera del jardín. Si la plaga continúa, nada mejor que comprar un jarvey, un hurón mágico y locuaz que acabará con la horda de gnomos en una noche. Aunque luego habrá que limpiar mucha sangre en tu jardín.

Los gnomos también han invadido casas o establecimientos en alguna ocasión. Como los borrowers o diminutos, especializados en vivir en el interior de las pare-

des de madera de las casas de campo y aprovechar material de los humanos para construirse herramientas, enseres o ropas. Pero también existe una raza de gnomos que a principios del siglo XX descubrió el paraíso para este tipo de seres mucho más civilizados: un centro comercial. Lo gracioso, o triste, de estos gnomos es que viven según las costumbres capitalistas de este centro con fechas de celebración señaladas, como la Campaña de Navidad, los Saldos de Invierno, las Rebajas de Verano, la Semana de Vuelta al Cole y la gran fiesta de los Saldos de Artículos de Temporada.

LO PUEDES ENCONTRAR EN...

El éxodo de los gnomos (1989-1990), novela de Terry Pratchett

Gnomos y duendes son de la misma familia, pero mientras los duendes tienen más relación con los espíritus y las hadas, los gnomos eran considerados seres de la Tierra compartiendo intereses mineros con los enanos. Esta figura adquirió bastante fama en muchos poemas y escritos del romanticismo del siglo XVIII, como antagonista terrestre a las etéreas hadas. Aunque se haya escrito mucho sobre ellos, se han hecho mundialmente famosos como estatuas decorativas de jardín. Antes que el escritor holandés Will Huygen (1922-2009) se hiciera famoso con los libros ilustrados *Gnomos* (1976) y *El libro secreto de los Gnomos* (1980), conocidos en España por la serie animada *David el Gnomo* (1987), en Francia y Bélgica triunfaba el cómic *Los Pitufos* (1958), del dibujante de Bruselas Pierre «Peyo» Culliford (1928-1992). Otra versión del mito de los gnomos serían las novelas de *The Borrowers* (1952), de la escritora británica Mary Norton (1903-1992), conocidos en España como los Diminutos, adaptadas a la televisión o al cine en varias ocasiones. *The Borrowers* enlaza con la idea de seres diminutos como los liliputienses de *Los viajes de Gulliver* (1726), del escritor irlandés Jonathan Swift (1667-1745). El reverso satírico de los gnomos se vio en uno de los primeros trabajos de Terry Pratchett, *El éxodo de los gnomos* (1989-1990), que cuenta la historia de unos pequeños seres que viven en un viejo centro comercial que está a punto de ser derruido.

Goblin

LOS OSCUROS SERVIDORES DEL MAL

Existen bastantes diferencias entre los duendes, los gnomos y los goblins. Mal llamados trasgos en España, los goblins pueden ser pequeños como enanos o del tamaño de una persona, aunque a estos últimos se les puede llamar hobgoblin. Son seres taimados y malvados, que disfrutan con el sufrimiento de otras razas. Pueden ser de muchos colores: blancos, oscuros, verdes o amarillos, depende del lugar donde residen, pero todos tienen narices puntiagudas y largas orejas normalmente caídas. Son sucios y rastreros y no te puedes fiar de ninguno de ellos. Según cuentan algunas leyendas, los goblins y los ogros eran descendientes del mismísimo Caín, el primer asesino, y se pueden encontrar goblins malvados en Europa como el Erlkönig alemán, que atraía a los niños a la tierra de la muerte, o el peligroso redcap escocés, con su sombrero teñido de sangre humana. La malicia de los goblins está bastante alejada de las travesuras de los duendes o la candidez de los gnomos.

Cuando el Señor Oscuro Melkor fue llevado encadenado a Valinor, los orcos, los goblins y otras criaturas sucias y malvadas se vieron obligadas a huir de Angband, buscando refugio en muchas montañas de la Tierra Media, pero la mayoría de ellos buscaron asilo en Mordor, a las órdenes del lugarteniente de Melkor, Sauron. En la Tierra Media, los goblins o trasgos son muy parecidos a los orcos, pero han crecido en número, sobre todo, en lugares más ocultos como Goblin-Town, cerca del paso alto de Cirith Forn sobre las montañas Nubladas, o invadiendo el antiguo reino enano de Moria. El tamaño de un goblin varía entre la altura de un enano (metro cuarenta) y el de un hombre; su forma es diferente según donde se haya criado. Los trasgos de Goblin-Town son de color blanco porque hace generaciones que no salen a la superficie: son feos, sin pelo, de piel translúcida y con pequeños cánceres infectando diversos puntos de su dermis. Goblin-Town es una gran caverna bajo las montañas con varios túneles tallados por los mismos Goblins. En las profundidades de esta cochambrosa ciudad repleta de chamizos infectos y puentes colgantes se encontraba el lago de Gollum, donde vivió muchos años este hobbit maldito atado a la voluntad del Anillo Único. En Goblin-Town manda el gigantesco Gran Goblin, grande, inmenso, gordo y con una papada que le llega hasta la barriga. El Gran Trasgo teme a los elfos y sus espadas élficas. En el reino enano de Moria existe una gran población de goblins guerreros de piel más verdosa, grandes ojos y extraordinaria agilidad que les permite escalar por las cuevas fácilmente como si fueran insectos. Estos goblins se aliaron con Sauron y Saruman en la Guerra del Anillo.

> **«Un cuento triste es lo mejor para el invierno. Tengo uno sobre espíritus y goblins.»**
>
> (William Shakespeare)

LOS GOBLINS TECNOLÓGICOS DE AZEROTH

En el mundo de Azeroth, en los mares del Sur, podemos encontrar la Isla de Kezán, un paraíso tropical patria de los goblins. En su interior se agolpan unos cuarenta mil de esta especie, contratados por los príncipes mercantes al mando de varios cárteles comerciales que negocian por todo el mundo. La capital

de Kezán es Undermine, patria de estos seres pequeños que pueden medir entre ochenta y ciento treinta centímetros. Antiguamente, eran esclavos de los trols, pero estos pequeños goblins evolucionaron en perspicacia e inteligencia gracias al mineral kaja'mita, convirtiéndose en expertos en ingeniería y alquimia. Los goblins de Kezán son una raza amante de la tecnología en un mundo dominado por la magia. Son inventores, comerciantes y todos están un poco loco por culpa de tantos años expuestos al kaja'mita.

LO PUEDES ENCONTRAR EN...

Las aventuras de Gotrek y Félix: Matatrolls (1999), libro de William King

Los duendes tienen muchos nombres en bastantes mitologías. Uno de ellos es el título inglés *goblin*, palabra que J.R.R. Tolkien utilizó para describir a las peligrosas criaturas que secuestraban a la Compañía de Thorin, Bilbo y Gandalf en *El Hobbit*. En *El Señor de los Anillos* llamaría orcos a los goblins (traducidos como trasgos en español), porque era una palabra más adulta y peligrosa que la de un libro para niños. Aunque los goblins y los orcos parezcan la misma raza, los goblins de la versión cinematográfica de Peter Jackson son diferentes a los orcos de Sauron o los Uruk-hai de Saruman. Esta separación influiría en juegos inspirados en el legendarium de Tolkien como *Dungeons & Dragons, Warhammer* o *World of Warcraft*, distinguiendo siempre entre goblins y orcos. El escocés William King (Stranraer, 1959) es el autor de más de veinte novelas basadas en el universo de Warhammer, donde destacan los siete libros de *Las aventuras de Gotrek y Félix*, un enano y un humano que correrán varias aventuras matando a muchos monstruos y goblins por el camino.

Hada

LAS NINFAS MÁGICAS DE LOS BOSQUES

Las hadas son criaturas mágicas femeninas hermosas y bellas que suelen tener alas de mariposa o de libélula, tienen poderes mágicos y están relacionadas con el mundo de Faerie, regido por el rey Oberón y la reina Mab o Titania. Antiguamente, la Tierra y el mundo de Faerie, o el mundo del Eterno Verano, estaban conectados, pero cada vez existen menos puntos de conexión entre los dos mundos, y las hadas y los duendes ya casi no se ven en la actualidad. Las hadas pueden ser pequeñas, como

los gnomos, de unos pocos centímetros de altura, o pueden ser del tamaño de un humano. La mayoría son seres multiformes y muchas tienen hechizos de glamour que las hacen parecer mucho más bellas de lo que realmente son. Algunas clases de hadas se acostumbraron a mimetizarse con el entorno que las rodeaba, como los bosques que les daba cobijo, y sus formas son extrañas, parecidas a las de las hojas de los árboles, pétalos de flores o con cierto parecido con algunos insectos. Solo con una lupa podremos adivinar que en realidad se tratan de seres humanoides inteligentes con lenguaje y cultura propia.

«Cuando el primer bebé se rió por primera vez, la risa se convirtió en hada.» (JAMES M. BARRIE)

En muchos lugares del mundo se confunden a las ninfas con las hadas, y nadie tiene todavía muy claro si se trataban de los mismos seres o eran de otra especie diferente. La mayoría de ninfas provienen de los dioses y otros seres de la Antigua Grecia. Eran seres femeninos de la naturaleza que protegían diversos espacios considerados sagrados. Había ninfas del agua como las Oceánides, las Nereidas, la Potámides o las Nayades; ninfas de las montañas y las grutas, como las Oréades; ninfas de los árboles como las Dríades o las Hamadríades; o ninfas relacionadas con lugares geográficos como las Nisíadas, Dodónidas y Lemnias. Las ninfas tenían poderes y formas relacionados con los lugares donde vivían, y muchas de ellas fueron las madres de magníficos héroes o titánicos monstruos.

LOS PELIGROSOS REGALOS DE LAS HADAS

También existen otras clases de hadas en diversas partes del mundo, como las lamias vascas, con sus largos cabellos y sus pies palmeados; las sílfides o hadas de los vientos; o las drinfas o hadas de la Tierra. Antes de abandonar la Tierra para volver a Faerie, las hadas y los duendes intervenían en los asuntos de los hombres con demasiada facilidad. Los duendes lo hacían para molestar y divertirse, principalmente, pero algunas hadas solían ayudar y cuidar a humanos. Se les llamaba hada madrina, y actuaban como mentor o progenitor regalando dones a sus protegidos. Aunque estos dones podían ser, también, una maldición. Es considerable no dejarse agasajar por los regalos o las atenciones de las hadas porque muchas veces pueden ser traicioneros. Las hadas tienen predilección por los niños pequeños, como su reina Titania, y suelen invitarles a Faerie, donde son agasajados con regalos, danzas maravillosas, bellas canciones, di-

vertidos juegos y comida excelente. Si un humano come algún producto del mundo del Eterno Verano nunca más podrá volver a casa, convirtiéndose en un duende para toda la eternidad.

En el país de Nunca Jamás vive una clase de hadas pequeñas con alas que dependen de la creencia y la fe de otros seres para vivir. Son hadas que arreglan ollas y teteras, serviciales y amables con los seres humanos. Gracias al polvo de hada impregnado en sus alas pueden hacer volar a otras criaturas como seres humanos o animales. Las hadas son aliados de Peter Pan y sus Niños Perdidos en su eterna batalla contra los viles piratas. Suelen vivir en el corazón de la isla de Nunca Jamás, llamado Pixie Hollow, y existen varios tipos de hadas: artesana, como Campanilla, la amiga de Peter Pan, hadas de las flores, acuáticas o de la luz. Los Niños Perdidos son aquellos bebés que se cayeron del cochecito cuando la niñera no miraba y fueron recogidos por las hadas y llevados a Nunca Jamás.

LO PUEDES ENCONTRAR EN...

Strange Magic (2015), película de Gary Rydstrom

Las hadas son una de las figuras más representativas del imaginario fantástico en el arte. Ha inspirado a poetas, cuentistas, novelistas, pintores, escultores y hasta a científicos. Con las primeras fotografías a finales del siglo XIX, muchos eran los fotógrafos que iban a los bosques a capturar hadas con sus cámaras fotográficas. Es protagonista de cuentos infantiles, gracias a las recopilaciones de los autores franceses Madame D'Aulnoy (1651-1705) y Charles Perrault en obras como *Les contes des Fées* (1697) o *Cuentos de mamá ganso* (1967), con historias tan conocidas como *Cenicienta* o *La Bella Durmiente*. El dramaturgo británico James M. Barrie (1860-1937) estrenó en 1904 la obra de teatro *Peter Pan*, donde salía un hada llamada Campanilla que la compañía Disney convertiría en su mascota gracias al éxito de la versión cinematográfica de 1953. En 2015, el producto Georges Lucas produjo el musical de animación *Strange Magic*, dirigido por Gary Rydstrom (Chicago, 1959), que transcurría en un mundo mágico separado en el reino de las hadas de luz y las criaturas del bosque oscuro. Las diferentes tipos de hadas también son la base del estudio de Arthur Spiderwick en *Las crónicas de Spiderwick* de Tony DiTerlizzi y Holly Black.

Hobbit

EL PUEBLO TRANQUILO

Los pequeños y amables hobbits no forman parte de los hijos de Ilúvatar como los elfos, los enanos y los hombres, pero están emparentados con estos últimos. Antiguamente, hablaban las lenguas de los hombres, adaptadas a su propia modalidad, y tenían casi las mismas mismas preferencias y aversiones que los hombres. Mas ahora es imposible descubrir en qué consiste la relación entre ellos. El origen de los hobbits viene desde muy atrás, de los Días Antiguos, ya perdidos y olvidados. Un mediano es un ser parecido a un hombre con un tamaño de entre sesenta y ciento veinte centímetros, más bajo que un enano. Aunque hay hobbits delgados, suelen ser rechonchos gracias a sus seis comidas diarias, de grandes orejas puntiagudas, pelo rizado de color oscuro y lampiños de rostro, coronado por dos mofletes siempre encarnados. La parte más característica de un hobbit son sus grandes pies peludos, que tienen una suela gruesa de piel natural que los protege y no necesitan usar calzado.

La Comarca es el único punto de la Tierra Media donde puedes encontrar hobbits o medianos, esta pequeña raza que vivía en los valles del río Anduin y se dividían en tres ramas: Albos, Pelosos y Fuertes. Los primeros tenían la piel clara y eran más altos. Eran amantes de los árboles y se llevaban bien con los elfos. Algunas de las grandes familias de Hobbiton, uno de los pueblos más antiguos de la Comarca, tienen sangre alba. Los Pelosos eran más pequeños y oscuros, llegando a convivir con los enanos en sus cuevas. Los Fuertes eran grandes, tenían un poco de barba y solían ser buenos pescadores. Actualmente, las tres ramas se han mezclado tanto que no se puede apreciar bien el origen de los habitantes de la Comarca. Esta raza ha vivido más de un milenio en paz en sus poblados con casas construidas bajo tierra con sus características puertas redonda gracias a la protección de los dúnedain o montaraces del norte.

BILBO Y FRODO BOLSON

El mago maia Gandalf era muy amigo de los Hobbits y disfrutaba de sus comidas, cerveza y el tabaco de hierba del Viejo Toby, que se suele fumar en pipa. Los hobbits son una raza tranquila y odian las aventuras. Su sueño es vivir una vida tranquila, cultivando su huerto y bebiendo cerveza con una buena pipa en sus madrigueras-casas. Pero dos pequeños hobbits cambiaron la historia del final de la Tercera Edad del Sol. Bilbo y Frodo Bolson, tío y sobrino. El primero ayudó a Thorin y sus enanos a reconquistar el reino de Erebor; Frodo fue el hobbit que destruyó el Anillo Único acabando con la maldad de Sauron, el Señor Oscuro. Los dos serían recompensados pudiendo viajar a las Tierras Imperecederas junto a Gandalf y los altos elfos Galadriel, Elrond, Celeborn y Círdan.

En los continentes como Faerûn, Ansalon o Flaenia también existen medianos, o halfling, como se les llama en estos mundos. Como los hobbits de la Tierra Media, los halfling son amantes de la paz, la bondad, las comodidades del hogar, la familia, la vida agrícola, la buena bebida, los cuentos y la cerveza. No tienen pies grandes como sus parientes de Arda, así que tienen que llevar botas en sus viajes. Su tamaño no llega al metro de altura y pesan alrededor de veinte kilos. Tienen una piel bronceada, cabellos marrones ondulados y suelen vestir ropas cómodas y prácticas para el campo o los bosques. Son amables y curiosos, y les encanta descubrir cosas nuevas: como historias o platos exóticos. Al contrario que los hobbits, existen pueblos nómadas de halflings que viajan de reino en reino montando su campamento a las afueras de los castillos o las ciudades, en plena naturaleza.

«En un agujero en el suelo vivía un hobbit.»

(J.R.R. Tolkien)

LO PUEDES ENCONTRAR EN...

El Hobbit (1937), novela de J.R.R. Tolkien

La palabra halfling o mediano viene del escocés hauflin, que significa adolescente torpe. Otra palabra para halfling más coloquial es hobbledehoy o hobby. Como experto filólogo y lingüista, el profesor John Ronald Reuel Tolkien basó todo su *legendarium* de la Tierra Media en diversas lenguas nórdicas, incluido el desaparecido anglosajón. Toda la literatura de la Tierra Media comenzó con la frase: «En un agujero en el suelo vivía un hobbit», escrita, seguramente, a finales de los años veinte. Durante quince años, Tolkien construiría un cuento para niños titulado *El Hobbit*. El éxito comercial de esta novela hizo que la editorial George Allen & Unwin pidiera una secuela a Tolkien. Si este libro infantil tenía unas 288 páginas, Tolkien entregó en 1949 un nuevo trabajo de 1368 páginas llamado *El Señor de los Anillos*, mucho más serio y adulto. Publicado en tres partes entre 1954 y 1955 *The Lord of the Rings* se convertiría en el libro más venerado e imitado de la fantasía del siglo XX. Los halfling son la versión hobbit de *Dungeons & Dragons*, una de sus razas humanoides jugables. El escritor norteamericano Terry Brooks también utilizaba la palabra halfling para describir a una persona mitad humano mitad elfo en su serie sobre Shannara.

Orco

LOS GUERREROS HIJOS DE DRAENOR

La palabra latina *orcus* era sinónimo de inframundo y oscuridad. Pero en muchos mundos el orco es una de las razas más salvajes y violentas, de aspecto humanoide, piel verde u oscura, constitución fuerte, mandíbula inferior prominente y aspecto sucio y primitivo. Los orcos no suelen ser buenos cocineros y pueden comer cruda cualquier clase de carne, hasta la de otros compañeros orcos si llegara el caso. Los campamentos orcos son caóticos y la maldad de sus acciones herrumbran sus herramientas y armas. Son hoscos, brutos, cabezotas y salvajes, pero siempre atacan en grupo y pocas veces verás a un orco en solitario. Tienen una resistencia al dolor sobrehumana y pueden seguir peleando hasta la muerte a pesar de graves heridas o sufrir miembros cercenados. No suelen ser una raza muy inteligente y suelen ser engañados por magos oscuros para luchar

por su oscura causa, prometiéndoseles rapiña y buena caza. En el folclore alpino del Tirol existe un demonio que vive en los agujeros rocosos de las altas montañas llamado ork que solía cazar y destrozar el ganado salvaje de los pastores de los Alpes.

Los orcos de la Tierra Media eran seres salvajes domesticados por el Señor Oscuro Melkor en la Primera Edad del Sol. Los avari, elfos que habían renegado de la luz, mandaban sobre legiones de estos seres contra los ejércitos de los elfos de valar. Tras la derrota de Melkor, muchos huyeron a montañas y tierras lejanas, pero el lugarteniente de Melkor, Sauron, organizó un poderoso ejército que casi acaba con la Tierra Media hasta que fue parado por una armada de hombres y elfos. Estos orcos son de piel oscura o gris con algunas deformaciones, caminan encorvados, son ágiles, fuertes y no aguantan la luz del sol. Un gran ejército de ciento treinta y cinco mil orcos, trols y lobos huargos de Mordor intentaron invadir Minas Tirith en la famosa Batalla de los Campos de Pelennor, donde muchos perdieron la vida. En la Tierra Media también hay una clase de seres mitad elfo mitad orcos llamados Uruk-Hai, una raza imparable que no tienen miedo al sol. Son más inteligentes y mucho más temibles que los orcos.

LOS ORCOS VERDES DE DRAENOR

Al mundo de Azeroth llegó una raza de orcos provenientes del planeta Draenor a través de un portal mágico. Estos orcos son fuertes, grandes, verdes, con unos colmillos de jabalí que les nacen en la mandíbula inferior. Son una raza orgullosa, disciplinada, inteligente, pero fueron engañados por su chamán Ner'zhul y el Señor de los demonios Kil'Jaeden para obtener más fuerza y convertirse un ejército imparable. Para ello tenían que beber la sangre de Mannoroth el Destructor, Señor del Foso de la Legión Ardiente. Muchos caciques de los clanes quisieron ese poder y arrastraron a la mayoría de los orcos a la

«Los verdaderos horrores de la historia humana no son cosa de los orcos o los señores oscuros, sino de nosotros mismos.»
(George R. R. Martin)

destrucción de su mundo. Tras casi acabar con la vida en Draenor, pusieron toda su atención en Azeroth, a donde llegaron mediante brujería. Todos los orcos son valientes y guerreros, sin importar el clan, sexo o edad. Son una raza donde el honor es lo más importante: honor a uno mismo y honor al clan. No existe diferencias de género y la iniciativa, la fuerza e inteligencia son recompensadas en el clan. Antes de tomar la sangre de Mannoroth, los orcos eran marrones, pero la influencia de este veneno les volvió de color verde. Desde que llegaron a Azeroth, ha habido orcos que han querido cambiar a sus clanes para abandonar la Legión Oscura y volver a los orígenes chamanísticos de esta raza. Un orco puede tener descendencia junto a un humano, llamándose semi orcos, más débiles que los más poderosos miembros de un clan orco, pero mucho más fuertes que un humano. También se pueden mezclar con ogros, dando a luz semi ogros.

LO PUEDES ENCONTRAR EN...

Warcraft (2016), película de Duncan Jones

La palabra *ork* viene de la mitología celta, donde se llamaba así a algunos monstruos y criaturas oscuras. Su popularización vino, por supuesto, por J.R.R. Tolkien, que quería encontrar una palabra más oscura que goblin, utilizada en *El Hobbit*, para referirse a las criaturas oscuras y desagradables de la Tierra Media. Pero antes ya lo había utilizado el poeta y pintor británico William Blake (1757-1827) en su mitopoeia o mitología inventada. Los orcos se convirtieron en un antagonista natural en la literatura fantástica y en los juegos de rol. Existen orcos en *Dungeons & Dragons, Heroscape, Warhammer* o en los videojuegos de *The Elder Scrolls* (1994), pero la civilización orco más completa y detallada la encontramos en el videojuego *World of Warcraft* y toda la ficción publicada en cuentos, novelas y cómics alrededor de este fantástico mundo de fantasía. En 2016 se estrenó la película *Warcraft*, dirigida por el hijo de David Bowie, Duncan Jones (Bromley, 1971). Aunque la mayoría de críticas fueron negativas, recaudó bastante dinero y su representación del mundo orco de *World of Warcraft* es de lo mejor del film.

Espirituales

CRIATURAS PERDIDAS ENTRE EL CIELO Y EL INFIERNO

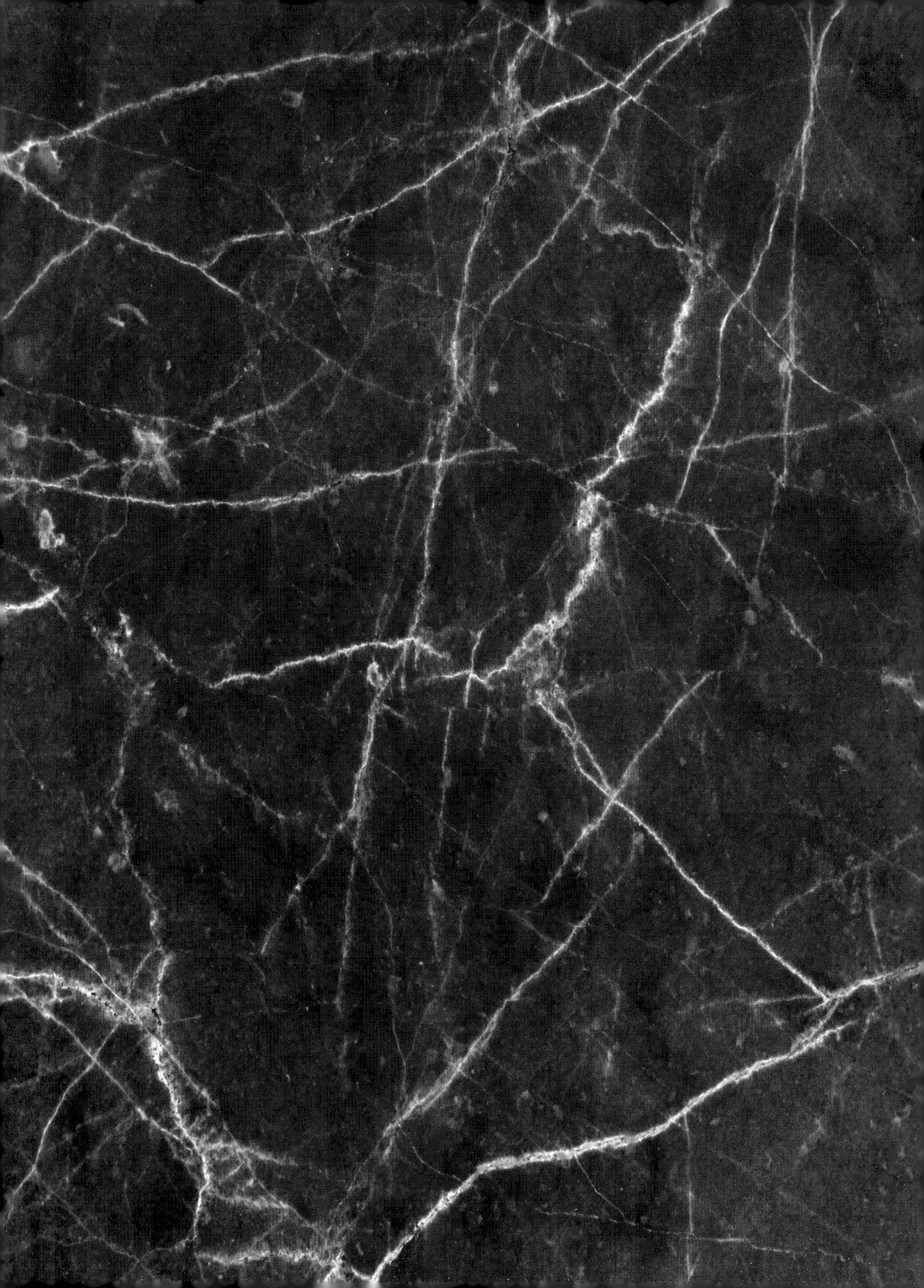

Banshee

EL LAMENTO DE LA MUERTE

La palabra *banshee* proviene del gaélico irlandés '*bean sídhe*' o '*bean sí*', cuyo significado es 'mujer de los túmulos o 'mujer de paz'. Son espíritus femeninos que se aparecen a alguien para anunciarles con sus llantos o gritos su muerte inminente o el deceso de un pariente cercano. Suelen vivir en colinas deshabitadas, aunque pueden aparecerse en sueños para anunciar una fecha fatídica. Se considera que su grito es insoportable, capaz de destrozar vidrios, cristales e, incluso, cerámica. También es cierto que su llanto o grito solo puede ser escuchado por el mortal que va a fallecer o algún pariente próximo. Las banshees suelen tener el cabello largo y enredado de color negro o rojizo, manos huesudas con las uñas largas medio rotas, y suelen ir vestida con un vestido largo blanco en el que no se le ven las piernas. Aquellos que han descrito a una banshee cuentan que era como un espectro translúcido que flotaba medio metro por encima del suelo.

En Irlanda, las grandes familias señoriales con apellidos que comienzan en Mac u O tenían una banshee que se dedicaba a anunciar las muertes en la familia durante siglos. Parecido a las famosas plañideras de los funerales, mujeres que eran contratadas para llorar al muerto durante el velatorio, pero con carácter retroactivo: las banshees lloran antes de la muerte del familiar. La familia de los O'Brien tenían a una banshee llamada Aibhill. Brian Boru, Rey de Thomond y Gran Rey de Irlanda, sabía que moriría en la decisiva batalla de Clontarf (1014) contra el Rey de Leinster Máel Mórda Mac Murchada porque Aibhill se había presentado en su castillo la noche anterior. Cuando aparecen varias mujeres de los túmulos a la vez significa que algún personaje importante está a punto de fallecer.

ESCALOFRIANTES Y GUERRERAS

En el mundo de los magos, las banshees tienen largo cabello negro, cara esquelética y son de tez verde. Son muy fuertes y resistentes como el acero y sus gritos son fatales para cualquiera que los escuche. La única manera de derrotarlas es romperle el cuello con un hechizo cuando cierran los ojos para comenzar a gritar. Esta es la única parte débil de su anatomía. Uno de los libros más comprados por las brujas era *Recreo con la banshee* de Gilderoy Lockhart, donde contaba cómo venció a una, aunque al final se trató de una mentira y esa proeza había sido protagonizada por una bruja.

«Le pregunté si había visto a la Banshee. La he visto, dijo, allá abajo, junto al agua, batiendo el río con sus manos.»

(William Butler Yeats)

En el mundo de Azeroth, las banshees fueron mujeres elfas que han tomado una existencia espectral. Las elfas nocturnas caídas en la Guerra de los Ancestros volvieron con forma de banshees vagando por el mundo y lamentándose. Diez mil años más tarde, el príncipe Arthas descubrió que gracias a sus poderes nigrománticos podía crear a estas peligrosas guerreras con los cuerpos fallecidos de las altas elfas y las elfas forestales. Con el tiempo, perdería el control de estas banshees, incluyendo a la reina Sylvanas Windrunner, quien sirvió a Arthas y al Rey Ner'zhul como general de las almas en pena durante muchos años. Sylvanas recuperó su libre albedrío y fundó la facción de los Renegados, donde es llamada la Reina Banshee. Los Renegados han fundado su capital en Undercity, una cripta subterránea bajo las ruinas de la antigua Ciudad Capital de Lordaeron.

LO PUEDES ENCONTRAR EN...

Darby O'Gill y el Rey de los Duendes (1959), película de Robert Stevenson

Como ser de la mitología céltica, existen varios cuentos y folclore sobre el mito de las banshees. Pero este espíritu de los túmulos se ha hecho bastante famoso en videojuegos fantásticos como *The Witcher, League of Legends, Mass Effect 3, Fable II,* o *Warframe*. Pero destaca en el juego *World of Warcraft*, con el famoso personaje de Sylvanas Windrunner, líder de los Renegados, Señora Oscura o la Reina Banshee. En los libros de *Harry Potter* de J.K. Rowling se habla de banshees, aunque no aparece ninguna, sobre todo en *La cámara de los secretos* (1998) y *El prisionero de Azkaban* (1999). El mundo de los superhéroes también ha tenido sus aulladores en pena, como el mutante de los X-Men Banshee en Marvel, o la villana Silver Banshee, enemiga de Superman en DC, ambos con poderes sónicos, por supuesto. Cinematográficamente, todo el mundo recuerdo a la banshee verde y fantasmagórica de *Darby O'Gill y el Rey de los Duendes*, película de Disney dirigida por Robert Stevenson (1905-1986), y protagonizada por un joven Sean Connery, que recoge muchas leyendas de la mitología céltica y gaélica.

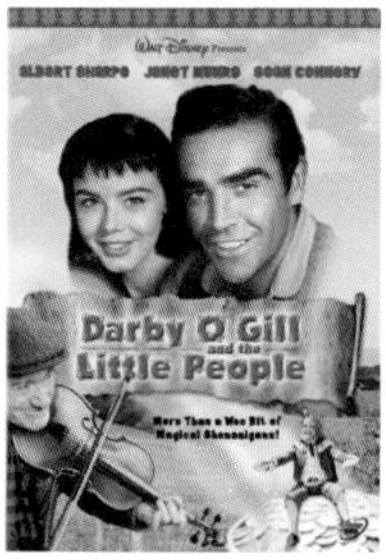

Cait Sidhe

EL GATO FANTASMA

El cait sidhe o cat sìth es un gran gato negro grande del tamaño de un dóberman con una mancha de color blanco en el pecho que suele morar normalmente por las Tierras Altas de Escocia. '*Cait*' es 'gato' y '*sidhe*' significa 'hada'. Al contrario que los gatos comunes, los cait sidhe siempre están en tensión, con el pelo de la espalda de punta. Nadie en Escocia se fía de un gato hada, pues tienen la capacidad de robar las almas si se pasea sobre un cadáver en un velatorio o sobre una tumba recién cubierta de tierra después de un entierro. Se supone que durante esos momentos, los dioses todavía no habrán reclamado el alma del finado y el gato negro espectral podía robar esa alma para juguetear con ella durante toda la eternidad. Es por esa razón que en los velatorios escoceses se cuelga hierba gatera por toda la casa menos en la habitación donde se vela al muerto. También se canta la coronach, el llanto-canto improvisado en un funeral, música que le gusta al cait sidhe. Así se olvidaría de su objetivo en el velatorio. Otras creencias populares creen que el cait sidhe se trata en realidad de una bruja de las montañas escocesas transformada en un gatazo negro. Las brujas, por tradición, se pueden convertir en gato unas ocho veces para volver a su forma original. Si decide transformarse en un cat sìth una novena vez no podrá volver a su forma original nunca más. Cuando ocurre esto, deciden seguir a otras brujas, que suelen tratar muy bien a los cait sidhe, como compañeras que fueron en su día.

En el Capitolio en Washington DC vive un cait sidhe, un gran gato negro que se suele ver únicamente cuando algo malo va a ocurrir en la política de los Estados Unidos. Se sospecha que la primera vez que se le vio envuelto en niebla sobrenatural fue antes de la declaración de la Guerra Civil Americana. También se le vio varias veces semanas antes del asesinato de Abraham Lincoln, la noche anterior al ataque de Pearl Harbor y al asesinato de John F. Kennedy.

LOS GATOS MONSTRUOS BRITÁNICOS

«Incluso una bruja puede ser ignorada por un gato.» (Terry Pratchett)

En Gales existe otro gato mítico, el Cath Palug, un gato monstruoso que habitaba en la isla de Anglesey. Este felino sobrenatural era hijo de la cerda Henwen, que le arrojó al mar tras su nacimiento. El gato sobrevivió y fue criado por los hijos de Palug. Cuando creció, escapó y comenzó a destruir molinos y campos de labranza hasta matar a campesinos por los pueblos de Anglesey. Asesinó y devoró a nueve valerosos guerreros que viajaron a la isla de Gales para detener a este temible gato monstruo. Sus fechorías terminaron el día que el hermanastro del rey Arturo, sir Kay el Senescal, lo derrotó en batalla. No hay que confundir al Cath Palug con el Chapalu, una criatura que el poeta y novelista francés Guillaume Apollinaire (1880-1918) describió con cabeza de gato negro, pies de dragón, cuerpo de caballo y cola de león. En Rusia también es famoso el temible Kot Bajun, también conocido como el gato negro de la bruja Baba Yaga. Vivía en los bosques perdidos de Siberia y gobernaba sobre los lobos y los osos. Sus garras podían destrozar una armadura y su ronroneo causaba somnolencia a sus pobres víctimas.

LO PUEDES ENCONTRAR EN...

El gato negro (1843), cuento de Edgar Allan Poe

Uno de los cuentos más antiguos y famosos del Reino Unido se trata de *El Rey de los Gatos*, que ya se incluía en el libro del escritor británico William Baldwin *Cuidado con el gato* (1591), una fábula irónica en la que se describía a nueve cait sidhe transportando el ataúd del antiguo Rey de los Gatos. En la novela *Cementerio de animales* (1983) de Stephen King (Portland, 1947), el viejo gato Chuck de la familia Creed es enterrado en un cementerio indio maldito por un wendigo resucitando al día siguiente como un gato maligno, parecido a los cait sidhe. El gato negro del cuento *Coraline* del autor británico Neil Gaiman (Portchester, 1960) no es un gato mitológico escocés, pero su habilidad para atravesar varios mundos y poder hablar en el Otro Mundo lo convierte en un gato demasiado paranormal. Otro autor que no nombra al cait sidhe es Edgar Allan Poe en el cuento de terror *El gato negro*, pero los paralelismos son increíbles. El protagonista felino de esta historia es grande y negro como la noche, menos una mancha blanca en el pecho del animal. También tiene cierta presencia sobrenatural, aunque al final sabemos que todo estaba en la mente del narrador.

Cerbero

EL GUARDIÁN DEL INFIERNO

El can Cerbero era el perro del dios griego del inframundo, Hades, guardián de la puerta del reino tenebroso y sombrío de su dueño, Érebo. Era un perro gigante y monstruoso con tres cabezas que vigilaba las puertas del Hades para que los muertos no pudieran salir y los vivos no pudieran entrar. Cerbero era hijo de la monstruosa ninfa Equidna, con cuerpo de serpiente, y el último hijo de Gea, el poderoso titán Tifón, un monstruo alado y colosal cuya estatura le hacía alcanzar las estrellas, podía vomitar lava por la boca y crear huracanes. Es normal que la descendencia de estas dos temibles criaturas fueran los perros del infierno Ortro y Cerbero. Ortro, al contrario que su hermano, solo tenía dos cabezas y se le encomendó al titán Atlas como dueño, pero acabaría cuidando los bueyes rojos del gigante Gerión en la Isla Eritia. Ortro acabó siendo asesinado en el décimo trabajo de Heracles, quien se llevó el ganado de Gerión sin pedirlo ni comprarlo. Cerbero seguiría el camino desdichado de su hermano bicéfalo. El último trabajo de Heracles fue viajar hasta el cabo Ténaro y entrar en el Inframundo con la

ayuda de Hermes y Atenea. Allí liberó a Teseo, disparó una flecha al dios Hades, peleó contra el poderoso can, lo venció y lo capturó. Tras mostrarlo a Euristeo y a toda Micenas, Cerbero pudo volver al Érebo para continuar con su cruel tarea. No es la única vez que el fiel perro del Hades ha fallado en esta misión: Orfeo usó la música para calmarlo y dormirlo, Eneas y Psique lo durmieron metiendo droga en unas tortas de miel, y Hermes le hizo dormir con el agua del río Lete, uno de los ríos de Érebo, cuyas aguas traen el olvido a los humanos, pero solo somnolencia para nuestro querido perro tricéfalo.

«Cerbero, monstruo cruel, feroz y gurbio.»
(Dante Alighieri)

GARM Y FLUFFY

En su *Teogonía*, el poeta heleno Hesíodo aseguraba que Cerbero no tenía tres simples cabezas, sino cincuenta, y una serpiente en lugar de cola. El poeta italiano Dante Alighieri situó a Cerbero guardando el tercer círculo del Infierno, correspondiente a la gula, un pantano infecto donde los glotones son azotados eternamente por una lluvia helada. El Cerbero infernal produce dolor y aturdimiento a los condenados con sus fieros ladridos, tiene los hocicos negros, mandíbulas sanguinolentas, boca espumajosa, ojos púrpura, y zarpas monstruosas. Dante también cuenta que mordía y destrozaba a las almas que tenía alrededor.

Hela, reina del Helheim o Hel, el reino de la muerte de la mitología nórdica, también tenía un can protector en su reino, el temible Garm, de pecho ensangrentado, llamado el mejor de los sabuesos por los dioses. Está escrito que en el Ragnarök, Garm y el dios de la guerra Tyr morirán luchando el uno contra el otro. En el mundo de los magos existe un gigante perro de tres cabezas llamado Fluffy. Fue criado por Rubeus Hagrid, el guardabosques de Hogwarts, y vivía escondido en el Bosque Prohibido. Cuando hubo noticias que el malherido Lord Voldemort quería conseguir la piedra filosofal de Nicolas Flamel, Albus Dumbledore la escondió en Hogwarts protegida por varias trampas. La puerta de entrada a las trampas estaba custodiada por Fluffy. No se tienen constancia de más perros gigantes de tres cabezas en el mundo de los magos.

LO PUEDES ENCONTRAR EN...

Harry Potter y la Piedra Filosofal (1997), novela de J.K. Rowling

Como monstruo mitológico Cerbero ha aparecido en muchos juegos y videojuegos fantásticos como *Dungeons & Dragons, Final Fantasy VIII* (1999) *Devil May Cry 3* (2005) o *God of War II* (2007). Aunque uno de los libros más importantes del escritor de ciencia-ficción Gene Wolfe (Nueva York, 1931) se titule *La quinta cabeza de Cerbero* (1972), el mitológico perro solo da nombre a la Casa de Cerbero, situada en la ciudad principal del planeta Saint Croix. En el manga *One Piece* (1997) de Eiichiro Oda (Kumamoto, 1975), su protagonista Monkey D. Luffy se enfrenta contra un gigante perro mitad Cerbero mitad criatura de Frankenstein a la que logra amaestrar tras una larga pelea. Evidentemente, Cerbero también saldría en la película *Hércules* (1997) de Disney, enfrentándose contra el hijo de Zeus en las puertas del Hades. Pero todos recordamos al simpático Fluffy de *Harry Potter y la Piedra Filosofal* al que Harry, Ron y Hermione logran calmar tocando una flauta, como Orfeo. Tras destruirse la piedra filosofal, Fluffy acabaría en los bosques de Grecia viviendo feliz.

Djinn

EL GENIO DE LOS CUENTOS ÁRABES

A diferencia de Jehovah, Ala creó tres razas, los hombres, los ángeles y los djinn. Como reza en el Corán: «Hemos creado al hombre de barro, de arcilla moldeable. Antes, del fuego ardiente, habíamos creado a los genios». Existen varios tipo de jinn, djinn o jinni. Los más conocidos son del tipo ifrit, dotados de un poder casi ilimitado y capaces de realizar acciones buenas o malas. Son tan poderosos porque provienen del mismísimo aliento caliente de Dios. El más famoso ifrit de todos es Ibís, el Mentiroso, quien se negó a postrarse ante Adán, cosa que el resto de ángeles y djinns sí que hicieron. Sus palabras al creador de todo fueron tajantes: «No es mejor que yo. Tú me creaste del fuego, a él de la arcilla». Muchos ifrits djinn son orgullosos, mezquinos e intratables, por eso están atados a objetos y reglas inquebrantables, pues Alá no permitiría que unas criaturas tan pode-

«No concedo deseos. Si pudiera conceder deseos, ¿crees que conduciría un taxi?»

(Neil Gaiman)

rosas permanecieran libres por la creación. El ifrit puede adquirir cualquier forma que su imaginación le permita, desde un humano varón o hembra, un animal o un monstruoso gigante de varios ojos. Los ifrit han vuelto a muchos hombres ricos, pero son taimados y peligrosos. Debes tener mucho cuidado con los deseos que pides a un ifrit, siempre estará en su naturaleza hacerte sufrir con todas sus fuerzas, pues considera al ser humano una raza inferior. Se sabe de más hombres que nunca consiguieron sus deseos, y han acabado muertos o locos por influencia de un ifrit, que aquellos que obtuvieron lo que realmente deseaban. Algunas de las reglas más conocidas de los djinn ifrit es conceder únicamente tres deseos. Al objeto que más normalmente está ligado un jinn es a un espejo o una lámpara. Siempre suelen tratarse de objetos comunes, alejados de las miradas codiciosas de los humanos.

GENIOS MENOS PODEROSOS

También existen los jinns sin los poderes de la creación, criaturas invisibles con el poder de influir mentalmente en los humanos jugando con sus mentes, sus alegrías y sus aspiraciones. Suelen actuar de noche, en el desierto, acosando a los mercaderes de las caravanas que transportan las mercancías de una ciudad a otra. Son seres de fuego, con libre albedrío, que se han alejado de Dios para seguir a Iblís. Sabremos diferenciar a un hombre de un djinn convertido en humano por sus ojos, siempre en llamas. Aunque existen muchas historias sobre jiniri, jinn femeninos que tientan a los hombres, no debe confundirse a un djinn con un súcubo. El rey Salomón (965-928 aC) de Jerusalén identificó a 72 de estas criaturas por su nombre y poder de corrupción. Están descritos en el manuscrito mágico del *Testamento de Salomón*, junto a varias recetas alquimistas para curar las dolencias que provocan estos molestos seres espirituales inmortales.

En el mundo de Zakhara, los genios o djinn son criaturas parecidas a los humanos que viven en los planos elementales del aire. Suelen vivir en las islas flotantes de los jeques. Los djinn de esa isla viven bajo el gobierno del califa, defendiendo su tierra de los invasores. Tienen fuerza, inteligencia y habilidad, pero destacan por su magia de ilusión. Estos magníficos guerreros prefieren eludir la fuerza bruta y enfrentarse mediante magia y hechizos. También pueden desplazarse entre planos astrales y puede transportar hasta a ocho criaturas que estén en contacto físico con él.

LO PUEDES ENCONTRAR EN...

El ladrón de Bagdad (1940), película de Michael Powell, Ludwig Berger y Tim Whelan

Sin lugar a dudas, el ifrit djinn más famoso de la cultura popular norteamericana es el genio de la película de Disney *Aladdín* (1992), dirigida por Ron Clements y John Musker (los mismos de *Hércules*), con la voz de Robin Williams. Este ifrit se inspiraba en los cuentos de *Las mil y una noches*, libro que también inspiraría uno de los grandes clásicos del cine fantástico, *El ladrón de Bagdad*, dirigida por varios directores, incluido el productor Alexander Korda (1893-1956), donde el joven Abu (Sabu) encuentra una botella que encierra a un gigantesco y malvado ifrit (Rex Ingram) que concede deseos. Los djinn saldrían en más películas como *Las mil y una noches* (1945), *El séptimo viaje de Simbad* (1958), *The Outing* (1987), *Whishmaster* (1997) o *Djinn* (2013), la última película dirigida por el norteamericano Tobe Hooper (1943-2017).

También existen varios libros donde se hablan de estos seres, como *Los versos satánicos* (1988), de Salman Rushdie (Bombay, 1947), la saga de libros juveniles de *Children of the Lamp* (2004-2011), del escocés Philipp Kerr (Edimburgo, 1956), o *Jinn* (2003), del escritor norteamericano Matthew B. J. Delaney. En el juego de rol *Dungeons & Dragons* es famoso el escenario de campaña Al-Qadim, inspirado en los mundos de *Las mil y una noches*, donde los djinn son adversarios muy peligrosos.

Dullahan

EL JINETE CELTA SIN CABEZA

El gan ceann o dullahan es un extraño fantasma de la mitología irlandesa. Se trata de un caballero jinete con armadura a lomos de un caballo negro imponente y espectral de ojos rojos. La característica de este jinete es que tiene la cabeza cercenada y la lleva cargando bajo su propio brazo. El jinete no se agarra a las bridas de su montura, debajo de un brazo lleva su horrorosa cabeza cortada y en la otra mano porta una espina dorsal humana a modo de látigo. El dullahan solo sale en las noches más oscuras sin luna. Cuando un gan ceann desmonta de su caballo, alguien va a morir pronto. Este jinete sin cabeza comienza a llamar por su nombre a una persona hasta que esta muere inmediatamente. Entonces se lleva su alma al otro mundo. Esta criatura irlandesa está a medio camino entre una banshee y la parca. Aunque muchos consideran que, en realidad, se trata de la representación física del dios céltico Crom Dubh, un dios maligno que exigía sacrificios humanos. El rostro del dullahan siempre está inquietantemente sonriendo, algo inaudito en una cabeza cortada. Sus ojos no paran de moverse de manera antinatural en todas direcciones, hasta el interior de las retina, para ver lo que ocurre detrás suyo. Ninguna cerradura ni puerta se le resiste, y suelen azotar con su látigo de espina dorsal a los pobres incautos que se encuentran con él en una noche oscura. Para defenderse de sus ataques nada mejor que el oro, metal que los gan ceann odian y temen. El dullahan muchas veces conduce una coíste bodhar o carroza de la muerte, adornada con objetos funerarios como velas introducidas en cráneos, ruedas con radios de huesos y cubierta de piel humana. Cuando el dullahan sale con su carroza de la muerte en las noches irlandesas seguro que se lleva a más de un alma con ella de vuelta al infierno.

EL FANTASMA DE SLEEPY HOLLOW

En Sajonia también existen jinetes sin cabeza. La diferencia con los dullahan es que no mantienen su cabeza debajo del brazo. No tienen, simplemente. Son figuras fantasmales que recorren los bosques de la zona soplando un cuerno con su inexistente boca durante toda la noche. Cuando los cazadores escuchan ese cuerno significa que es mejor no salir al día siguiente de caza por el bosque porque seguramente habrá un mortal accidente. Existen otros jinetes sin cabeza en Alemania que cazan a asesinos. Estos jinetes negros llevan consigo a una jauría de perros fieros y sobrenaturales con lenguas de fuego. Alrededor de 1784 existía en el asentamiento neerlandés de Tarry Town (Nueva York) un valle llamado Sleepy Hollow, famoso por sus leyendas sobre fantasmas y otros espíritus malignos. El más conocido de ellos era el horroroso jinete sin cabeza. Se

> «Sus cabezas no se encontraron, se las llevó el jinete sin cabeza de vuelta al infierno.»
> (Andrew Kevin Walker)

trataba de un soldado hessiano, uno de los mercenarios auxiliares alemanes que el gobierno británico contrató para enfrentarse contra los revolucionarios en la Guerra de Independencia de Estados Unidos, que perdió la cabeza por culpa de una bala de cañón en medio de una batalla en la zona. En las noches sin luna, se le puede ver cabalgando en busca de su cabeza por el antiguo campo de batalla. Normalmente suele desvanecerse en un destello de llamas y azufre, sin haber encontrado nunca su maldita cabeza.

LO PUEDES ENCONTRAR EN...

La leyenda de Sleepy Hollow (1820), cuento de Washington Irving

Protagonista de muchos cuentos irlandeses, el jinete sin cabeza se haría popular en Alemania y en toda Europa gracias a un par de cuentos de los hermanos Jacob Grimm (1785-1863) y Wilhelm Grimm (1786-1859) en su recopilación de cuentos de hadas y leyendas germánicas conocida como *Cuentos de la infancia y del hogar* (1812-1857). El escritor romántico norteamericano Washington Irving (1783-1859) recopiló también alguna de estas historias alemanas en su novela corta *La leyenda de Sleepy Hollow*, un clásico del gótico americano que Tim Burton (Burbank, 1958) llevaría al cine en 1999, protagonizada por su inseparable Johnny Deep, Christina Ricci y Christopher Lee. El personaje Ichabold Crane creado por Irving volvería acompañado de su inseparable Jinete sin Cabeza alemán en la serie de cuatro temporadas *Sleepy Hollow* (2013-2017) producida para la Fox por Alex Kurtzman (Los Angeles, 1973). En el manga erótico *Monster Musume no Iru Nichijo* (2012) de Okayado, un chico japonés acaba viviendo con varias chicas monstruo, como la encantadora Lala, una bella dullahan que porta su cabeza debajo de su brazo y una gran guadaña.

Fantasma

ESPÍRITUS DEL MÁS ALLÁ

Un fantasma es un espíritu de un ser humano fallecido o un alma en pena que interactúa en el plano material. Normalmente solo puede ser percibido por los vivos en forma de ente ectoplasmático o etérico que recuerda a su forma viva de manera total o parcial. La mayoría de fantasmas no pueden interactuar con el plano físico. Aquellos que sí pueden hacerlo se les suele llamar poltergeist y suelen ser de naturaleza violenta, enérgica y física. Los poltergeist son los fantasmas más peligrosos, capaces de encantar casas y mansiones. Según el matemático y parapsicólogo G.N.N. Tyrrell (1879-1952) en su libro *Apariciones* (1943) existen cuatro tipos de fantasmas. Apariciones que frecuentan habitualmente un lugar determinado; apariciones post-mortem que suelen tener lugar muy poco tiempo después de la muerte; apariciones en casos críticos o avisos de muertes recientes; y aparición inducida, cuando alguien vivo es capaz de comunicarse astralmente con otro individuo. Aunque los dos últimos son terreno de la videncia y la telepatía y no de la metapsíquica de los espíritus.

«Somos siluetas, fantasmas huecos, desarraigados, que se mueven entre nieblas.»
(Virginia Woolf)

Si entendemos por espíritu a ese alma en pena que continúa en nuestro mundo y no ha transcendido al Más Allá, ¿por qué se han quedado aquí? Existen varias teorías al respecto. La más común es que el muerto reciente no acepta su propia muerte y cree estar vivo todavía. Existen otros que se siente culpables por no haber concluido algún asunto en vida. Algunos espíritus se sienten ligados a una persona, o un lugar, y no quieren abandonarlo. Pero los más peligrosos son aquellos que sienten rencor y odio hacia sí mismos y a otros seres vivos, y aquellos fantasmas que creen no merecer ir al Más Allá y piensan que no tienen esperanza. Estas entidades acumulan mucho odio a lo largo de los años, llegando a explotar con virulencia contra los vivos. También existen los espíritus maldecidos en vida, quienes no pueden iniciar el tránsito al Más Allá por culpa de una maldición y tienen que morar en la Tierra durante toda su mísera existencia. Aunque cualquier persona puede sentir, ver o llegar a interactuar con un ente o fantasma, existen individuos más capacitados que otros. Normalmente, cuando una de estas personas tiene el don de escuchar, observar, o notar a los fantasmas se convierte en vidente. Pero solo los médiums pueden obtener información de estos espíritus. Existen periodos temporales en que la presencia de fantasmas es más normal. En la antigua Grecia se hablaba de la nekya, el viaje al Hades, algo parecido a la Santa Compaña gallega o viaje de las ánimas hasta el infierno. Pero actualmente existe una fecha en la que plano astral y mundo físico están más cerca que nunca, el 1 de noviembre, día de los muertos o día de difuntos y la noche del 31 de octubre, conocida como noche de brujas o Halloween, vinculada con el año nuevo celta, el Samhain.

LOS FANTASMAS DE JAPÓN

Si en Occidente existen varios tipos de fantasmas, en Japón hay miles de estos espíritus, tantos como islas hay en el Archipiélago. Ya sabemos que a los seres sobrenaturales se les suele llamar yokais en el

país del Sol Naciente, pero yokais con aspecto antropomórfico, de espíritus de vivos que vienen del más allá hay varios, y bastante aterradores. Como la Yuki-Onna, una fantasma inhumanamente hermosa que viaja por las montañas nevadas tentando a los perdidos viajeros; la Hinoenma es otro espíritu femenino que embruja a los hombres para que abandonen a sus mujeres y les siga, cuando estos lo han perdido todos, la hinoenma los mata; la horrorosa Kuchisake-Onna, un espíritu maldito y mutilado por su esposo que vuelve para vengarse; los cuellos largos Rokurokubi, que alargan su cuello en las noches como si fueran una serpiente; los poltergeist de las aonyobo, fantasmas carnívoros de mujeres nobles que embrujan mansiones y casas abandonadas; la horrible Ohaguro-Bettari, con sus dientes negros sin ojos y su kimono nupcial andrajoso que suele encontrarse alrededor de templos y santuarios llamando a jóvenes solteros; los traviesos Abura-Akago, bolas de fuego espirituales que se transforman en bebes cuando entran en una casa; o el viejo Dorotabo, un fantasma envejecido, calvo, con tres dedos en sus manos y ciego de un ojo que emerge del lodo turbio de los arrozales. Como ya hemos comentado, la lista de yokais japoneses daría para llenar varios libros como este.

LO PUEDES ENCONTRAR EN...

La maldición de Hill House (1959), novela de Shirley Jackson

El fantasma Enkidú se le aparecía al protagonista de uno de los textos más antiguos de la humanidad, la *Epopeya de Gilgamesh* (2500 aC). Figura clave de la fantasía humana, el espíritu es uno de los seres más terroríficos de la ficción y el género del terror, explotado en los cuentos de fantasmas desde la antigüedad. El historiador Plutarco (46-120) ya hablaba de termas encantadas por fantasmas asesinados en el siglo I. En la época victoriana el cuento de fantasmas se convertiría en todo un género literario propio con autores como Algernon Blackwood, Charles Dickens (1812-1870), Sheridan Le Fanu (1814-1873), M. R. James (1862-1936) o Edith Wharton (1862-1937), quienes siguieron la estela del terror romántico del escritor alemán E.T.A. Hoffmann. Uno de los mejores cuentos sobre fantasmas es obra de la autora americana Shirley Jackson (1916-1965), quien modernizó la novela gótica paranormal con la extraordinaria *La maldición de Hill House*, libro en el que se inspirarían muchos cuentos sobre casas encantadas posteriores. El cine ha dado películas sobre espíritus de todo tipo, desde el humor de *El fantasma y la Sra. Muir* (1947), *Los Cazafantasmas* (1984), *Ghost* (1990), *Bitelchús* (1990) o *Casper* (1995), pasando por mitos del terror como *The Haunting* (1963), *El Más Allá* (1964), *Al final de la escalera* (1980), *El resplandor* (1980), *Poltergeist* (1982), *Ringu* (1998), *El sexto sentido* (1999) o *El espinazo del Diablo* (2001).

Fénix

EL PODER DEL RENACIMIENTO

El cuarto Papa de la Iglesia Cristiana del siglo I Clemente de Roma escribió en su Epístola a los Corintios: «Hay un ave llamada fénix. Es la única de su especie, vive quinientos años; y cuando ha alcanzado la hora de su disolución y ha de morir, se hace un ataúd de incienso, mirra y otras especias, en el cual entra en la plenitud de su tiempo para morir. Pero cuando la carne se descompone, es engendrada cierta larva, que se nutre de la humedad de la criatura muerta y le salen alas. Entonces, cuando ha crecido bastante, esta larva toma consigo el ataúd en que se hallan los huesos de su progenitor, y los lleva desde el país de Arabia al de Egipto, a un lugar llamado la Ciudad del Sol; y en pleno día, y a la vista de todos, volando hasta el altar del Sol, los deposita allí; y una vez hecho esto, emprende el regreso». Según san Ambrosio de Milán (340-397), el ave Fénix muere consumida por el Sol, convertida en cenizas de las cuales surge un huevo redondo con un gusano blanco en su interior que se transforma en mariposa, hasta crecer en forma de águila celeste. Para el poeta romano Claudio Claudiano (370-405), el Fénix es un ave igual a los dioses celestes, que compite con las mismas estrellas en vida y duración de su existencia.

El Fénix es más que un animal alado mitológico según estos poetas y doctores de la religión, era un enviado espiritual de los dioses y una metáfora de la vida en el Más Allá, pues este ave desaparece para renacer en todo su esplendor. El Fénix tiene el tamaño de una gran águila, con los plumas en varios to-

«¡Soy el fuego y la vida encarnada! Ahora y para siempre.»
(Chris Claremont)

nos rojizos y bermellones. Su cuello emplumado es más largo que el de las rapaces depredadoras y tiene un porte regio, como el de un pavo real macho. Es un ser espiritual con una gran resistencia física, poder sobrenatural y controla el fuego. Se dice que las lágrimas del Fénix tienen la facultad de curar todas las enfermedades del mundo, por eso se le quería cazar en la antigüedad, proeza que nadie consiguió. Según los primeros textos cristianos, el Fénix vivía en el Jardín del Paraíso y tenía su nido en un rosal. Se cuenta que este ave mítica fue la única bestia que se negó a probar la fruta del paraíso, cosa que fue recompensada por Dios con el poder de la luz, el fuego y la inmortalidad. El fénix ya era adorado en el Antiguo Egipto, como un poder de la resurrección y la inmortalidad del alma. Allí se llamaba Bennu y estaba relacionado con los dioses del Sol.

FÉNIX DE ORIENTE

En el hinduismo existe otro pájaro mítico, Garuda, un semidios antiguo, gigante y con grandes alas rojas con las que puede tapar la luz del Sol. En Rusia tienen al Zhar-Ptitsa, un pájaro mágico de fuego que brilla intensamente. Su forma es más parecida a la de un pavo real con la cola en llamas. Sus plumas se consideran un gran tesoro, pues pueden iluminar una habitación grande para toda la eternidad. Pero el pájaro sagrado más famoso después del fénix es el fenghuang chino, con su pico de gallo, cara de golondrina, cuello de serpiente, cuerpo de oca, dorso de tortuga, cuartos de ciervo y cola de pez. Es un ave que simboliza los seis cuerpos celestes y sus plumas son de los cinco colores elementales: negro, blanco, rojo, verde y amarillo. El fenghuang simboliza la gracia, la virtud y la unión entre el yin y el yang.

En el mundo de los magos, el fénix tiene el tamaño de un cisne, con una gran cola, pico y garras de color dorado. Los fénix tienen también propiedades curativas y resucitan cada cien años. Su canto es mágico y suele reconfortar en los momentos más tristes y dolorosos. Son animales salvajes y difíciles de domesticar. Tienes que ser un gran mago, como Albus Dumbledore, para conseguirlo. Sus plumas se pueden utilizar para la magia del núcleo de una varita de mago, pero son bastante raras. Esas varitas son bastante más salvajes que el resto, difíciles de dominar, pero su poder suele ser mayor que las de unicornio o dragón.

Existe una fuerza cósmica de capacidades casi omnipotentes en el universo llamada la Fuerza Fénix. Es temida en muchas galaxias pues se trata de una fuerza primordial universal de la vida y la pasión. También es una fuerza de regeneración, y su fin último es destruir el universo por completo para que renazca de sus cenizas. La Fuerza Fénix ha buscado siempre a un ser vivo mortal para ser controlado. Todo el mundo recuerda que estuvo unida a la mutante líder de los X-Men, Jean Grey, pero la Fuerza Fénix ha estado unida a otros seres como Feron, Nekron, Rachel Summers o Scott Summers. Este poder cósmico es muy difícil de controlar y puede destruir la psique del portador, llevándolo a la destrucción. Cuando esto ocurre, se le suele llamar Fénix Oscuro, una criatura a la que hay que parar a toda costa.

LO PUEDES ENCONTRAR EN...

Fénix (1967-1988), manga de Osamu Tezuka

El fénix siempre ha sido una metáfora de renacimiento para los poetas y los literatos desde la antigüedad. Aparece en miles de poemas, como los del bardo británico William Shakespeare, o en el poema *De Ave Phoenice*, del escritor latino Lucio Lactancio (245-325), adaptado al inglés antiguo en el siglo IX. La autora inglesa Edith Nesbit (1858-1924) tituló al segundo libro de su trilogía infantil *Psammead* con el título de *El fénix y la alfombra* (1904), protagonizado por un fénix parlante. La fuerza Fénix Oscura fue una invención del guionista Chris Claremont (Londres, 1950) y el dibujante John Byrne (Walsall, 1950) para la serie *Uncanny X-Men* (números 129 al 138, 1980), convirtiéndose en un mito del universo Marvel. En el cine ha salido dos veces: en *X-Men: La decisión final* (2006) y *X-Men: Dark Phoenix* (2018), siempre vinculada a Jean Grey. La obra más ambiciosa e inconclusa del dios del manga Osamu Tezuka (1928-1989) fue *Fénix*. Dividida en doce tomos, el cómic trataba sobre la reencarnación y la búsqueda de la inmortalidad en varios cuentos sin relación entre ellos. El fénix de Tezuka era muy parecido a un fenghuang chino.

Kitsune

EL ASTUTO ZORRO DE JAPÓN

Aunque *kitsune* significa zorro en japonés, no debemos confundirlo con el zorro común, pues el kitsune es un animal inteligente con habilidades mágicas. Estos animales forman parte de la gran familia de los yokais o seres sobrenaturales japoneses. Para resumirlo de una manera entendible: todos los kitsune yokais son zorros, pero no todos los zorros son yokais kitsune. Un zorro llega a ser un kitsune gracias al conocimiento y la Iluminación. Se cuenta que cuanta más experiencia y longevidad tiene un kitsune más colas tiene, hasta llegar a nueve. A un kitsune solo le crece la cola cuando tiene cien años. Cuando el zorro yokai llega a tener su novena cola se convierte en un tenko, un zorro celestial, el más poderoso de los kitsune. Su color se vuelve blanco y dorado y ascenderá a los cielos. Los zorros yokais pueden tener varios poderes, como la invisibilidad, el poder de crear ilusiones muy realistas, poseer cuerpos humanos, o arrojar fuegos y rayos.

ZENKOS Y YAKOS

Existen dos tipos de kitsune: los zenko y los yako o nogitsune. Los zenko son los zorros yokais benévolos; kitsune celestes asociados con el dios de la fertilidad, el arroz y la agricultura Inari. Los zorros de Inari protegen templos, arrozales, bosques y aldeas. Son los mensajeros de esta deidad y son adorados en los templos sintoístas de muchas zonas de Japón. Los yako, sin embargo, son harina de otro costal. Son vagos, pícaros, taimados, malicioso y disfrutan haciendo travesuras a los humanos que se pierden por los bosques o moran cerca de un templo. Como los kitsune, tienen la capacidad de transformarse en otro animal o un ser humano, pero utilizan esta mágica habilidad para sembrar el caos allá donde va. Algunos dicen que los nogitsune adquieren el poder de cambiar de forma a los cien años de edad, pero otros es-

> «Nunca confíes en un zorro. Se parece a un perro, pero se comporta como un gato.»
> (ERIN HUNTER)

tudiosos afirman que pueden hacerlo con cincuenta años, cuando todavía son jóvenes y traviesos. Para convertirse en una muchacha hermosa, un hombre mayor o un niño, el kitsune yako debe colocar una hoja, un junco o un cráneo sobre su cabeza. Pero hay una particularidad que el yako debe esconder para parecer humano, pues su cola no se transforma. Por eso, en Japón, si te encuentras por los bosques a una bella muchacha, un anciano o un niño desvalido, búscale la cola para percatarte que no se trate de un kitsune haciendo travesuras. Los yako no aguantan a los perros, y viceversa. Los yako también pueden poseer a un cuerpo humano entrando a través de sus uñas o sus pechos. Este estado se llama kitsunetsuki, y el rostro del poseído suele adquirir una expresión zorruna. Estos humanos hechizados por zorros demonios se vuelven locos y corren desnudos por las calles aullando como un zorro. Debajo de su piel se puede ver un bulto en movimiento con vida propia. Si le intentas clavar una aguja, este bulto se deslizará hacia otro lado para no ser pinchado. Cuando esto ocurre, hay que llevar a la pobre víctima a un santuario de Inari para que un sacerdote le practique un exorcismo y expulse al malvado zorro del cuerpo del desdichado hombre o mujer.

LO PUEDES ENCONTRAR EN...

Sandman: Cazadores de Sueños (2000), cuento ilustrado de Neil Gaiman y Yoshitaka Amano

Hay infinitos cuentos y tradiciones en Japón sobre los zorros. Sobre los buenos zenko de Inari, pero sobre todo cuentos de miedo y moralizantes que narran las muchas fechorías de los yako. La capacidad del kitsune para convertirse en un ser humano con cola ha sido explotada en las obras de teatro kabuki clásicas como *Ashiya Doman Ouchi Kagami* (1734) o *Yoshitsune Senbon Zakura* (1747). El kitsune ha encontrado su vocación más popular en la literatura juvenil, los mangas y los videojuegos hechos en Japón. Podemos encontrar ejemplos en las novelas *Kanokon* (2005-2010) de Katsumi Nishino; personajes de *Pokemon* como Vulpix o Ninetales; el pequeño Shippo del cómic *Inuyasha* (1996-2008) de la prestigiosa mangaka Rumiko Takahashi (Niigata, 1957); el Kuda-Gitsune del manga *xxxHolic* (2010) del colectivo CLAMP; o la Yoko de las novelas de *Ikunami!* (2003) de Mamizu Arisawa (Tokyo, 1976). El ejemplo occidental más asequible para el lector español es *Cazadores de sueños*, el cuento ilustrado sobre Sandman del escritor británico Neil Gaiman con el arte del artista Yoshitaka Amano (Shizuoka, 1952). En él se cuenta como un astuto kitsune visita al Rey de los sueños, quien tiene forma de un gran zorro negro.

Krampus

SABRÁ SI HAS SIDO MALO

Todo el mundo conoce a Papá Noel, Santa Claus o San Nicolás. Gordo, barba blanca, vestido con un traje rojo y conduciendo un trineo mágico volador tirado por ocho renos que trae regalos a todos los niños durante la noche de Navidad. Santa Claus no solo trabaja una noche al año, sino que lleva un archivo de todos los niños del mundo. Este habitante mágico de Laponia sabe cuándo el infante ha sido bueno o malo durante todo el año. Los niños buenos recibirán uno o varios regalos depositados en los calcetines colgados en la chimenea o bajo el árbol de Navidad. Pero si eres malo solo recibirás carbón como castigo. Es más, ni siquiera será Papá Noel quien te traerá el carbón, sino un duende suyo llamado Carbonilla. Eso es lo que creemos y lo que nos han contado durante generaciones. ¿Y si todo es mentira? ¿Y si existe un espíritu mucho más maligno que se encarga de los niños malos durante la Navidad o durante los fríos días del Solsticio de Invierno?

El Krampus tiene muchos nombres: Knecht Ruprecht, Klaubauf, Schmutzli, Pelzebock o Belsnickel. Su nombre proviene de la palabra krampen, que significa 'garra'. Es un ser antropomórfico mitad cabra mitad demonio, con una cara roja desgarrada por el horror como el peor diablo del infierno y unos grandes cuernos en su frente. Es peludo, de color negro y posee una larga y puntiaguda lengua que se retuerce entre sus largos colmillos como si fuera una serpiente con vida propia. Suele arrastrar unas largas cadenas, y en su cinturón porta unas campanas de diferentes tamaños y unas ramas de abedul con las que da latigazos a los niños. Muchos cuentan que el Krampus trabajaba con Santa Claus durante muchos siglos, pero que fue sustituido por Carbonilla por su temible maldad. Su presencia se nota, sobre todo, en países nórdicos, eslavos y germánicos. Antiguamente, el Krampus acompañaba a Papá Noel y solo castigaba a los niños malos, pero como ya no está atado a la magia de la Navidad y sí a la del Infierno, el Pelzebock se dedica en la actualidad a secuestrar a los niños que no creen en la Navidad y han sido malos todo el año. Suele llevar una canasta en su espalda, donde coloca a estos infantes malos para llevárselos al infierno y comérselos allí.

> «San Nicolás no vendrá este año. En su lugar vendrá un espíritu mucho más oscuro y antiguo.»
> (Todd Casey)

OTROS SERES MALIGNOS DE LA NAVIDAD

No hay que confundir al Julbock o Cabra de Yule con el Krampus. Ese ser de la mitología celta mitad cabra mitad humano se encargaba de traer los regalos en algunas zonas de Escandinavia para celebrar el fin de año de la labranza. Muchos creen que en realidad se trataba de una metamorfosis antropomórfica de las cabras de Thor, Tanngrisnir y Tanngnjóstr, enviadas por el dios del cielo, quien había ayudado en la labranza creando las necesarias tormentas de verano para la agricultura. Otro ser terrorífico con el mismo trabajo que el Krampus es Perchta (o Berchta), una vieja diosa pagana que deambula por los pueblos de Baviera y Austria a mediados de invierno durante doce días. Suele entrar en las casas de noche y sabe si los niños o los jóvenes sirvientes se han comportado bien y han trabajado duro todo el año. Si lo han hecho, se encontraban una moneda de plata en un zapato o un cubo. Si, al contrario, habían sido malos y perezosos, la Perchta les abriría la barriga, arrancándoles el estómago y las tripas, llenando el agujero con paja y guijarros.

LO PUEDES ENCONTRAR EN...

Krampus: Maldita Navidad (2015), película de Michael Dougherty

Aunque es un clásico de muchas tradiciones navideñas de una gran parte de la Europa no románica, no existe demasiada tradición literaria o audiovisual sobre un ser tan fantástico como el Krampus. En 2012 el escritor norteamericano Gerald Brom (Albany, 1965) publicó una novela gótica fantástica titulada *Krampus the Yule Lord*, donde narraba una guerra mágica entre Santa Claus y el Krampus. En 2015 se estrenaría la divertida comedia de terror *Krampus: Maldita Navidad*, dirigida por Michael Dougherty (Columbus, 1974) y protagonizada por Adam Scott y Toni Collette. El film trata sobre una gran familia que no se soporta y que tiene que refugiarse en casa acosada por el malvado espíritu de la Navidad. Tras el éxito de este film han surgido varios más en los últimos años de escaso valor cinematográfico, como *Krampus Unleashed* (2016), dirigida por Robert Conway (Filadelfia, 1979), o *Mother Krampus* (2017), dirigida por James Klass, que trata sobre el mito de la tenebrosa Perchta.

Momia

LA MALDICIÓN EGIPCIA

Una momia es un cadáver que mediante embalsamamiento se mantiene en un estado de conservación aceptable a lo largo de los siglos. Existen momias naturales, cuerpos que se han encontrado casi intactos después de años gracias a un entorno de sequedad o frío, pero el embalsamamiento es una práctica artificial relacionada con la religión. Muchas culturas creían en preservar el cuerpo del muerto tras su fallecimiento para que este pudiera recuperarlo en el Más Allá. Existen momias en la cultura inca, chinchorro, guanche canaria, tibetanas o chinas, pero si existe una civilización que hizo del embalsamamiento todo un arte y una ciencia fue el Antiguo Egipto, cuya cultura funeraria se puede admirar hoy en día en muchos museos alrededor del mundo. La momificación egipcia consistía en la limpieza del cadáver,

extracción de órganos, que se guardaban en los vasos canopos, sumergir el cuerpo en natrón durante setenta días, rellenarse con mirra y ser envuelto en vendas entre las que se unta una sustancia llamada *mum*. No todos los egipcios de la antigüedad eran embalsamados, solo aquellos ricos o importantes. Depende de su riqueza y condición la momia se guardaba en un sarcófago sencillo o en tres (uno dentro del otro) bellamente decorados. Junto al sarcófago se solían enterrar joyas, oro y cerámica antigua que le sirviera al finado en su viaje al Más Allá.

> «Muerte, castigo eterno, para cualquiera que abra esta tumba.»
> (John L. Balderston)

Con la caída de la civilización egipcia, las tumbas de los visires y los faraones comenzaron a ser profanadas en busca de sus tesoros. Para evitar esto, los sacerdotes de Anubis, encargados de la momificación, solían embrujar estas tumbas con rituales mágicos para que los ladrones fueran maldecidos al profanarla. Uno de los casos más conocidos fue la maldición de Tutankamón, tumba encontrada a principios del siglo XX en el valle de los Reyes, cuyo descubrimiento provocó la muerte de la persona que financió la expedición, Lord Carnarvon, su hermano, y varios egiptólogos más. La maldición de la momia es algo a tener muy en cuenta si eres un estudioso de la civilización del Antiguo Egipto. Pero una momia puede regresar de su sueño eterno convirtiéndose en un muerto viviente si se lee algunos pasajes del famoso *Libro de los Muertos* de Anubis, similar al *Necronomicon* que se encuentra en la Universidad de Miskatonic de Arkham, Massachussets.

LA ABOMINACIÓN DE IMHOTEP

Uno de estas momias revividas fue el sacerdote Imhotep. Cercano al faraón, Imhotep estaba enamorado de la joven princesa, con la que tenía una relación. La princesa Ankhesenamon murió en un accidente e Imhotep intentó resucitarla con el Libro de los Muertos, pero fue descubierto por el faraón y el resto de sacerdotes y fue condenado a ser momificado en vida, como castigo. Se sabe que las momias resucitadas tienen una fuerza inconmensurable y son criaturas muy peligrosas y mágicas, sobre todo si han sido unos grandes sacerdotes y magos en el Antiguo Egipto. Las momias consumen la fuerza vital de los vivos, como los vampiros. Cada vez que lo hacen, su cuerpo se va volviendo más humano y no tan cadavérico y monstruoso. Otras grandes momias revividas por maldiciones o por la magia de Anubis son N'Kantu, príncipe de los Swarili del norte de África que inició una rebelión contra los egipcios. N'Kantu fue castigado a ser momificado vivo en un altar mágico. Volvería a mediados de los años setenta como momia viviente y llegaría a formar parte del equipo paranormal de SHIELD y de la Legión de Monstruos. Otra momia imparable y sedienta de venganza es la princesa Ahmanet, quien vendió su alma al dios oscuro egipcio Set y asesinó a toda su familia real. Momificada viva y enterrada en lo más profundo del desierto en una tumba de mercurio (material mágico que debilita la magia de las momias), Ahmanet fue descubierta a principio del siglo XXI, desatando el caos en Londres.

LO PUEDES ENCONTRAR EN...

La momia (1999), película de Stephen Sommers

Gracias a la película de la Universal *The mummy* (1932), dirigida por Karl Freund (1890-1969) y protagonizada por Boris Karloff, la momia se ha convertido en uno de los monstruos clásicos de la cultura popular. Pero ya existían historias sobre la maldición de los faraones en la literatura, como *¡La momia! Un cuento del siglo XXII* (1827), de la escritora británica Jane C. Loudon (1807-1858), que narra cómo una momia se despierta en el futuro alrededor del 2126. El creador de *Drácula*, Bran Stoker, también habló de momias que vuelven a la vida en *La joya de las siete estrellas* (1903). Este muerto viviente cubierto de vendas sería muy famoso en los cómics de terror de la EC *Tales from the Crypt* y se convertiría en un superhéroes de Marvel en los años setenta. Tras varias visitas a la taquilla con su paso lento pero constante, Imhotep volvería en todo su esplendor en *La momia* de Stephen Sommers (Indianapolis, 1962), película que unía terror, humor y aventuras pulp al más puro estilo Indiana Jones. Recientemente, los estudios Universal han querido reunir a todos sus monstruos clásicos bajo el sello Dark Universe comenzando con *The Mummy* (2017), dirigida por Alex Kurtzman y protagonizada por Tom Cruise, pero ha resultado ser un fracaso de taquilla y crítica.

Púca

EL ESPÍRITU CAMBIANTE

El púca, pooka, pwca, bucca, pouque, phooka, phooca, púka o phouka es un espíritu del folclore irlandés. Son portadores de buena suerte o de mala fortuna. Un púca suele tener pelaje oscuro, pero al tratarse de un cambiaformas pueden aparecerse a los humanos con su propia forma o con apariencia de caballo, gatos, cabras o grandes liebres. Como el kitsune japonés, el púca no puede esconder su naturaleza animal espiritual cuando tiene forma humana y se le puede descubrir por sus grandes orejas y cola. En algunas zonas de la geografía céltica se dice que los phooka no pueden alejarse mucho de las zonas donde se encuentran las piedras antiguas milenarias de los druidas y suelen operar en los pueblos cercanos a estas míticas construcciones mágicas.

«No es un conejo, es un pooka.»
(Mary Chase)

El púca puede ser bueno o malo, siendo su naturaleza tan maleable como su propia forma. Algunas historias cuentan que antiguamente había muchos más pookas, que eran negros como la noche y que venían en forma de potros salvajes con cadenas colgando a su alrededor. Se dedicaban a cazar humanos y niños perdidos, devorándolos y bebiéndose su sangre. Pero también existen historias sobre púkas amables que ayudan a los campesinos en su trabajo, convirtiendo el maíz en harina por las noches o haciendo regalos como finos trajes de seda. Como los púcas tienen el don de hablar todas las lenguas, humanas y animal, suelen aconsejar a personas y alejarlos de todo daño. Pero también puedes encontrarte con un phooka malvado y que sus consejos sean bastante negativos y arriesgados. Normalmente se trata de figuras muy orgullosas, con lo cual hay que tratarlas con deferencia y respeto. Si tratas mal o con miedo a un púca puede ser que su trato sea bastante descortés e, incluso, peligroso.

LA FORMA EQUINA DE LOS PÚCAS

Este espíritu suele aparecerse como un imponente caballo negro, invitando a un humano a montarlo. Pero tranquilo, que no te ahogarán en un lago como los kelpies. Uno de estos improvisados jinetes fue Brian Boru, el Gran Rey de Irlanda, quien tenía una brida especial y mágica decorada con tres pelos de la cola de un púca. Otra forma que los phooka suelen adquirir es la de mitad cabra mitad humana, parecida a la de un sátiro con grandes cuernos. Por esa razón se consideró a todos los púcas malvados y servidores de Satán, aunque se trate de una criatura más antigua que la cristiandad y de una naturaleza bastante más diferente. Pero normalmente un phooka es pequeño, con grandes orejas como de liebre y una cola negra que se contrae cuando está molesto o asustado, parecida a la cola de un gato.

LO PUEDES ENCONTRAR EN...

Las crónicas de Spiderwick: El mapa perdido (2004), novela de Tony DiTerlizzi y Holly Black

Los cuentos populares sobre phooka buenos o malvados son bastante usuales en el folclore irlandés, celta y de Bretaña. Pero su presencia ha perdurado hasta la actualidad. Podemos rastrear púcas convertidos en caballos negros en *The Grey Horse* (1987), novela de R. A. MacAvoy (Cleveland, 1949), o en la famosa trilogía *The Illuminatus!* (1975), de los periodistas norteamericanos Robert Anton Wilson (1932-2007) y Robert Shea (1933-1994). El púca más famoso del teatro y el cine es el conejo invisible y mejor amigo del afable Elwwod P. Dowd, protagonista de la obra de teatro de Mary Chase (1906-1981) *Harvey* (1944). Seis años más tarde se estrenaría *El invisible Harvey*, dirigida por Henry Koster (1905-1988) y protagonizada por James Stewart. El director Richard Kelly (Newport News, 1975) se inspiraría en Harvey para el siniestro conejo gigante Frank en la película de culto *Donnie Darko* (2001). Un phooka también es una de las criaturas fantásticas del tercer libro de la saga *Las crónicas de Spiderwick* de Tony DiTerlizzi y Holly Black.

Súcubo e Íncubo

EL SEXO ES LA VIDA

Las súcubos son demonios que suelen tomar forma femenina para seducir a los hombres y robarles su esencia vital a través el sexo. Las súcubos tienen forma de mujer muy bella, pero no pueden esconder su presencia demoniaca y suelen tener cuernos en la frente, alas grandes de murciélago o colas de diablo. Las súcubos son frías y manipuladoras, gracias a sus poderes mágicos. Cuando un hombre o mujer tiene relaciones sexuales con una súcubo su salud se irá deteriorando hasta morir. La leyenda cuenta que Lilit, la primera esposa de Adán acabó convirtiéndose en una súcubo cuando abandonó el Jardín del Edén. El arcángel Samael fue tentado y violado por las cuatro reinas de los demonios: Lilit, Agrat Bat Mahlat, Mahalath y Naamah. Los íncubos tienen la misma naturaleza sexual depredadora que las súcubos, pero con forma de hombre. Su apariencia es la de un bello caballero con ojos del color de la miel que corteja a sus pobres víctimas hasta acabar con ellas.

Se podría decir que las súcubos y los íncubos son antropófagos del sexo, como los vampiros, pero la diferencia entre estas criaturas de la noche y estos seres depredadores sexuales es que se trata de demonios del infierno, de entes sobrenaturales que utilizan el sexo como herramienta de tentación. Si

«Esa mujer estaba bebiendo mi alma como el buey bebe en un estanque al borde del camino.»

(W.B. Yeats)

un humano yace con una de estas criaturas perderá su vida, sí, pero también su alma, condenada por toda la eternidad al Hades. A las súcubos les gusta su vida en el mundo de los hombres, donde viven mucho mejor que en las tristes y desoladas llanuras del infierno. Además, se han acostumbrado demasiado rápido a la buena vida, seduciendo a hombres ricos, reyes y hasta a papas. El papa Silvestre II (945-1003) hizo un pacto con Satanás para prosperar en la vida y este le impuso como guardiana a una súcubo llamada Meridiana que acabó enamorándose de la sabiduría del pontífice y renunciando a su maldad e inmortalidad, convirtiéndose en su concubina para siempre. También se cuenta que las súcubos recogen el semen de los hombres con los que yace y se lo dan a sus amigos los íncubos. Estos utilizan ese semen para impregnar a mujeres humanas y tener hijos. Uno de los magos más famosos de la historia, Merlín, era hijo de una prostituta y de un íncubo.

MORRIGAN AENSLAND

Una de las súcubo más famosas de la historia es Abrahel, quien se entregó a un pastor a las orillas del río Mosela a cambio de la vida de su hijo. Tras matarlo con una manzana envenenada, el pastor pidió a la súcubo que le devolviese la vida. Esta lo hizo con la promesa de ser adorada como un dios. El pastor aceptó y Abrahel le devolvió la vida a primogénito, pero este estaba gris, sin alma. Pasado un año, Abrahel se cansó de la adoración del pastor y se fue, dejando el cadáver putrefacto de su hijo sin vida como recuerdo. En la Escocia del siglo XVII nació la hija adoptiva del diablo Belial, la súcubo Morrigan Aensland, demonio voluptuosa cuyo gran poder llegó a asustar a su padrastro. Belial separó la energía de Morrigan en tres: una para su hijastra, otra para él y una tercera que encerró en

una dimensión oscura y que llegaría a personificarse en Lilith Aensland. Morrigan y Lilith tienen el mismo rostro pero Lilith es más bajita. Las dos tienen alas de murciélago que les sale de la cabeza, mientras que Morrigan tiene una larga melena oscura, Lilith lleva el pelo claro más corto.

LO PUEDES ENCONTRAR EN...

Lost Girl (2010-2015), serie de Michelle Lovretta y Jay Firestone

Como demonio tentador sexual femenino, la súcubo es una figura muy atrayente para la literatura y la ficción. Algunas de las novelas en las que ha aparecido este diablo femenino son *A mad world, my Masters* (1605), del dramaturgo británico Thomas Middleton (1580-1627), *The Succubus* (1800), del novelista francés Honoré de Balzac (1799-1850), *The likeness of Julie* (1962), del novelista de Nueva Jersey Richard Matheson (1926-2013), y en la saga de libros sobre *La Torre Oscura* de Stephen King. Recientemente triunfan las novelas de dark fantasy de *Georgina Kincaid*, una súcubo creada por la americana Richelle Mead (Michigan, 1976). Las súcubos se han hecho muy famosas en Japón, protagonizando videojuegos como *Darkstalkers* (1994), *Devil May Cry* (2001), *Catherine* (2011) o *Disgaea: Hour of Darkness* (2003). También ha salido en mangas como *Soul Eater* (2003-2013), de Atsushi Okubo (Tokio, 1979) y *Lotte No Omocha!* (2007-2013) de Yui Haga. En 2010 se estrenó la serie *Lost Girl* en el canal Showcase. Durante cinco temporadas pudimos seguir las aventuras sobrenaturales de una súcubo bisexual llamada Bo que quería descubrir la verdad sobre sus orígenes.

Artificiales

CREADOS O MODIFICADOS PARA DARNOS MUCHO MIEDO

Criatura de Frankenstein

EL MODERNO PROMETEO

El joven estudiante de medicina de Ingolstadt, Baviera, Víctor Frankenstein estaba obsesionando en desentrañar los secretos del cielo y entender la misteriosa alma del hombre. Este médico de finales del siglo XVIII creció influenciado por los trabajos de alquimistas como Paracelso, Alberto Magno o Enrique Cornelio Agripa, intentando descubrir el elixir de la vida. Se especializa en química y comienza a estudiar la electricidad. Su ofuscación con la ciencia y el misterio de la creación le lleva a cometer un gran pecado y tabú para los humanos, crear vida artificialmente. Construye una criatura humanoide de enorme estatura a partir de fragmentos de cadáveres que obtiene en patíbulos y salas de disección. El gran tamaño de su creación, de unos 2,43 metros, es debido a que la pequeñez de las partes constituían un gran obstáculo para la rapidez de su trabajo. Este ser tenía una piel apergaminada y amarillenta que apenas cubría la gran obra de sus músculos y arterias, cabello negro, suelto y abundante, dientes con blancura de perla, labios estirados y oscuros y, sobre todo, lo que infundía más pavor al joven Frankenstein, unos ojos aguanosos que parecían del mismo color que las órbitas blancuzcas que los alojaban.

Utilizando diversas fórmulas químicas y la electricidad proporcionada por cien anguilas, Víctor Frankenstein logró insuflar vida a su creación, cosa que consideró un gran triunfo cuando este ser logró ponerse en pie, caminar y que pareciera que hubiera intelecto y comprensión en su mirada. Pero Frankenstein se sintió aterrorizado por su obra enseguida, abandonando a su hijo a su suerte y considerando a su creación un estrepitoso fracaso. El monstruo, demonio, miserable y desgraciado ser, como lo había bautizado su padre, huye a un bosque cercano, asustado y entristecido, donde comienza a sobrevivir comiendo bayas silvestres y agua de río. Intenta entrar en un pueblo pero los aldeanos le echan asustados con extrema violencia. Busca refugio en el cobertizo de una familia llamada De Lacey, sin que ellos lo sepan, para estar seco y caliente. Observando a esta familia durante varios días, la criatura aprende a hablar, leer, escribir y comienza a comprender el mundo. Pero también descubre que es un monstruo, un ser extraño que no tiene lugar en la sociedad.

«Maldito el día en que recibí la vida, maldito sea mi creador.»
(MARY SHELLEY)

SU CRUENTA DISPUTA CON EL CREADOR

Cuando lo descubren, la familia lo expulsa asustada de la casa y, más tarde, un aldeano le dispara con una escopeta. La curiosidad y el amor se transforma en odio y resentimiento hacia su creador por haberlo abandonado. Ciego de ira, el monstruo mata al hermano pequeño de Víctor, William. Cuando se encuentra con su padre le exige a Frankenstein que fabrique una compañera para él para poder huir los dos solos donde el ser humano nunca les encuentre. En un principio, Víctor accede a las exigencias

de su «hijo», pero mientras construye a la novia, se arrepiente de su decisión y destruye todo su trabajo. La criatura, en venganza, mata al mejor amigo de Víctor, Henry Clerval, y a su prometida, Elisabeth Grey. Víctor dedica su vida a perseguir a su creación para matarlo, llegando hasta el confín del mundo, al mismo Ártico. Pero el desgraciado médico acaba falleciendo y la criatura desaparece en el frío desierto helado para no volver jamás.

O eso creíamos, porque este temible ser gigantesco, ágil y de fuerza considerable regresa al mundo de los hombres para combatir junto al ejército de las Gárgolas, un clan inmortal y mágico creado por el arcángel Miguel para luchar contra los demonios que cayeron del cielo en la rebelión de Lucifer comandados por el príncipe Naberius. Las gárgolas llamaron Adán a la criatura, por ser el primer hijo de su padre Víctor Frankenstein, y le animaron a coger el apellido de su creador. Más recientemente, teniendo en cuenta la naturaleza inmortal de esta criatura, el monstruo de Frankenstein trabaja como agente encubierto para la agencia SHADE (Super Human Advanced Defense Executive), un departamento militar de los Estados Unidos comandado por Padre Tiempo que utiliza el talento metahumano para llevar a cabo operaciones encubiertas y secretas. A Frankenstein lo acompañan la momia Khalis, la científica anfibia Nina Mazursky, el vampiro Vincent Velcoro y el licántropo Warren Griffith. Ellos se hacen llamar Comando Monstruo y suelen ser letales en sus misiones.

LO PUEDES ENCONTRAR EN...

Frankenstein o el moderno Prometeo (1818), novela de Mary Shelley

En el verano de 1816 Europa se convirtió en un lugar frío, oscuro y sin sol por culpa de la erupción del volcán Tambora en Indonesia. Este estío sin alma cogió a los escritores Lord Byron (1788-1824) y Percy Bysshe Shelley de vacaciones en la Villa Diodati de Suiza. Les acompañaban el médico de Byron, John Polidori, y la joven esposa de Percy, Mary Shelley (1797-1851). El poeta romántico británico propuso a sus amigos crear un cuento de terror para divertirse. Solo Polidori pudo acabarlo, pero Mary Shelley regresó a Londres con una idea para crear una de las mejores novelas de terror gótico de la historia y obra maestra de la literatura. Tendría que llegar el cine y Boris Karloff para convertir a la criatura de Frankenstein en un icono popular reconocido en todo el mundo. Las dos excelentes películas de James Whale (1889-1957), *Frankenstein* (1931) y *La novia de Frankenstein* (1935) convirtieron a esta mítica criatura en un monstruo universal. Se han realizado más de cien películas sobre él y sigue siendo un referente en la taquilla, como demuestran los recientes estrenos de *Yo, Frankenstein* (2014) y *Victor Frankenstein* (2015).

Golem

EL SER DE ARCILLA Y FE

Decía Borges que el golem es al rabino que lo creó lo que el hombre es a Dios; y es también, lo que el poema es al poeta. Se llama golem a la criatura que un rabino judío crea de la arcilla, una estatua de barro que cobra vida y se convierte en el instrumento de este maestro judío que obedecerá todas sus órdenes sin quejarse nunca ni desfallecer. El golem es muy fuerte, imparable, pero no suele ser muy inteligente ni tiene la facultad del habla. Para darle vida a un golem tienes que escribir en su frente alguno de los nombres de Dios o la palabra '*Emet*' ('Verdad'). Estos seres artificiales de barro necesitan órdenes de su creador para ponerse en marcha. Para este propósito, el rabino introduce papeles con mandatos en la boca o en otro orificio. El golem suele llevar a cabo la tarea del papel de manera sistemática, lenta pero ejecutando el decreto de modo literal. Por eso hay que ser muy cuidadoso con las órdenes que se le dan a un golem. Si solo se le indica «al río a sacar agua», el golem estará sacando agua del arroyo hasta que inunde toda la ciudad y lo deje seco. Cuando un golem da por terminada su tarea, vuelve a la sinagoga a esperar más órdenes del rabino.

> **«Golem debe trabajar. Golem debe tener amo.»**
> (Terry Pratchett)

Han existido muchos golems en la tradición hebrea. De hecho, el mismo Adán, el primer humano, habría sido un golem creado de arcilla por Jehová al que se le dotó de carne y el poder del libre albedrío. Aunque un golem moderno no tiene libre albedrío y solo se guía por las órdenes que le da el rabino. Si un golem es bueno es porque el rabino es buena persona, pero si a un golem le crea una mala persona, puede llegar a ser muy peligroso. La única manera de parar a uno de estos seres de arcilla es borrarle la primera letra alef de su frente para que solo quede '*met*' ('muerte'), entonces el golem se convertirá en una masa de arcilla inerte. La criatura de arcilla más famosa fue creada por el Rabbi Judah Loew, el Maharal de Praga en el siglo XVI. Este hombre santo creó al golem para defender el gueto de Praga de los ataques antisemitas y cuidar la Sinagoga Vieja-Nueva fundada en 1270, una de las sinagogas más viejas de Europa. El cuerpo de este golem se encuentra inerte en el ático de este edificio, uno de los lugares más visitados de Praga.

LOS GOLEM DEL MUNDODISCO

Como el golem es una fuerza de trabajo gratuita imparable, pronto se convirtió en un ser imprescindible para los empresarios de Ankh-Morpork, la ciudad más grande del Mundodisco. Cuenta la leyenda que estos seres fueron creados por los umnianos hace sesenta mil años. Son entidades mecánicas cocidas a partir de arcilla impulsadas por las palabras sagradas que se introducen en el interior de su cabeza, también llamadas chem. Los golems del Mundodisco mantienen sus ojos de color rojo brillante cuando están encendidos y siempre llevan una tablilla de pizarra para escribir porque no pueden hablar. Como los golems de Praga, necesitan ser parados si se les da una orden. Estos seres no pueden dañar a un ser humano o permitir que un ser humano llegue a dañarse. Tras una revuelta en la ciudad, nació el primer golem libre del Mundodisco, Dorf. El Capitán Zanahoria de la Guardia Nocturna de la ciudad introdu-

jo en su chem el recibo de su compra, dándole libertad y libre albedrío. Dorf se convertiría en la mano derecha de Adora Belle Dearhertle en la Fundación Golem, que lucha por unos derechos más justos para estas laboriosas e imparables criaturas.

LO PUEDES ENCONTRAR EN...

El Golem (1915), novela de Gustav Meyrink

Tras fracasar como banquero, el literato austriaco Gustav Meyrink (1868-1932) comenzó a traducir al alemán obras de Dickens y a escribir libros de terror y ciencia-ficción basados en el folclore europeo. Tras publicar varios cuentos, como *El cuerno mágico del burgués alemán* (1913), vendría su primera novela y éxito inmediato, *El Golem*, una visión simbólica sobre el mal o la monstruosidad que anida en el inconsciente de la sociedad europea inspirada en la famosa leyenda de Praga. El mismo año que se publicó el libro, el director expresionista alemán Paul Wegener (1874-1948) la adaptó al cine. Wegener volvería al mito dos veces más hasta que la tercera, *Der Golem, wie er in die Welt kam* (1920), se convertiría en un hito del expresionismo alemán junto a *El gabinete del Doctor Galigari* (1919) de Robert Wiene (1873-1938). Los golems han ido apareciendo en películas como *La estatua viviente* (1967), de Herbert J. Leder (1922-1983), juegos, como *Clash of Clans* o *Dungeons & Dragons*, y en otros libros, por supuesto. Como algunos del *Mundodisco* del escritor británico Terry Pratchett, criatura que el autor introduciría en *Pies de barro* (1996).

Homúnculo

LA CREACIÓN ALQUÍMICA

Un homúnculo es un ser artificial pequeño creado por la alquimia. Es un señuelo dotado de vida, la versión AI (Artificial Intelligence) medieval, aunque se tienen noticias de homúnculos desde el principio de la civilización humana. En el Antiguo Egipto existían pequeñas estatuillas de cera o arcilla que eran parte integral de la práctica mágica. Estos ushabti (respondedor) se colocaban sobre un ataúd, eran poseídas por el difunto enterrado allí y hablaban por él cuando se le preguntaba. Esas estatuillas eran vistas como seres vivientes, capaces de cumplir algunas misiones y de comunicarse con los vivos. Pero el término homúnculo lo utiliza por primera vez el alquimista, astrólogo y médico suizo Teofrasto Paracelso, quien creó uno de estos seres pequeños intentando encontrar la piedra filosofal (la fuente alquimista de la juventud eterna). El homúnculo de Paracelso tenía treinta centímetros de altura y obedecía las órdenes de su amo, como si fuera un diminuto golem. Cuando un homúnculo adquiere consciencia de su creación, suele volverse contra su creador y huir. Es una criatura con libre albedrío, no como el golem.

Para crear un homúnculo, según Paracelso, es necesario una bolsa de carbón, fragmentos de piel o pelo de humano y mercurio. Se mezcla y se entierra rodeado de estiércol de caballo durante cuarenta días. Otros alquimistas prefieren utilizar la mandrágora, pues es una raíz mágica y su forma recuerda vagamente a un ser humano. Debe ser recogida antes del amanecer de una mañana de viernes por un perro negro. Se lava, y se baña en un recipiente con leche, miel y sangre hasta que se desarrolle con la forma de un pequeño humano. Pero hay tantas recetas de homúnculos como alquimistas.

Recientemente, la medicina utiliza el término homúnculo cortical para reflejar el espacio sensorial de la corteza cerebral representado por las partes corporales del ser humano. Los órganos sexuales, labios, pies y manos son mucho más sensibles que otras partes del cuerpo. Esa es la razón por la que el homúnculo cortical tiene labios, manos y genitales mucho más grandes que el resto del cuerpo.

FAUSTO Y EL DOCTOR PRAETORIUS

El homúnculo aspira siempre a convertirse en un ser humano de verdad. Es por eso que el homúnculo más famoso de la historia es la marioneta de madera Pinocho. El carpintero Geppetto siempre había deseado tener un hijo y su anhelo tendría recompensa cuando su maestro carpintero Cereza le da un tronco mágico que no quería ser convertido en pata de mesa. El niño de madera Pinocho es un ser egoísta y travieso que quiere convertirse en un niño de verdad, aunque no siente el deseo de complacer a su amo. En el siglo XVI, el teólogo y practicante de magia negra doctor Johann Fausten invocó al diablo Mefistófeles para tenerlo bajo sus órdenes. Este alquimista y mago creó a un pequeño homúnculo con el que mantenía conversaciones. El viejo profesor del doctor Víctor Frankenstein, el doctor Praetorius había creado una colección de pequeños homúnculos que conservaba en tarros. Estos pequeños seres tenían la forma y el intelecto de un rey, una reina, una bailarina, una sirena, un obispo y un pequeño diablo. En el país de Amestris, un mun-

«Si se engendran tales monstruos hay que pensar que son obra de la naturaleza, aunque parezcan distintos del hombre.»

(PARACELSO)

do steampunk donde la técnica científica más avanzada es la alquimia utilizada por algunos elegidos a las órdenes de la Ciudad Central, existen unos homúnculos sin alma relacionados con los siete pecados capitales (Lujuria, Pereza, Gula, Ira, Envidia, Avaricia y Soberbia). Sus orígenes no están muy claros y siguen las órdenes de Padre, un alquimista del antiguo reino de Xerxes, capaz de crear un homúnculo a partir de su alma, dándole vida con un fragmento de la piedra filosofal.

LO PUEDES ENCONTRAR EN...

Hellboy: Casi un Coloso (1997), cómic de Mike Mignola

Hellboy es la creación más famosa del autor de cómics norteamericano Mike Mignola. Creado en 1993, este ser mitad humano mitad demonio que trabaja para el gobierno en la Agencia de Investigación y Defensa Paranormal (AIDP) ha protagonizado muchos cómics, dos películas dirigidas por el director mejicano Guillermo del Toro (Guadalajara, 1964), y una tercera dirigida por Neil Marshall (Newcastle, 1970). En una de sus primeras aventuras en el cómic, *Despierta al demonio*, su compañera pirotécnica Liz Sherman daba vida con su poder de fuego a un homúnculo con intelecto humano y de buen corazón hecho de barro cocido, sangre humana y hierbas. Liz queda en coma, pero Roger, como lo llama Hellboy, le devuelve su «chispa de vida». La AIDP lo vuelve a revivir con el poder de un generador y acaba uniéndose a este pequeño ejército de defensa contra los poderes oscuros. El doctor Praetorius es un personaje de la película *La novia de Frankenstein* de James Whale. Los homúnculos de Amestris los puedes encontrar en el manga *Fullmetal Alchemist*, del artista japonés Hiromu Arakawa.

Monstruo científico

CUANDO EL HOMBRE JUEGA A SER DIOS

Desde que los científicos y doctores comenzaran a experimentar con la ciencia a partir de la revolución científica del siglo XVII han existido los accidentes fatídicos. No es fácil jugar a ser dios manipulando sustancias químicas ignotas, creando aparatos que manipulen las reglas matemáticas de la física o alterando las leyes inmutables de la naturaleza. Cuando un científico tiende a ir más allá de lo permisible moralmente, el universo suele recordarle dónde está su sitio lanzando una maldición sobre él. Estos accidentes químicos, físicos, radiactivos, siempre conllevan que la parte más maligna y deforme surja del cuerpo del desdichado doctor que estaba realizando el experimento. Si todos los humanos contienen a un Caín y a un Abel en su interior, el accidente siempre es capaz de invocar al monstruo despiadado que tenemos en el interior. La diferencia entre un monstruo científico y seres como la criatura de Víctor Frankenstein, el golem, un homúnculo o los zombies, es que el engendro resultante de la experimentación se trata del propio científico que ha hecho caso omiso a todos los límites morales y éticos en su trabajo. Aunque también existen desdichados genios que han encontrado su maldición en un simple accidente de laboratorio.

El primero de los casos documentados se trata del misterioso Doctor Henry Jeckyll, laureado médico británico que estuvo relacionado con unos turbios altercados de su socio Edward Hyde a finales del siglo XIX. Al final se descubrió que el tal Señor Hyde se trataba en realidad de una versión salvaje y misántropa del buen Doctor cuando este se inyectaba un suero creado por él. Esta poción tenía la capacidad de separar la parte humana del lado más monstruoso de una persona. Un lustro más tarde se hizo famoso en los tabloides británicos el ladrón-científico Griffin, quien experimentó en sí mismo una fórmula que era capaz de cambiar el índice refractivo de una cosa o un ser viviente para coincidir con el del aire que le rodea causando que el cuerpo no pueda reflejar la luz. En pocas palabras, Griffin encontró una poción para hacer invisible a la materia inerte y viva. Tras ver con éxito cómo funcionaba en objetos inanimados, lo probó en el gato de su casera, que se volvió invisible como por arte de magia. Sin pensar en las consecuencias, Griffin se inyectó a sí mismo, volviéndose invisible para siempre. El desdichado y pobre científico había encontrado la fórmula para volverse invisible, pero no tenía forma de volverse visible otra vez. Estuvo cometiendo algunos robos por la geografía inglesa gracias a su invisibilidad, pero acabó perturbado e inestable con el tiempo.

LOS PELIGROS ATÓMICOS

En la década de los cincuenta, con la recién descubierta energía atómica, muchos científicos perdieron la vida o mutaron en horribles monstruos con sus experimentos. Pero no solo ellos, también sus seres queridos o diversos animales, que se convertirían en monstruos mutantes o en criaturas gigantes. Existen varios casos conocidos de ese periodo. Como el físico Andre Delambre, quien llevaba años trabajando en una máquina que teletransportarse materia de un sitio a otro, desintegrando un objeto y transportando esos átomos a una cámara receptora, donde se volverían a unir. Su experimento funcionaba a la perfección, incluido en seres vivos, como un gato o una cobaya, pero al probarlo con él mismo ocurrió la desgracia. Cuando entró en la cabina que lo iba a desintegrar, una mosca estaba con él. La máquina no supo interpretar que había dos seres diferentes y Delambre apareció en la cabina receptora con cabeza y un brazo de mosca. Poco a poco, el instinto animal del insecto fue poseyendo su intelecto y terminó suicidándose con la ayuda de su esposa. Otro caso es el del doctor Bruce Banner, prestigioso físico y científico que estaba experimentando para el ejército con bombas sobre la inestable y poca conocida energía gamma. En una de esas pruebas, durante la cuenta final, un joven llamado Rick Jones se adentró en la zona de explosión y Banner pudo salvarlo, recibiendo el impacto de unos rayos gamma en todo su cuerpo. A partir de entonces, cuando Banner está nervioso, enfadado o asustado se convierte en Hulk, un monstruo verde e imparable que se vuelve más y más fuerte cuanto más enfadado está. Banner nunca ha podido encontrar una cura para su problema verde, pero ha habido temporadas en las que ha podido controlar a la criatura, estando su intelecto al mando del poderoso titán esmeralda. Pero casi toda su vida ha sido un Hulk salvaje y descerebrado. En uno de sus viajes, Banner salvó a su prima abogada Jennifer Walters con una transfusión de sangre. La joven se convirtió en una versión femenina de Hulk, menos

«Reconozco que soy el más encenagado de los pecadores, pero soy también el más desdichado entre todos los que sufren.»
(Robert Louis Stevenson)

fuerte y mutada, pero conservando su propio intelecto.

Uno de los últimos monstruos científicos es el conocido superhéroe Doctor Manhattan. El cuerpo del físico Jonathan Osterman fue desintegrado en un experimento de física nuclear durante la Guerra Fría. Inexplicablemente, Osterman pudo volver a la vida con su particular color azul y con una serie de poderes increíbles que incluyen teletransportación, manipulación de materia atómica, fuerza sobrehumana y clarividencia. También está el botánico y químico Alec Holland, quien investigaba una fórmula biorestauradora del tejido humano basado en las plantas. Holland fue asesinado por sus descubrimientos con una bomba en la cabaña donde trabajaba en los pantanos de Luisiana. El impacto le dio de lleno, pero pudo salir ardiendo de la cabaña en llamas para tirarse al lago del pantano donde se creía que había muerto. La mezcla de los productos químicos mezclado con el fuego y las sustancias del pantano lo convirtieron en una criatura mitad humano mitad planta a la que se llamaría la Cosa del Pantano.

LO PUEDES ENCONTRAR EN...

El extraño caso del Doctor Jekyll y Mister Hyde (1886),
novela de Robert Louis Stevenson

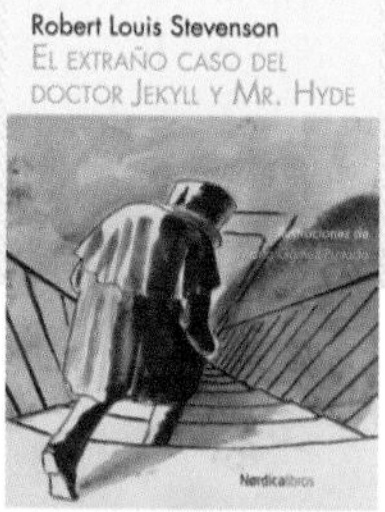

El escritor escocés Robert Louis Stevenson (1850-1894), quien ya había triunfado con *La isla del tesoro* (1883), llevaba tiempo queriendo hacer una novela sobre la dualidad del hombre. Las escenas más terroríficas de su Doctor Jekyll y Mister Hyde le vendrían en forma de pesadillas y pudo acabar la primera versión del libro en tres días. La desgracia del Doctor Henry Jekyll y cómo perdió su vida en un experimento fatídico sería el germen de muchas historias sobre científicos locos y sus monstruos científicos. El escritor británico H.G. Wells, maestro de la ciencia-ficción, escribiría once años después *El hombre invisible* (1987). En la década de los cincuenta, las historias sobre científicos locos y experimentos mortales eran legión en las salas de cine de toda Norteamérica. Una de las películas más recordadas por los aficionados es *La mosca* (1958), de Kurt Neumann (1908-1958), inspirada en el cuento corto del escritor francés-británico George Langelaan (1908-1972). Stan Lee y Jack Kirby crearon en 1962 al monstruo científico más conocido del mundo de los cómics, el increíble Hulk. Inspirados en las películas góticas de la Hammer y los cómics de EC, Len Wein (1948-2017) y Bernie Wrightson (1948-2017) publicaron en 1971 su primera historia corta sobre la Cosa del Pantano. El Doctor Manhattan es uno de los personajes principales de *Watchmen* (1986), uno de los mejores cómics de la historia, obra de Alan Moore y Dave Gibbons (Londres, 1949).

Shoggoth

EL TERROR NO TIENE FORMA

William Dyer, el geólogo de la Universidad de Miskatonic de Arkham, Massachusetts, que pudo sobrevivir a la fatídica expedición a la Antártida junto al estudiante de geología Danfort, describió a un shoggoth en su informe de la expedición de esta manera: «Era algo horrendo e indescriptible, mayor que un vagón de metro; una congestión informe de burbujas protoplasmáticas, vagamente luminiscentes, y con millares de ojos temporales formándose y deshaciéndose como pústulas de luz verdosa por toda la masa que, llenando el túnel ante nosotros, avanzaba a pasos lentos, aplastando a los frenéticos pingüinos y serpenteando por el reluciente suelo que él y los de su especie habían mantenido maléficamente limpio». La expedición de la Universidad de Miskatonic partió con doce personas al noroeste del 11 de enero de 1931 y solo dos científicos sobrevivieron. En el viaje se encontraron una ciudad con estructuras y geometrías extrañas que ningún hombre había visto anteriormente. Un lugar habitado hace millones de años que había sido abandonado. La expedición conocía el libro maldito *Necronomicón* y pudieron identificar que aquella ciudad había sido construida por la raza de los Primordiales o los Antiguos, una raza extraterrestre.

ESCAPE DE LA ESCLAVITUD

Los shoggoths son unas criaturas artificiales creadas por los Antiguos como sirvientes o esclavos. Físicamente son como una masa informe de gran fuerza y poca inteligencia, similar a una ameba con ojos.

Su tamaño de adulto llega a los cinco metros de radio, y no posee un idioma propio, se comunica con la lengua desaparecida de los Antiguos. Los shoggoths se reproducen como las bacterias o los protozoos, por bipartición o fisión binaria. Son seres anfibios, con la capacidad de poder vivir en la superficie y bajo el agua. Su forma indefinida y cambiante les permite ser muy versátiles y poder desarrollar todas las tareas que los Antiguos les ordenan con bastante facilidad. Según los descubrimientos de la expedición de la Universidad de Miskatonic, los shoggoths se hicieron cada vez más inteligentes con cada nueva bipartición y acabarían revelándose contra sus amos. Aunque algunos shoggoths libres fueron esclavizados por la raza submarina de los Profundos en sus ciudades bajo el océano.

«Oíamos su arcano grito burlón, que decía ¡Tekeli-li! ¡Tekeli-li!»
(H.P. Lovecraft)

Estudios recientes apuntan a que los primeros proto-shoggoths que crearon los Antiguos son mutaciones del material genético de la criatura Ubbo-Sathla, un ser gigantesco que llegó del espacio exterior en los primeros días de nuestro planeta. Su forma amorfa de barro pegajoso es parecida a la de un shoggoth, y se puede encontrar yacente depositado en el subsuelo terrestre. Sobre él flotan las poderosas tablas de piedra estelar donde están escritas la inconcebible sabiduría de los dioses anteriores al mundo.

LO PUEDES ENCONTRAR EN...

Shoggoths in Bloom (2008), novela de Elizabeth Bear

Los shoggoths y los Antiguos son creaciones del escritor norteamericano H.P. Lovecraft en su novela *En las montañas de la locura* (1931), historia de la que hablaremos con más profundidad en el capítulo dedicado a los Antiguos. Estas dos razas forman parte de los *Mitos de Cthulhu*, que muchos escritores de fantasía y ciencia-ficción han desarrollado desde la muerte del genio de Providence. Uno de los primeros fue su amigo Clark Ashton Smith, creador del dios exterior Ubbo-Sathla, el germen del cual nacieron los shoggoths. El novelista de Chicago Robert Bloch (1917-1994), creador de *Psicosis* de Alfred Hitchcock, era alumno de Lovecraft y escribió sobre shoggoths en su relato *Cuaderno hallado en una casa deshabitada* (1951). La Sociedad Histórica H.P. Lovecraft compuso un musical llamado *Un shoggoth en el tejado* (2007), versión satírica de *El violinista en el tejado* (1964) con canciones tan divertidas como *Si yo fuera un Profundo*. Recientemente, estas adorables criaturas han protagonizado la novela corta *Shoggoths in Bloom*, de la prestigiosa escritora norteamericana de ciencia-ficción Elizabeth Bear (Hartford, 1971), ganadora del premio Hugo 2009 a la mejor novela corta con este libro.

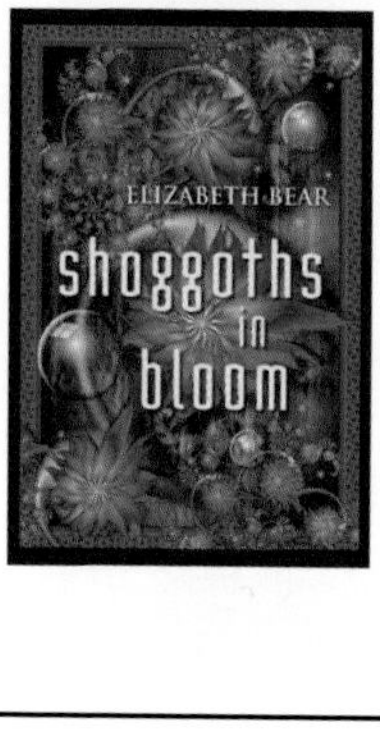

Zombi

EL ÚLTIMO AZOTE DE LA HUMANIDAD

Tradicionalmente, un zombi es un cadáver que ha regresado a la vida o ha resucitado. El problema de este proceso es que el cerebro muere cuando no tiene oxígeno así que el cuerpo resucitado no será nunca la persona amable que conocíamos, sino un ser peligroso cuyo instinto de destrucción supera a la de cualquier criatura peligrosa que exista en este libro. Muchos de estos muertos vivientes se han creado por química, virus mortales o radiaciones imposibles, cosa que produce que su salvajismo le haga inmune a desmembramientos, tiros, flechas, heridas con arma blanca, etc... Solo la erradicación de su sistema nervioso pondrá fin a un zombi. Un tiro en la cabeza o la decapitación es una buena forma de acabar con estos seres imparables, salvajes y fríos.

Los primeros zombis se conocieron en Haití con las tradiciones más oscuras del culto vudú. Un zombi (palabra haitiana) es un muerto resucitado con magia negra por un hechicero vudú o un houngan. El motivo del brujo sería utilizar este cuerpo sin alma como mano de trabajo gratuita, esclavizando al muerto viviente que siempre estará atado a la voluntad de su amo. Existen muchas palabras para zombi en varias partes del mundo. En Ghana, Togo y Benín se le conoce como zan bibi; en el Congo es nzambi, nsumbi o mvumbi; nvumbi en Angola; ndzumbi en Gabón; y fúmbi en Cuba. Pero se trata siempre del mismo muerto esclavizado por un hechicero vudú. Una de las constantes de este monstruo sin alma es la práctica del canibalismo y la creencia que si un humano es mordido por un zombi acabará convirtiéndose en muerto viviente en un periodo muy corto de tiempo. Existen varias fórmulas para que un brujo convierta a un hombre en zombi. La más conocida es la exhumación de un cadáver reciente. El houngan llamará tres veces por su nombre al muerto y este se levantará para obedecerle hasta el fin de los días. Pero existe otra forma de crear muertos vivientes: la maldición. Un brujo aspira el alma de la víctima en su casa y la encierra en una botella. Ese pobre desdichado caerá enfermo, morirá y será enterrado. El hechicero vudú lo desenterrará y le administrará una droga mágica que lo resucitará. Muchas veces el brujo vende al zombi para que haga los trabajos más duros en las plantaciones de Haití.

ACCIDENTES MORTALES

Aunque existen tradiciones de maldiciones ancestrales que han devuelto la vida a hombres y mujeres como los casos de Lady Madeline Usher, el Señor Valdemar, Halpin Frayser o los malditos experimentos de Herbert West en Arkham, los zombis de la actualidad son menos mágicos y muchos más peligrosos, pues se tratan de criaturas creadas por la ciencia. Los científicos militares buscan cepas y virus que puedan acabar rápidamente con la población en una guerra quími-

«Algo que regresa de entre los muertos es casi siempre una mala noticia. Por cada Jesús obtienes un millón de zombis.»
(David Wong)

ca sin cuartel. Estos experimentos suelen salir mal, normalmente, creando una pandemia o apocalipsis zombi que se propaga rápidamente acabando con zonas urbanas y ciudades en pocos días. Algunas de estas plagas han podido ser controladas, de momento, como las de Raccoon City en Montana, Estados Unidos. Pero muchas se han desmadrado hasta casi acabar con la humanidad, como la plaga que nació en un pequeño poblado de China. Aunque muchos supervivientes resisten en pequeños pueblos habilitados para la supervivencia, como la Zona Segura de Alexandria, situada a varias millas de Washington DC.

LO PUEDES ENCONTRAR EN...

El amanecer de los muertos (2004), película de Zack Snyder

Uno de los primeros libros que trató la figura del muerto viviente fue *El zombi del Gran Perú* (1697), del escritor francés Paul-Alexis Blessebois (1646-1700). El cadáver revivido es una constante en la literatura de terror y se puede rastrear en novelas como *La caída de la casa Usher* (1839) y *La verdad sobre el caso del señor Valdemar* (1845), de Edgar Allan Poe; *La muerte de Halpin Frayser* (1893), de Ambrose Bierce (1842-1914); o *Herbert West: Reanimador* (1922) y *El caso de Charles Dexter Ward* (1928), de H.P. Lovecraft. Recientemente triunfan más las novelas sobres pandemias zombis como la famosa *Guerra Mundial Z* (2006), de Max Brooks (Nueva York, 1972) o el cómic *The Walking Dead*, de Robert Kirkman (Richmond, 1978) y Tony Moore (Cynthiana, 1978), que se ha convertido en una exitosa serie de televisión para la AMC. El zombi vírico también es un constante personaje en los videojuegos, como en la saga de *Resident Evil*. Pero el más famoso creador del mito del zombi en el cine es el director neoyorquino George A. Romero (1940-2017) con la seminal *La noche de los muertos vivientes* (1968). Romero volvería al mito del zombi cinco veces más, siendo la segunda, *Dawn of the dead* (1978) la mejor de todas ellas. El director Zack Snyder (Green Bay, 1966) realizó un extraordinario remake de *Amanecer de los muertos* en 2004.

Extraterrestres

VINIERON DE LAS ESTRELLAS O DE OTROS UNIVERSOS

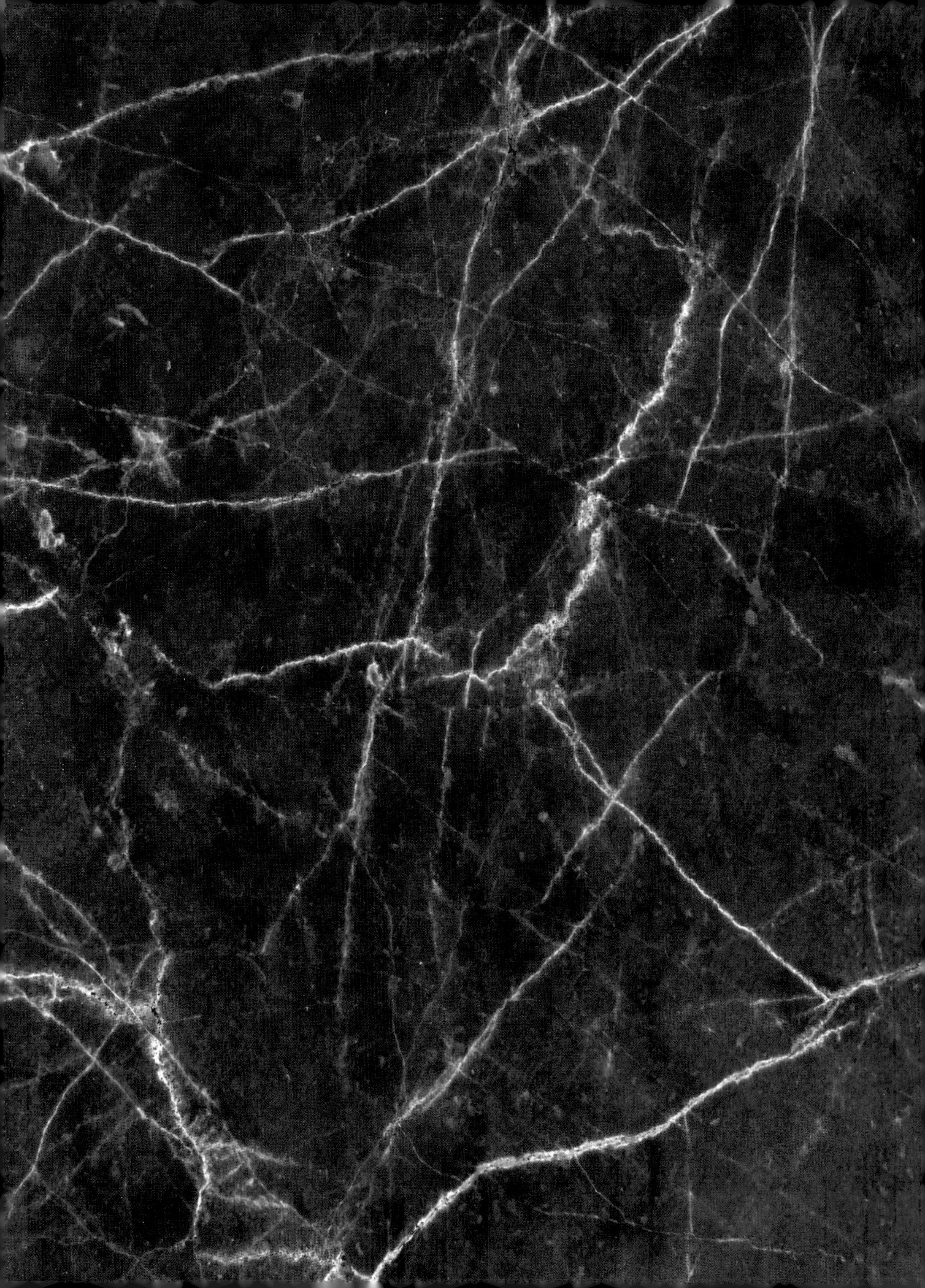

Ángeles llorosos

NO PARPADEES, NO DEJES DE MIRARLE

De todas las formas de vida del vasto universo ninguna es tan peligrosa y tan poderosa como los ángeles llorosos, una de las razas más temidas del espacio. Cuando observas a un ángel lloroso estás viendo una estatua renacentista de un ángel, con su túnica y sus dos alas de águila, con la particularidad de que está tapándose los ojos con las manos, como si estuviera llorando. Pero si desvías la mirada de esta figura o, simplemente, parpadeas, el ángel lloroso sale de su encierro cuántico que le fija en un espacio temporal para acecharte y cogerte. Los ángeles han sobrevivido porque tienen el sistema de defensa más perfecto que haya evolucionado nunca. Están encerrados cuánticamente, no existen cuando son observados. En el momento en el que los ve cualquier otro ser vivo se congelan y se convierten en piedra sin opción. Es un hecho de su biología, no lo pueden controlar. Por eso se cubren los ojos. No están llorando, es que no se arriesgan a mirarse entre ellos. Su gran ventaja es su gran maldición: no pueden ser vistos, pero son capaces de moverse muy rápido si no se les mira. Cuando esto ocurre, el ángel enseña su verdadera cara, que no es la de un ser pacífico y angelical, sino la de un terrible monstruo de rostro distorsionado por la rabia, dientes afilados, mirada colérica y garras fuertes. Antiguamente se les llamaba los asesinos silenciosos.

EL ASESINO CUÁNTICO

Cuando un ángel lloroso toca a su presa, la envía atrás en el tiempo. La energía temporal que produce este viaje es lo que sirve de alimento a este ser excepcional. En realidad, se alimentan de la energía potencial de los años que la víctima pierde en el presente. El señor del tiempo de Gallifrey llamado el Doctor decía que los ángeles llorosos son tan viejos como el universo y nadie sabe de qué planeta o dimensión provienen exactamente. También son las criaturas más solitarias del mundo, aunque son capaces de comunicarse entre sí y trabajar juntas para conseguir sus objetivos. Cuando están en su encierro cuántico, un ángel llorón es casi indestructi-

ble y no se puede romper. Así que no creas que se trata de una estatua de piedra normal. Para acabar con un ángel llorón hay que enfrentarlos contra un espejo o provocar que dos se miren a la vez. Cuando eso ocurre se convertirán en piedra para siempre. Los ángeles llorosos son capaces de comunicarse con otras razas. Cuando cazan a un miembro de otra especie, lo matan y reconfiguran su cerebro para ello. Los ángeles también tienen el poder de controlar las imágenes que se toman de ellos. O sea, pueden aparecer por sorpresa en una pantalla de televisión o cine si se les ha grabado. También pueden implantar su propia imagen en la mente de su víctima, infectarla y gestarse en su interior hasta convertirse en un ángel. La única manera de detenerlo es tener siempre los ojos cerrados.

«Los ángeles son los únicos psicópatas del universo que te matan agradablemente.»
(Steven Moffat)

Existen varios tipos de ángeles llorones. Están los normales, con su apariencia de estatua de un ángel con las manos en la cara tapándole los ojos. Pero existen dos formas más de este impecable alienígena cometiempo. El querubín o bebé, con su encantadora forma de angelito bebé parecido a Cupido. Los querubines no se mueven en silencio como sus padres, sino que te acechan con una risa infantil mientras suenan sus pasos. El otro tipo de ángel lloroso es gigantesco. Se trata de la mismísima Estatua de la Libertad, capaz de atravesar la Bahía Upper de Nueva York si nadie la está mirando en ese momento. Algo muy difícil, todo sea dicho.

LO PUEDES ENCONTRAR EN...

Doctor Who: Parpadeo (2007), de Hettie Macdonald y Steven Moffat

Tras treinta y nueve años de emisión en televisión en dos tandas (de 1963 a 1989 y de 2005 hasta la actualidad), la longeva serie de la BBC *Doctor Who* ha producido muchos monstruos alienígenas a lo largo de sus más de 840 capítulos. Existen civilizaciones muy peligrosas y míticas como los Daleks, lo Cybermen o los Sontaran, pero son muchos los que votan a los ángeles llorosos como una de las criaturas más horrorosas del universo del Señor del Tiempo. Creados por el guionista escocés Steven Moffat (Paisley, 1961), antes de convertirse en el showrunner de *Doctor Who* (2009-2017), para el capítulo décimo de la tercera temporada de la nueva serie, *Parpadeo* (dirigido por la experta Hettie MacDonald) se considera uno de los mejores capítulos de la nueva etapa del Doctor y fue el ganador de un premio Hugo y el BAFTA al mejor guion. Moffat no desaprovecharía a sus terroríficas criaturas y las volvería a sacar en el capítulo doble *El tiempo de los ángeles / Carne y piedra* (2010), *El complejo de Dios* (2011), *Los ángeles toman Manhattan* (2012) y *El tiempo del Doctor* (2013).

Los Antiguos

LOS PRIMEROS COLONIZADORES DE LA TIERRA

Los sobrevivientes de la expedición a la Antártida de la Universidad de Miskatonik de Arkham describieron a uno de los ocho fósiles hallados y conservados en el hielo de una ciudad antiquísima de origen extraterrestre con el tamaño total de «de ocho pies. Torso con forma de barril de color gris oscuro, flexible y muy duro. Alas membranosas de siete pies, con el mismo color. Se despliegan en forma de surco entre los lomos. Esqueleto de las alas tubular o glandular, gris claro, con orificios en las puntas de alas. Extendidas presentan borde aserrado. Cinco sistemas de brazos flexibles o tentáculos, color gris claro, hallados firmemente plegados al torso pero extensibles hasta una longitud de 3 pies… como brazos de crinoideo primitivo… los tallos simples se ramifican en cinco tallos secundarios, y cada uno de estos se divide en cinco tentáculos o zarcillos, dando cada tallo un total de 25 tentáculos. Corona el torso un cuello bulboso romo gris claro, con indicios como de branquias. Sostiene lo que parece una cabeza amarillenta con forma de estrella de mar de cinco puntas cubierta de tiesos cilios. Cabeza gruesa e hinchada... con tubos flexibles amarillentos que se proyectan desde cada punta. Abertura en el centro exacto de la parte superior, probable ventana respiratoria». Para resumirlo, un Antiguo parece una planta con una gran estructura con forma de barril con tentáculos grandes en su parte inferior y central, dos alas grandes pegadas y una cabeza con forma de estrella de mar.

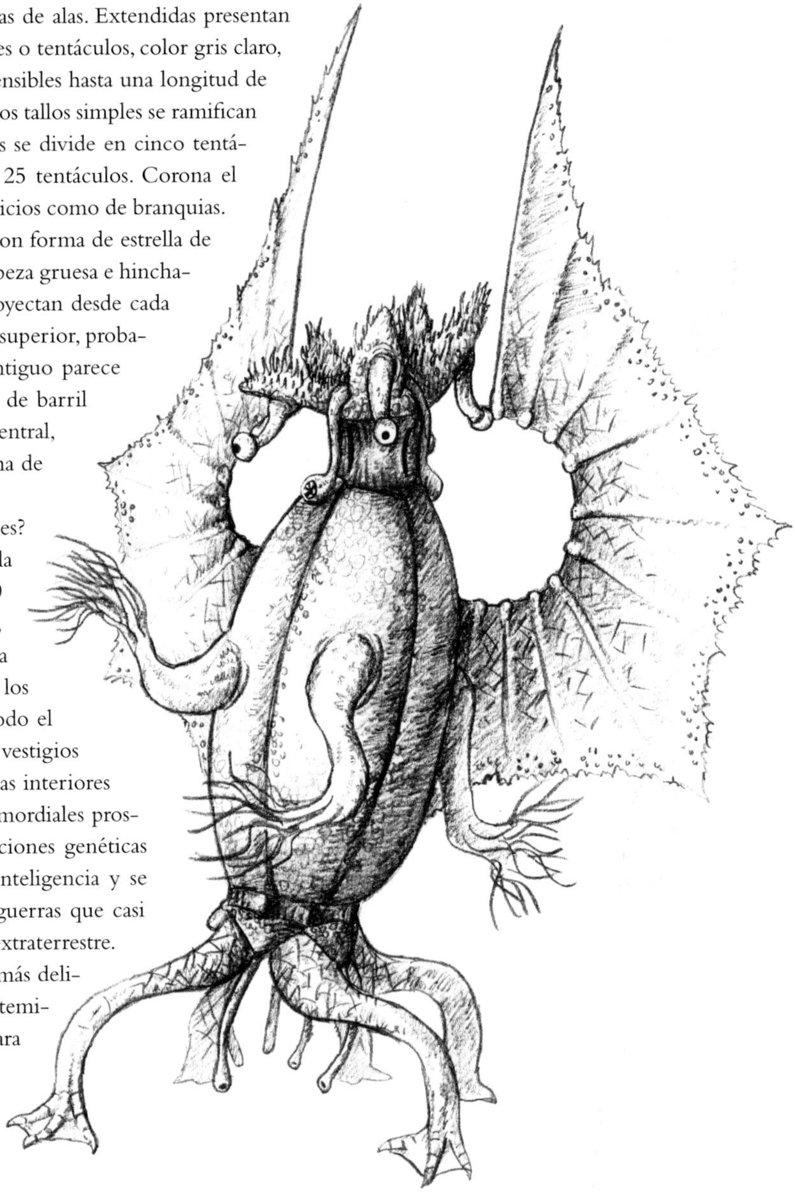

¿Pero qué son los Antiguos o los Primordiales? Son la primera raza alienígena que colonizó la Tierra en el periodo Neoproterozoico, hace 550 millones de años, cuando los primeros gusanos, medusas y artrópodos comenzaron a despertar a la vida. Cuando Pangea acababa de separarse, los Antiguos construyeron grandes ciudades por todo el mundo, aunque en la actualidad solo quedan vestigios de Corona Mundi, situada en las mesetas heladas interiores de la Antártida. Durante muchos siglos, los Primordiales prosperaron en nuestro mundo hasta que sus creaciones genéticas esclavas, los informes shoggoths, adquirieron inteligencia y se rebelaron comenzando una serie de cruentas guerras que casi acabó con la existencia de esta fenomenal raza extraterrestre. Cuando su guerra civil estaba en el momento más delicado, los dioses Primigenios comandados por el temible y gigante Cthulhu aprovecharon el caos para destruir a los Antiguos que quedaban. Los Pri-

«No puedo determinar con seguridad si pertenecen al reino vegetal o animal.»
(H.P. Lovecraft)

mordiales de Corona Mundi en la Antártida fueron aniquilados por los peligrosos mi-go, criaturas colonizadoras mitad grandes insectos, mitad hongos.

LA UTOPÍA EXTRATERRESTRE

Los Antiguos eran una raza avanzada tecnológicamente de gobierno socialista que promovía la igualdad entre todos sus individuos. Tenían inclinaciones artísticas, pues concentraban todos los muebles en el centro de sus grandes habitaciones y dejaban libres las paredes para el tratamiento decorativo con dispositivos lumínicos de naturaleza electroquímica. Los Antiguos descansaban erguidos sobre armazones cilíndricos y no necesitaban ningún vehículo para desplazarse, pues eran bastante veloces por aire, tierra o agua. Al ser una raza con una mano de obra esclava, los Shoggoths, no solían fabricar ni realizar trabajo duro, pues todo el trabajo pesado lo realizaban estas criaturas. Todavía quedan algunas pequeñas comunidades de Antiguos escondidas en lugares recónditos de la geografía mundial. Se sabe que algunas de estas comunidades, sobre todo las submarinas, tienen conflictos con la raza de los Profundos.

LO PUEDES ENCONTRAR EN...

En las montañas de la locura (1931), novela de H.P. Lovecraft

Los Antiguos y los Shoggoths son las dos razas extraterrestres creadas por Howard Philips Lovecraft para su novela *En las montañas de la locura*, un homenaje literario a *La narración de Arthur Gordon Pym* de Edgar Allan Poe. Publicado en 1936 en tres números de la revista bimestral *Austounding Stories* del editor F. Orlin Tremaine (1899-1956), esta novela forma parte de la mitología fantástica de los *Mitos de Cthulhu* que comenzaría con *La ciudad sin nombre* en 1921. El extenso universo de Lovecraft fue clasificado por su amigo y discípulo August Derleth (1909-1971). Los Antiguos volverían a salir en otra historia de Lovecraft, *Los sueños en la Casa de la Bruja* (1933), pero también han asomado sus tentáculos y sus cabezas con forma de estrella de mar en el cuento *In the Vaults Beneath* (1971), del británico Brian Lumley (Durham, 1937), la novela *Hive* (2005), de Tim Curran (Upper Peninsula of Michigan, 1963), o *The Weird Company: The secret history of H.P. Lovecrafts Twentieth Century* (2014), del escritor de ciencia ficción experto en Lovecraft Peter Rawlik (Filadelfia, 1968).

Krites

LOS ALIENÍGENAS CARNÍVOROS

Sabemos muy poco de la raza extraterrestre llamada krites por los piratas y los cazarrecompensas del espacio o Critters por la población rural de Kansas que sufrió su ataque a mediados de los ochenta. Los krites son unos alienígenas de naturaleza malévola con un tamaño de medio metro de altura, regordetes y peludos, con la capacidad de caminar sobre sus dos piernas traseras, aunque también se pueden desplazar rápidamente sobre cuatro patas. Tienen tres dedos en garras y pies con uñas afiladas y depredadoras. La parte más grande de un krite es su gran boca que parte por la mitad su gran cabeza peluda. Esta boca está mortalmente decorada con seis filas, tres en cada mandíbula, de colmillos afilados y letales. El color de las zonas que no son peludas, pecho y cara, varía entre el azul marino y el marrón, mientras el pelo es normalmente negro en todo el cuerpo menos el blanco alrededor de la cara. Esa afilada boca grande le hace parecer que ríe maliciosamente todo el tiempo, pero su maldad se refleja en sus dos ojos grandes de pupila negra fina y vertical y una esclerótica de color rojo como la sangre.

«¿Qué es eso? ¡Comida!» (Domonic Muir)

El krite proviene de un desconocido planeta del espacio exterior y suele ser cazado y encerrado por gobiernos interestelares por tratarse de una de las criaturas más carnívoras y peligrosas del universo. No quedan muchos y no sabemos mucho sobre su civilización, solo que su función primordial es comer y reproducirse, como si fuera un virus sanguinolento. Aunque sus maneras parezcan rudas y poco evolucionada, los critters son inteligentes y pueden conducir naves espaciales, pueden comunicarse en muchos idiomas y son una sociedad muy colaborativa, capaz de formar grandes esferas de krites que devoran y causan el caos por donde se desplaza. El equivalente caníbal de una *pinya castellera* de forma esférica y muy mala leche. Los nuevos krites nacen de huevos ya formados y con mucha hambre, pero es un auténtico misterio su naturaleza reproductiva. Estos alienígenas siguen a su macho alfa, un critter de mayor tamaño que ordena y planifica los objetivos.

SU ESTANCIA EN NUESTRO PLANETA

En la Tierra supieron de la existencia de esta letal criatura cuando unos cuantos se escaparon de una de las prisiones de máxima seguridad del espacio, mataron a algunos vigilantes y robaron una nave espacial para huir. Dos de los mejores cazarrecompensas de la galaxia los persiguieron hasta un pueblo rural de Kansas, donde se estrelló su nave e hicieron reinar el caos. Tras su erradicación, los cazadores volvieron al espacio, pero se olvidaron un par de huevos de esta monstruosa criatura. El segundo ataque de los critters fue mucho más virulento que el primero. Tras una tercera inclusión en nuestro mundo, los dos últimos huevos de krite fueron colocados en una cápsula prisión porque esta raza ya estaba en peligro de extinción. Los krites fueron llamados critters por las leyendas de los *fearsome critters*, criaturas temibles, que existen en los bosques del norte de Estados Unidos y Canadá, sobre todo en el folclore de los leñadores norteamericanos del siglo XVIII. Son *fearsome critters* seres como el argopelter, el billdad o el pequeño come-at-a-body.

LO PUEDES ENCONTRAR EN...

Critters 2 (1988), película de Mick Garris

Aunque muchos consideran *Critters* la respuesta comercial y más sangrienta de la productora New Line Cinema al éxito de *Gremlins* (1984), el director Stephen Herek (San Antonio, 1958) y el guionista Domonic Muir (1962-2010) siempre han defendido que el planteamiento de la película se escribió antes que el estreno del film de Joe Dante. Estrenada en 1986, la primera parte de la saga ya contenía un final abierto para una posible secuela. *Critters 2: The Main Course* fue el debut como director de Mick Garris (Santa Mónica, 1951) y la mejor película del cuarteto protagonizada por estas adorables criaturas peludas y carnívoras. Más humor y más gore en una secuela de lujo que llegó dos años más tarde. En 1991 llegaría *Critters 3: Eres lo que comen*, que supuso el debut cinematográfico de un jovencísimo Leonardo DiCaprio. No tardaría ni un año en estrenarse la última *Critters 4: They are invading your space*, que situaba a los pequeños krites a bordo de una nave espacial. Aunque estuviera protagonizada por Angela Bassett o Brad Dourif, se considera la peor de todas y enterró definitivamente a la lucrativa saga de New Line Cinema.

Demogorgon

EL MONSTRUO DE OTRA DIMENSIÓN

Antes de las extrañas criaturas de una dimensión oscura que invadieron Hawkins (Indiana) a mediados de los ochenta, existían otros seres con el nombre de Demogorgon. Para el copista romano Lactantius Placidus (350-400), el demogorgon era un ser supremo del mundo triple, el dios supremo, cuyo nombre no se permite saber. Un terror primordial y malvado anterior a los dioses, un demiurgo satánico. En el mundo del juego de rol de *Dungeons & Dragons*, el demogorgon es un inmortal príncipe de los demonios, un reptil hermafrodita de seis metros de altura con forma humanoide. Tiene dos cabezas sobre dos largos cuellos de serpiente con mentes individuales. La cabeza izquierda se llaman Aameul y la cabeza derecha tiene el nombre de Hethradian. El demogorgon vive en la capa 88 del gran Abismo del mal caótico. Todos los jugadores de D&D saben que si el director de campaña saca al demogorgon, o a la temida Tarasca, los héroes lo tendrán difícil para vencerle.

En el Laboratorio Nacional de Hawkins se estaban haciendo pruebas telepáticas y telequinéticas con seres humanos para utilizarlos en la Guerra Fría contra Rusia. El médico encargado del proyecto era el Doctor Martin Brenner, quien tenía en la joven Once a su mejor sujeto de prueba. Once podía entrar en estados psíquicos profundos y espiar a otras personas a muchos kilómetros de distancia. En una de estas incursiones psíquicas, Once vio a una extraña criatura humanoide de metro ochenta de altura, piel

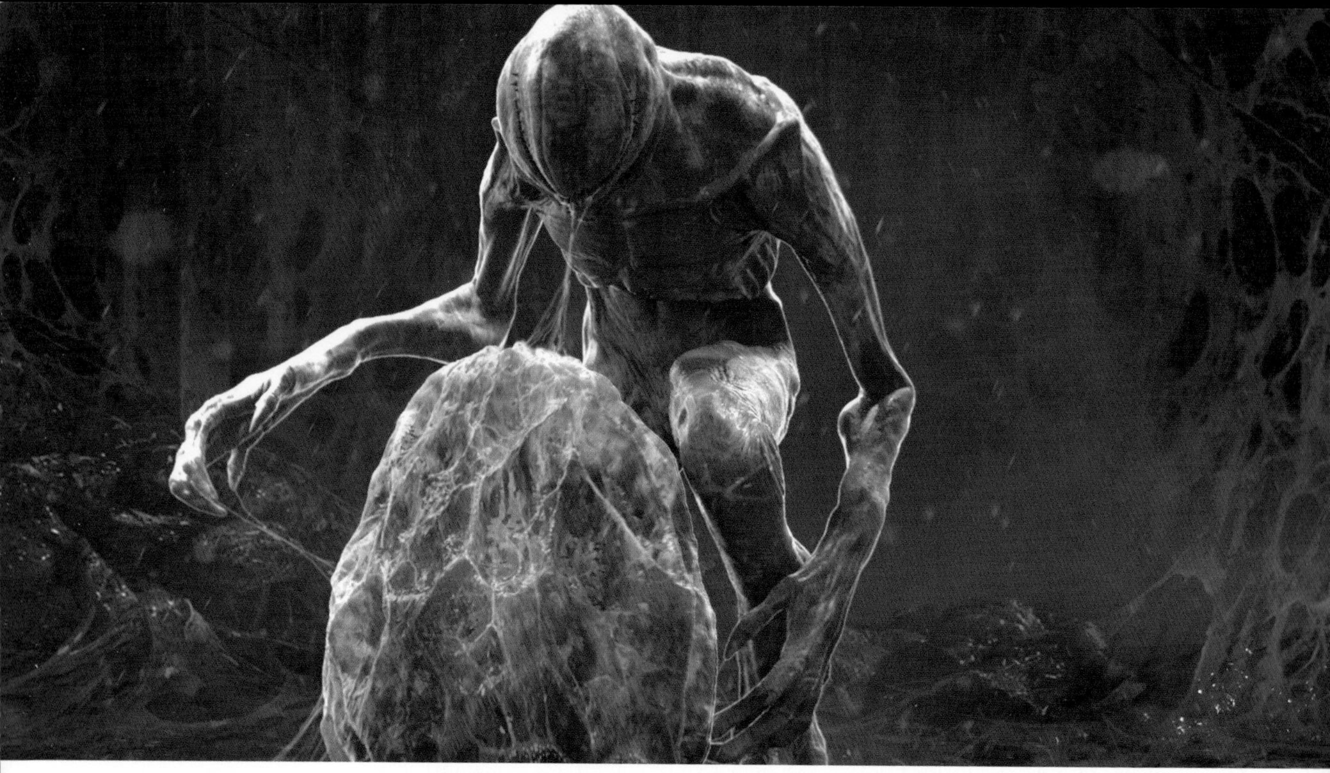

«Algo viene. Algo hambriento de sangre. Una sombra crece en la pared tras de ti, tragándote en la oscuridad.»
(Duffer y Shawn Levy)

oscura con aspecto de reptil, garras en las manos, y una extraña cabeza que se abría en cinco poderosas fauces en forma de pentágono con un montón de afilados dientes. Once huyó, pero los científicos la animaron a hacer contacto con este ser. Cuando la criatura detectó a Once, se abrió una puerta a otra dimensión y este monstruo entró en nuestro mundo, escapándose. Una de sus primeras víctimas fue el joven Will Byers, que pudo esconderse en la otra dimensión y huir de este peligroso ser. Sus amigos Mike, Lucas y Dustin saben que su amigo no está muerto y están decididos a encontrarlo. Es Dustin quien le da el nombre de Demogorgon, inspirándose en los juegos de rol al que el cuarteto juega cada semana en el sótano de la casa de Mike.

EL MALDITO MUNDO DEL REVÉS

Los demogorgones son criaturas depredadoras de una oscura y maldita dimensión paralela, o Mundo del Revés, como lo llaman en Hawkins. Estos seres funcionan como una colmena y obedecen al gigantesco Monstruo Sombra, o Azotamentes, de forma monstruosa parecida a una araña, con sus ocho gigantes patas y el poder de poseer a humanos de nuestra dimensión e infectar la Tierra. El demogorgon tiene varias etapas de gestación. Un primer estado sería las larvas, del tamaño de una babosa y color oscuro. Esta larva crece hasta parecer un renacuajo del tamaño de un lagarto que ha desarrollado las extremidades. En muy poco tiempo, sus miembros se alargan hasta tener el tamaño de un perro. Es cuando su cabeza se desarrolla con sus cinco mandíbulas con forma de estrella de mar. La última estancia de la evolución de un demogorgon es dejar de caminar a cuatro patas, atacar erguido, con una gran fuerza y velocidad, y el poder de abrir portales dimensionales. Es muy difícil herir a un demogorgon y las balas no le afectan, solo la luz y el calor extremo parecen hacerle mella. Estuvieron a punto de invadir la Tierra, con el Monstruo Sombra queriendo entrar en nuestro mundo por un portal gigante, pero la telequinética Once acabó con los demoperros que habían entrado y destruyó el portal.

LO PUEDES ENCONTRAR EN...

Stranger Things (2016-2017), serie de los Hermanos Duffer y Shawn Levy

Demogorgon fue una mala traducción latina del término griego demiurgo, pero eso no impidió que los literatos cristianos convirtieran a este monstruo del caos en un ser del infierno. El dramaturgo británico Christopher Marlowe (1564-1593) habla de él en su *Doctor Fausto* (1590), John Milton lo sacó en su gran poema *El Paraíso Perdido*, el francés Voltaire (1694-1778) lo convertiría en protagonista de su cuento *El sueño de Platón* (1756) y el poeta británico Percy Bysshe Shelley lo nombraría en *Prometeo Liberado* (1820). El Demogorgon aparecería por primera vez en el libro de reglas complementario de la primera edición de *Dungeons & Dragons Eldritch Wizardry* (obra de Gary Gygax y Brian Blume). Cuando los hermanos gemelos Matt y Ross Duffer (Durham, 1984) propusieron al productor y director de cine Shawn Levy (Montreal, 1968) la serie *Stranger Things*, su fantasmal criatura de otra dimensión llevaría el nombre de uno de los seres más poderosos de *Dungeons & Dragons*. Con solo dos temporadas en Netflix, la serie de los Duffer se ha convertido en una de las ficciones televisivas más exitosa de los últimos años.

Doomsday

CRIADO PARA ASESINAR A SUPERMAN

A principio de los noventa, un monstruoso ser que nadie sabía de dónde había surgido comenzó a destruir todo lo que había en su camino en dirección a la futurista Metrópolis, la joya de la costa este de Norteamérica. Este ser medía unos tres metros de alto, era gris, con una piel dura que parecía construida en piedra. Su cuerpo era muy musculoso y del pecho, hombros, codos rodillas y cara surgían unos peligrosos pinchos más duros que el diamante más puro. Su rostro era como el de un golem, ojos rojos luminosos, pinchos en la cara en vez de pelo, en barba y cejas, y una fiereza, maldad y determinación desconocidos por cualquier ser vivo hasta la fecha. De sus manos y pies surgían unas largas uñas del mismo material indestructible que sus peligrosos pinchos de la espalda y articulaciones que parecían garras antinaturales capaces de rasgar el acero como si fuera papel. En un principio estaba envuelto en un traje de color verde con máscara y cadenas, pero en su camino de destrucción y desolación, el traje se fue rompiendo mostrando a la auténtica criatura.

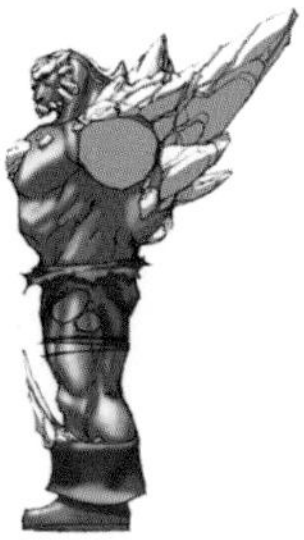

La Liga de la Justicia Internacional formada por los héroes como el ex Linterna Verde Guy Gardner, Blue Beetle, Booster Gold, Máxima, Fuego, Hielo y Bloodwynd se enfrentaron contra esta bestia, pero fueron destrozados con gran facilidad. Fue el héroe del futuro Booster Gold quien le dio nombre a este apocalipsis andante cuando le dijo a Superman que parecía que el día del juicio final ya estaba aquí tras recibir un potente puñetazo de la bestia.

> **«La criatura es el odio, la muerte y la sed de sangre personificada... Nada más.»**
>
> (Dan Jurgens)

Superman intentó parar a la bestia durante todo el día, con la ayuda de Máxima y el Guardián. Hasta que los dos titanes llegaron al centro de Metrópolis, enfrente del edificio del *Daily Planet*, donde Doomsday fue vencido, llevándose consigo al Hombre de Acero, quien falleció por las muchas heridas recibidas durante el extenuante combate. Doomsday sería arrojado al espacio más profundo, atado a un asteroide. Llegaría hasta la infernal Apokolips y vencería a su rey tirano, el temible Darkseid. Más tarde, volvería a la Tierra, donde volvería a sembrar el caos en más de una ocasión.

CREANDO AL MONSTRUO PERFECTO

¿Pero qué es Doomsday? ¿De dónde viene? Este ser casi inmortal fue creado por unos científicos alienígenas en Krypton hace 250.000 millones de años, antes de que los kriptonianos se convirtieran en la especie dominante de este extinto planeta. El jefe de estos científicos era Bertron, un maestro de la manipulación genética. En aquella época vivía en Krypton una raza muy peligrosa y salvaje. Los biólogos exponían a un bebé mutante en el interior del planeta, donde era despedazado inmediatamente por esta raza. Se recogían las sobras, se manipulaba genéticamente para crear una versión mejorada, más fuerte, y vuelta a empezar. Tras millones de pruebas, el ser llamado Doomsday ya estaba listo. Eso sí, tras miles de muertes violentas, el salvajismo y el odio estaba impregnado a fuego en sus genes. Este monstruo comenzó a evolucionar y acabó con los científicos que lo crearon, también con un montón de Linternas Verdes, cuerpo de defensa interestelar, que fueron enviados para pararlo. En esta gran pelea

se creó una ruptura en el espacio-tiempo en el que Doomsday cayó. Tras aparecer en el planeta Calatón y casi acabar con su existencia, fue vencido por el ser llamado El Radiante. Doomsday fue dispuesto en un ataúd de un material impenetrable que fue lanzado al espacio y aterrizó en la Tierra como un meteorito hace millones de años. El ataúd se hundió miles de metros en la superficie, donde estuvo Doomsday durmiendo, curándose y evolucionando hasta su temible encuentro con Superman.

LO PUEDES ENCONTRAR EN...

La muerte de Superman (1993), cómic de Dan Jurgens y Brett Breeding

A principios de la década de los noventa las ventas de los cómics de *Superman y Action Comics* (las dos principales cabeceras del Hombre de Acero) caían estrepitosamente. Tras los tres años (1986-1988) maravillosos post-*Crisis en Tierras Infinitas* del británico John Byrne, las nuevas generaciones no conectaban con el héroe de Krypton. En los *brainstorming* de guionistas y editores de DC Comics se jugaba con la idea de matar a Superman, para que el público entendiera cómo sería un mundo sin su primer superhombre. Dan Jurgens (Ontorville, 1959) creó la figura monstruosa de la criatura que acabaría con el último hombre de Krypton. El editor Mike Carlin escribió en el dibujo «el día del juicio final para Superman», y así quedó el nombre de Doomsday. Tras el éxito de *La muerte de Superman*, este mítico ser quedaría como un recurrente villano de DC Comics. Saldría en la serie *Smalville* (2001-2011), basada en la juventud de Superman, y sería el antagonista principal junto a Lex Luthor de la película de Zach Snyder *Batman vs Superman: El origen de la Justicia* (2016), donde un mutante Doomsday creado con el cuerpo del General Zod se enfrentaba contra Superman, Batman y Wonder Woman.

Gusanos de arena

LOS REYES DE ARRAKIS

Arrakis es el tercer planeta del sistema Canopus en la constelación del Navío Argo de la Vía Láctea. Es un planeta yermo y desértico repleto de arena candente siempre en lento movimiento rompiendo contra algunos asentamientos de roca dispersos por la superficie y la gran cordillera Muralla Escudo, que protege la parte norte del paneta donde se encuentran los asentamientos humanos de este mundo. Arrakis o Dune es uno de los planetas más importantes del universo conocido porque en él se recoge la especie más importante de la galaxia, la especia melange. De color amarillo y olor fuerte a canela, la melange es una droga geriátrica cosechada en Arrakis que alarga la vida, da gran vitalidad y una elevada percepción o cognición. Es un producto caro y solo los más

«Existen en el desierto profundo gusanos que podrían tragarse de un solo bocado toda esta factoría.»
(Frank Herbert)

pudientes o las grandes casas manejan la producción de melange. Se suele decir que quien controla la especia, controla el universo. La melange es vital para los Navegantes de la Cofradía Espacial, quienes utilizan sus poderes para doblar el espacio y atravesar rápidamente grandes distancias cósmicas en un abrir y cerrar de ojos.

La Casa Imperial decide qué planeta o casa explota la especie cada varios años, pero en Arrakis viven una raza de seres humanoides llamados fremen, tratados despectivamente por las casas invasoras, que se han adaptado muy bien a este entorno hostil tras millones de años. Aparte de los fremen, los reyes de Arrakis son los gusanos de arena, creadores del mundo desértico que todos conocemos y creadores de la melange. Los gusanos de arena son parecidos a los anélidos de la Tierra pero de tamaño gigantesco. Algunos tienen 400 metros de largo y unos 40 metros de diámetro. Tienen una gran boca con un anillo de dientes gigantesco cuyo hueso utilizan los fremen para sus dagas. Su piel es dura y casi indestructible. Para traspasarla hace falta una descarga eléctrica de alto voltaje y solo una bomba atómica podría matar a uno. Suelen esconderse profundamente bajo las dunas de arena y solo salen cuando existe movimiento en la superficie, como el ruido de las grandes cosechadoras que extraen la melange. Los fremen pueden montar a estos gusanos obligándolos a permanecer sobre la superficie con pequeñas heridas abiertas en su lomo. Se les conoce como jinetes de la arena.

LA ESPECIA DE DUNE

Los gusanos de arena están intrínsecamente relacionados con la especia y la creación de Dune. En la antigüedad se cree que Arrakis era un planeta repleto de agua que fue invadido por las truchas de arena convirtiéndolo en la roca árida y desértica que es hoy. Las truchas de arena son protogusanos de arena que nacen del cuerpo de un gusano muerto. Son como pequeños gusanos con forma de pez. Los niños de Arrakis suelen cazarlas porque tienen un líquido muy nutritivo en su interior. Las truchas de arena absorben toda la humedad de su alrededor para poder sobrevivir, por eso acabaron con el agua de este mundo hace millones de años. El otro estado importante para la melange es el pequeño hacedor de arena. Mitad planta y mitad animal, los pequeños hacedores producen excreciones que al ser mezcladas con el agua explotan creando la protroespecia melange.

Los gusanos de arena no suelen permitir la extracción de la especia y atacan a las grandes cosechadoras que las recogen excavando en las profundidades de Arrakis. Para evitar que estas naves sean destruidas, unas grandes naves ornitópteras voladoras las recogen del suelo antes de que los grandes gusanos se la traguen con toda la especia recogida.

LO PUEDES ENCONTRAR EN...

Dune (1965), novela de Frank Herbert

El escritor norteamericano Frank Herbert (1920-1986) tardó diez años en volver en publicar una nueva novela tras su *El dragón en el mar* (1956), pero volvería con un relato que se consideraría un clásico instantáneo de la literatura de ciencia-ficción, *Dune*. El escritor de Tacoma escribiría más libros, pero el éxito de su epopeya religiosa-futurista le hizo visitar Arrakis en cinco ocasiones más: *El mesías de Dune* (1969), *Hijos de Dune* (1976), *Dios emperador de Dune* (1981), *Herejes de Dune* (1984) y *Casa Capitular Dune* (1985). En 1984 se estrenaría la película de David Lynch (Missoula, 1946), basada en el primer libro. Atrás quedaban años de intentos fallidos por llevarla a la gran pantalla por parte del chileno Alejandro Jodorowsky (Tocopilla, 1929) con la colaboración de Tangerine Dream, HR Giger, Moebius, Orson Welles y el mismísimo Salvador Dalí. En 1999 se publicaría la trilogía *Preludio a Dune*, escrita por el hijo de Frank Herbert, Brian (Seattle, 1947) y Kevin J. Anderson (Racine, 1962). Los dos escritores volverían a Arrakis con la nueva trilogía *Leyendas de Dune* (2002-2004).

Marciano

EL VISITANTE DE MARTE

Desde que el ser humano supo de la existencia de planetas parecidos a la Tierra como Marte, la imaginación colectiva ha dotado de vida y civilización a su rojiza superficie. Desde que el astrónomo italiano Giovanni Schiaparelli publicara en 1877 el descubrimiento de canales en el planeta rojo, se han desarrollado una serie de teorías sobre la vida que existe en Marte y las civilizaciones que alberga. La humanidad ha vivido varias invasiones de nuestros queridos amigos marcianos desde el siglo XIX. La primera sucedió en 1898 y trajo seis años de cruenta guerra. Todo comenzó con un meteoro que cayó en Horsell, cerca de Londres. En realidad era un cohete marciano de donde surgieron unos trípodes metálicos de 30 metros de altura coronados con una estructura triangular de metal de la que surgían tentáculos metálicos y un poder de destrucción no conocido por la sociedad victoriana. Con el tiempo cayeron más cohetes cilíndricos de los que surgieron más de estas temibles naves que arrasaron con todo. Tras seis años de guerra, y cuando parecía que el fin de Inglaterra estaba cerca, se descubrió que los gérmenes de la Tierra eran letales para estos marcianos con forma de enormes cabezas de un metro de grande, boca picuda y 16 articulaciones parecidas a los tentáculos de los grandes cefalópodos.

TEL
ILLAC
BROS.
hermitage
ND IN FULL

Viendo el fracaso de su primera invasión, se optó por métodos más sutiles, la infiltración, utilizando y manipulando a sujetos humanos para invadir poco a poco todos los estamentos de la sociedad humana. Para ello, pequeñas naves camufladas secuestraban a humanos y se les introducía un aparato que los manipulaba mentalmente para obedecer órdenes, anulando su libre albedrío. Para esta misión, las cabezas con tentáculos estaban encerradas en esferas transparentes y utilizaban a unos mutantes humanoides grandes de color verde con tres dedos en cada mano y grandes ojos dorados. Alertados por el extraño comportamiento de los humanos abducidos, el ejército pudo acabar con esta invasión marciana a tiempo.

En la década de los noventa, una nueva raza de marcianos pequeños, cara cadavérica y grandes cerebros visibles hicieron contacto con la Tierra, llegando en grandes platillos volantes redondos. En un principio, parecía que venían en son de paz, pero sus intenciones era la erradicación de toda la vida terrestre. Y casi lo consiguen, hasta que se descubrió que los sonidos más agudos de la canción *Indian Love Call* de Slim Whitman les destrozaba el cerebro. Estos pequeños marcianos tenían un sentido del humor muy retorcido y cruel, y se dedicaban a experimentar con humanos. Pero no todas las visitas marcianas se han convertido en guerra y desolación: uno de los superhéroes más queridos de la Liga de la Justicia de América es el Detective Marciano J'onn J'onzz, un habitante de Marte de hace millones de años que fue teletransportado a la Tierra de la década de los cuarenta con un rayo inventado por el Dr. Erdel. J'onn tiene un sentido de la justicia muy parecido al humano y se adaptó a la personalidad del policía John Jones, al que sustituyó cuando este falleció asesinado por un ladrón. El Detective Marciano se muestra al mundo con una forma más amable y humana, calvo, ojos rojos y de color verde, pero su forma real es más fiera, con cabeza alargada y gran envergadura. Entre sus poderes está la manipulación de su forma, densidad, visibilidad, telepatía y fuerza infinita. Sus enemigos naturales son el fuego, que desestabiliza su morfología genética, y los temidos marcianos blancos, una raza cruel enemiga de los marcianos verdes que se cree extinta.

«No conoces Marte, su verdadero nombre es Barsoom. Y no está sin aire ni está muerto, pero sí está muriendo.»

(Edgar Rice Burroughs)

DE VISITA EN BARSOOM

El ser humano también ha visitado Marte antes y después de los programas Marsnik y Mariner de la década de los sesenta de las agencias aeroespaciales rusas y norteamericanas. Uno de los primeros casos que se recuerdan es el del soldado confederado de la Guerra de Secesión John Carter, que se encontró con un portal teletransportador a Marte en una cueva sagrada india a finales del siglo XIX. Carter acabó en Barsoom, el verdadero nombre de Marte, donde se uniría a la tribu nómada de Tharks o marcianos verdes de seis extremidades y con una fuerte y tribal cultura guerrera. Los enemigos de los tharks son los marcianos rojos, más parecidos a los seres humanos, pero de piel más oscura, que viven en una red de ciudades-estados controlando los canales de agua que dan vida a este planeta que se está muriendo lentamente. En Barsoom también quedan vestigios de los rubios marcianos blancos como los Lotharians y los Therns. Pero existen más razas, como los insectoides de seis patas kaldanes, los sin cabeza rykons, los hombres canguro de Gooli o los temibles gorilas blancos marcianos, de aspecto monstruoso y fiereza indomable.

La invasión terráquea de Marte para terraformarla y convertirla en una segunda Tierra para la raza humana es constante, acabando con la vida de los pocos marcianos que quedaban en este mundo desértico bello y rojo. Unos marcianos telépatas humanoides acabaron con varios astronautas que llegaron a Marte en cuatro expediciones, pero se extinguieron y los humanos terminaron colonizando Marte como un cáncer. Es el turno de las grandes corporaciones capitalistas que controlan el planeta rojo con mano dura y poder militar, recompensando a los más ricos con grandes salones bien oxigenados y castigando a los más pobres con insalubres cavernas bajo la superficie marciana. La falta de oxígeno produce mutaciones horribles entre gran parte de la población, quienes terminaron rebelándose contra las corporaciones con ataques terroristas dirigidas por el inteligente líder Kuato. En realidad, estas corporaciones capitalistas esconden el secreto mejor guardado del interior de Marte: una gigantesca máquina marciana de varios kilómetros de extensión que calentaría el hielo del interior del planeta rojo para convertirlo en rico oxígeno que llenaría Marte de aire respirable y vida.

LO PUEDES ENCONTRAR EN...

La guerra de los mundos (1898), novela de H.G. Wells

Algunas de las primeras historias sobre visitas a Marte son *Across the Zodiac* (1880), del británico Percy Greg (1836-1889), o *Uranie* (1889), del francés Camille Flammarion (1842-1925), pero ninguna obra sobre marcianos ha sido tan crucial para el desarrollo de la ciencia-ficción como *La guerra de los mundos* de H.G. Wells, una novela que narra la invasión marciana de Gran Bretaña por unos visitantes con forma de pulpo. La literatura y la fantasía encontraría un filón en Marte con obras como *Crónicas marcianas* (1955) del norteamericano Ray Bradbury (1920-2012) o la saga de Barsoom o *La princesa de Marte* (1912) de Edgar Rice Burroughs (1875-1950). En el cómic tenemos personajes superheroicos tan queridos por el público como el Detective Marciano, creado en 1955 por Joseph Samachson (1906-1980) y Joe Certa (1919-1986). En el cine pronto se utilizó la invasión marciana como una alegoría de la invasión comunista soviética en películas como *Invasores de Marte* (1953), de William Cameron Menzies (1896-1957), pero también existen películas de invasiones más divertidas, como la de *Mars Attacks!* (1996) de Tim Burton. Recientemente se ha puesto de moda la ficción realista de colonizaciones marcianas como la *Trilogía de Marte* de Kim Stanley Robinson (Waukegan, 1952), que tuvo una versión fílmica con *The Martian* (2015), dirigida por Ridley Scott y protagonizada por Matt Damon. Lamentablemente, no sale ninguna criatura marciana.

Nido

LA COLMENA DEL TERROR

En el vasto universo existen varias razas salvajes y peligrosas, pero pocas son tan malvadas y disfrutan tanto del sufrimiento de otros seres como los insectoides Nido, una raza que solo existe para causar la destrucción de todo el espacio y reproducirse como un cáncer maléfico. El Nido o los Brood tienen una civilización basada en las sociedades de insectos comunales. Las reinas organizan su colmena con mano dura y los eslizoides (como se llama vulgarmente a los miembros de esta raza) les obedecen sin plantearse nunca el libre albedrío. Se sabe que la rivalidad entre reinas es bastante común en la raza del Nido, siendo peligrosos para otras especies y hasta para ellos mismos. Nadie sabe muy bien de qué planeta surgieron, pues su objetivo es colonizar y destruir, pero los humanos tuvieron constancia de ellos en la Galaxia Shi'ar, cuando comenzaron a infectar bases y planetas de esta civilización extraterrestre guerrera en alianza con un sector rebelde del Imperio que quería dar un golpe de estado. El Nido tiene una tecnología robada a otras razas de última generación que le permite plantarse en cualquier punto de la galaxia sin ningún problema.

LOS ESLIZOIDES Y LAS REINAS

Un eslizoide del Nido es un ser similar a un gran insecto con exoesqueleto duro e impenetrable y endoesqueleto. Tiene seis patas pero solo utiliza las cuatro posteriores para andar y las dos anteriores son como largos tentáculos que utilizan para manipular objetos. Su largo abdomen acaba en una cola con dos peligrosos aguijones con veneno paralizante o mortal, en función de la cantidad que sea inoculada. La cabeza de un eslizoide del Nido es larga con forma de triángulo plano con una marca de nacimiento entre sus grandes ojos rojos que indica el rango que ocupa en la colmena. La parte más peligrosa de un guerrero del Nido son sus peligrosos dientes, afilados como cuchillos. Los Brood se dividen en varios tipos. Está la gigantesca emperatriz de color verde que ordena a toda la colmena; las peligrosas reinas, mayores que un humano, que han desarrollado alas; y dos tipos más de eslizoides comunes del Nido: los primogénitos de color verde, rojo o negro, o Broods puros que han nacido de un huevo puesto por la emperatriz y los comunes broodlings de color marrón que en su mayoría son seres mutados en eslizoides. Los Brood son parásitos y pueden infectar a sus víctimas inyectándoles un simple huevo para convertirse en un nuevo miembro de la colmena. Si el ser parasitado es un mutante con poderes, el nuevo Brood obtendrá también sus poderes. Actualmente existe un eslizoide mutante antropomórfico bastante inteligente y de corazón bondadoso que fue acogido por Lobezno en su Escuela de Educación Superior Jean Grey para jóvenes mutantes.

El Nido ha esclavizado a gigantescas criaturas espaciales para convertirlas en sus naves particulares. Como la antigua, y venerada en algunos planetas, raza de los Acanti, o ballenas espaciales, que el Nido utiliza como sus grandes cargueros para invadir nuevos planetas; o los starsharks, tiburones espaciales modificados por el Nido para ser sus naves ligeras de caza. Se sabe que el Nido invadió la Tierra en el Antiguo Egipto del 2620 aC llegando a parasitar al mismísimo faraón Khasekhemwy Khasekehemui, pero fueron detenidos por Imhotep, el Caballero Luna de Khonshu de la segunda dinastía egipcia y un joven En Sabah Nur, años antes de convertirse en el peligroso mutante Apocalipsis.

LO PUEDES ENCONTRAR EN...

Uncanny X-Men #162-167 (1982-1983), cómics de Chris Claremont, Dave Cockrum y Paul Smith

Cuando miramos uno de los dibujos de Dave Corkrum (1943-2006) de un miembro del Nido no tenemos ninguna duda sobre la inspiración del guionista Chris Claremont para su nuevo villano de los X-Men: el xenomorfo de *Alien, el Octavo Pasajero* (1979). Pero Claremont introdujo el concepto de mente colmena, similar a algunas clases de insectos comunales como las abejas y las hormigas, que luego el director canadiense James Cameron (Kapuskasing, 1954) desarrollaría en la secuela *Aliens: El regreso* (1986). En la primera aventura que aparece el Nido, estos se aliaban con la renegada Sh'iar Cal'syee Neramani para deponer a su hermana, la emperatriz Lilandra. El Nido capturó e infectó a la Patrulla-X y a la ex Miss Marvel Carol Danvers, pero el poder mutante de curación de Lobezno y su esqueleto de adamatium pudieron repeler la infección del huevo brood y liberar a sus amigos. El Nido se convertiría en una de las grandes razas espaciales del universo Marvel, protagonizando más aventuras a medio camino entre la space opera y el terror.

Pennywise

EL TEMIBLE PAYASO BAILARÍN DE DERRY

Cada 27 años algo maligno, oscuro y antiguo despierta en el pintoresco pueblo de Derry en el estado de Maine. Se alimenta, crea el caos y vuelve a invernar hasta que transcurren veintisiete años más. Este ser es el multiforme extraterrestre Pennywise que cayó a la Tierra en forma de meteorito durante la prehistoria. Eso o It es una criatura eterna que nadie sabe muy bien qué apariencia real tiene. El intelecto del ser humano no tiene la capacidad de abarcar toda su complejidad corpórea sin volverse loco: lo más cerca que ha estado un humano de comprender su verdadera forma lo ha identificado con una gigantesca araña extraterrestre deformada. Se supone que Pennywise no tiene sexo, pero puede ser que se trate de un ente femenino. Eso puede adaptar muchas formas, como si fuera un dios omnipotente de la locura con un humor tan retorcido como el del mismísimo Loki, pero su forma favorita es la de Pennywise, el payaso bailarín. Un temible payaso victoriano a medio camino entre Bozo y Ronald McDonald con un traje plateado de botones naranja. Con esta forma suele tentar a los niños de Derry, quienes han acabado en sus garras desde la creación del pueblo. Eso es telépata y suele jugar con la mente de los seres humanos, sobre todo de los niños, pues sus temores son más claros y definidos que los de los adultos. Muchas veces, Eso no cambia a voluntad, sino que reacciona a los temores del humano sin darse cuenta de ello, estando su forma limitada a los sentimientos humanos cuando se le enfrenta. Pero este ser de locura puede adquirir otras formas, y aparecer como un hombre lobo, murciélagos, sanguijuelas o cualquier miedo mortal para un niño.

EL TERROR DE LOS PERDEDORES

Pennywise invernó durante millones de años en el subsuelo de lo que en un futuro se conocería como Derry hasta que comenzó a percibir a los humanos que empezaban a asentarse en esa región. Desde entonces, Eso se despierta cada 27 años, inicia una ola de violencia y desapariciones de niños, se alimenta y vuelve a invernar otros 27 años más. Como ya hemos dicho, Pennywise es inmortal y se creó en el Macrocosmos, un plano dimensional que se encuentra en los confines y el vacío del universo donde solo existen él y la Tortuga, su enemigo eterno. El universo conocido es una parte de este gigantesco Macrocosmos, tan grande que una mancha en el caparazón de la Tortuga es todo el espacio conocido. Eso también puede aparecer con su forma del Macrocosmos, unos fuegos fatuos de color naranja cuya visión induce a la locura y la muerte. Se tiene constancia que Pennywise despertó alrededor de 1715 y en 1740 acabó con la vida de trescientos habitantes de Derry. Pero su matanza más recordada sucedió en 1904, cuando hizo explotar la fundición Kitchener con más de 200 niños en su interior que estaban buscando huevos de Pascua.

«Cuando estés aquí abajo, conmigo, tú también flotarás.»
(STEPHEN KING)

En 1958 un grupo de amigos llamados Los Perdedores pudieron vencer a Eso en las alcantarillas de Derry, mentalmente apoyados por la Tortuga cuando estaban a punto de desfallecer. Pennywise no murió y se retiró a invernar, derrotado y humillado hasta su retorno en 1984, donde los Perdedores, ya adultos, pudieron matarlo finalmente. En el año 2001, el extraterrestre llamado Señor Gris se encontró en la torre de agua de Derry una pintada que rezaba «Pennywise vive», pero no sabemos muy bien si ese graffiti es cierto. Por ahora, el temido payaso bailarín de Derry no volvió a aparecer en 2012, año en el que se hubiera despertado otra vez de su maldita hibernación.

LO PUEDES ENCONTRAR EN...

It (1986), novela de Stephen King

Para muchos amantes de la literatura de Stephen King *Eso* es una de sus mejores novelas, la más completa y absorbente, donde una entidad llamada Eso o Pennywise ataca un pueblo del estado de Maine cada 27 años. La novela tiene varios niveles de lectura, donde el principal antagonista es el monstruo extraterrestre, pero también la dura realidad familiar que envuelve a los Perdedores. King aprovechó como escenario el pueblo de Derry, que ya había salido en su novela *El cuerpo* (1982), y volvería a salir en *Insomnia* (1984), *El Cazador de Sueños* (2001) o *Una extensión justa* (2010). La Tortuga es importante en su saga fantástica de *La Torre Oscura*. *It* fue llevada en 1990 a la televisión en una miniserie de dos capítulos protagonizada por Tim Curry convirtiendo a Pennywise en uno de los mitos del terror moderno. En 2017, el director argentino Andrés Muschietti (Buenos Aires, 1973) estrenó la primera parte de *It*, recogiendo las aventuras de los niños con Bill Skarsgard interpretando al temible Pennywise. La película se convirtió en uno de los éxitos de taquilla del año, siendo bien recibida por la crítica aunque situara la acción en 1989.

Xenomorfo

LA CRIATURA IMPARABLE

En el año 2122, la nave comercial *USCSS Nostromo* de la corporación Weyland-Yutani fue desviada de su ruta de retorno a la Tierra con veinte millones de toneladas de mena para acercarse al sistema extrasolar Zeta II Reticuli asistiendo a una llamada de auxilio desconocida proveniente del planetoide sin vida LV-426. La tripulación de siete viajeros, entre técnicos y pilotos, aterrizó en el planeta y se encontró con una nave alienígena estrellada con forma de cruasán. Investigando el interior, el piloto Kane fue atacado con una criatura que surgió de un huevo en una zona de la nave que estaba repleta de ellos. De vuelta en la Nostromo, descubrieron que este ser parecía un gran cangrejo de color claro con ocho patas huesudas y fuertes agarradas a su cara y una larga cola envolviendo el cuello de la víctima. Cuando intentaron quitársela, el abrazacaras ahogaba al pobre Kane. Tras varios días en coma, Kane despertó sin el bicho envolviendo su rostro, que se encontró muerto en un rincón de la enfermería. Kane parecía normal hasta que un dolor agudo le sobrevino en el vientre. Este explotó en un baño de sangre y vísceras surgiendo de su interior un pequeño ser humanoide con cabeza, brazos y una mandíbula llena de peligrosos dientes que huyó en el interior de la nave. Este alien creció hasta llegar a los dos metros y

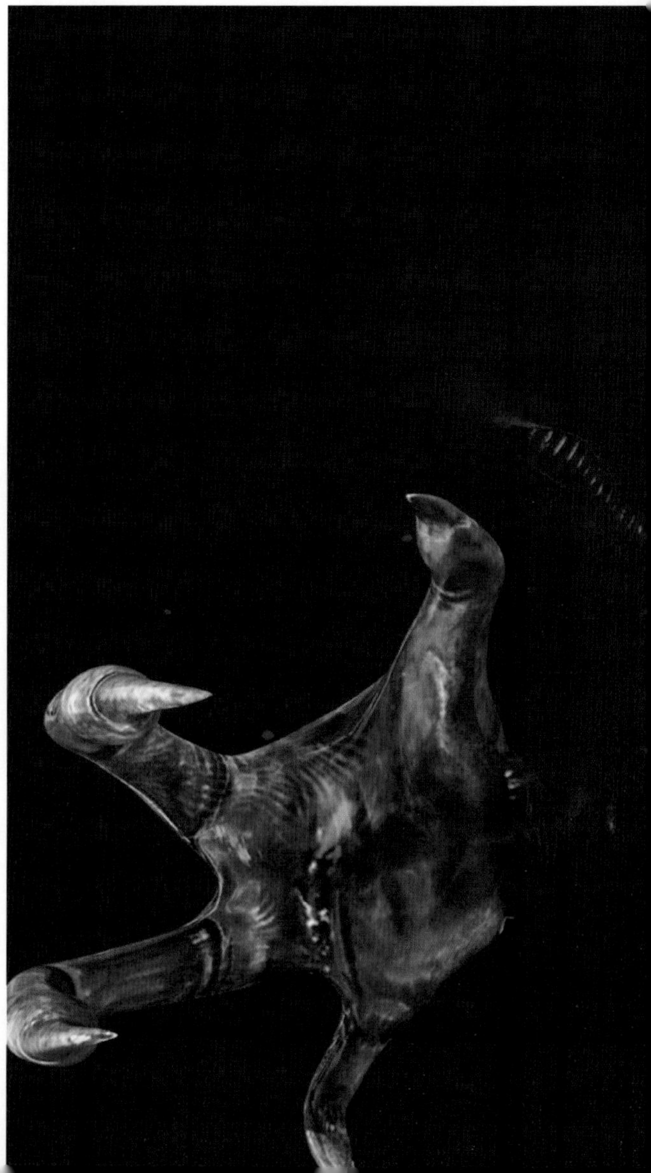

«Admiro su pureza, es un superviviente al que no afecta la conciencia, los remordimientos ni las fantasías de moralidad.»

(Dan O'Bannon)

acabó con toda la tripulación menos con la Teniente Ripley, quien pudo escapar explotando la nave. La corporación Weyland-Yutani monitoreó todo lo ocurrido en la Nostromo para conseguir uno de estos magníficos xenomorfos para su división armamentística.

EN EL ESPACIO NADIE PODRÁ OÍR TUS GRITOS

El xenomorfo es una de las criaturas más adaptables y peligrosas de la galaxia. Desconocemos al cien por cien su origen, pero todo indica a que se trata de una mutación genética de un agente patógeno creado por la raza de los Ingenieros, seres que llevan millones de años recorriendo la galaxia y manipulando genéticamente varios planetas. Estas mutaciones fueron aprovechadas por el androide David,

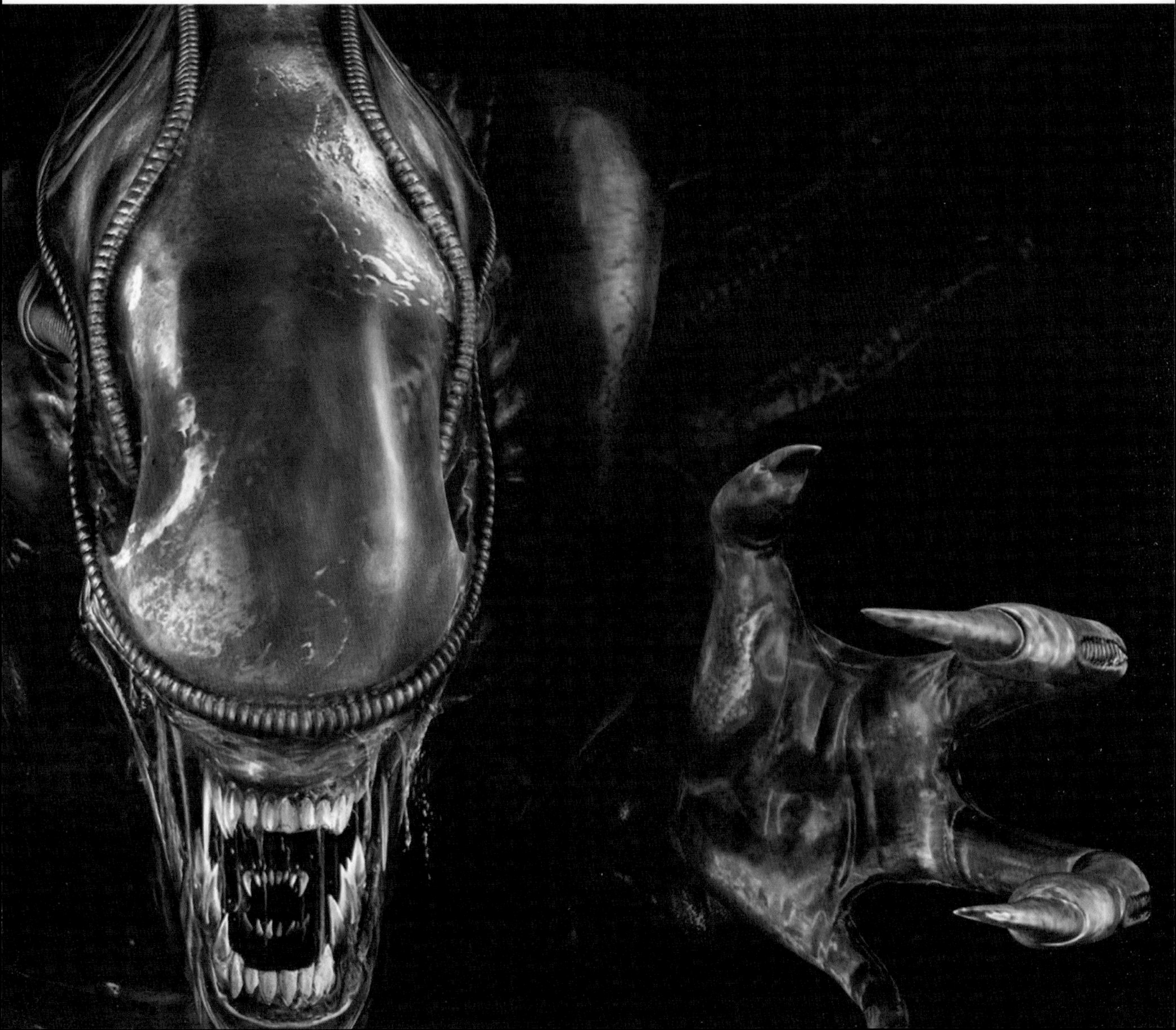

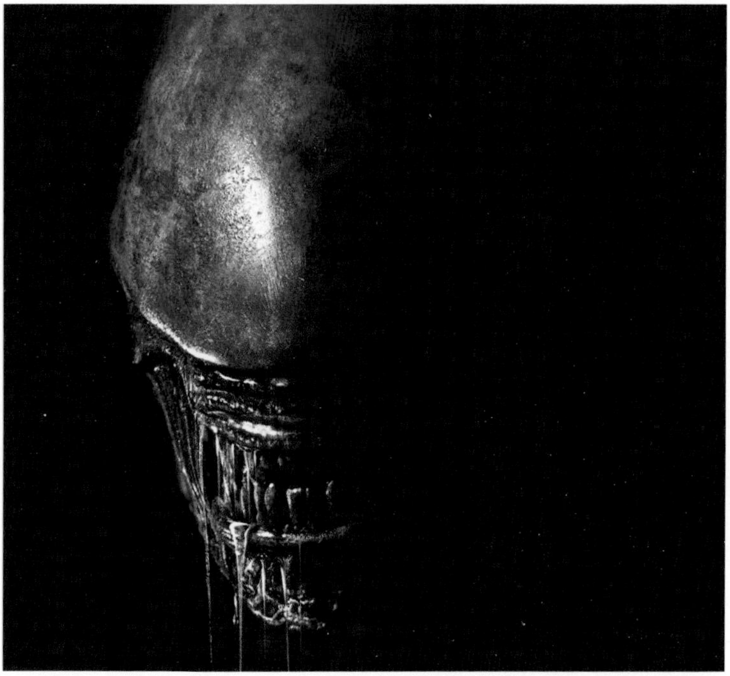

creado por una de las primeras misiones de la corporación Weyland, para crear una serie de evoluciones de este ser hasta la forma conocida por los tripulantes de la Nostromo. Un xenomorfo es un parásito capaz de procrear en cualquier ser vivo, desde un ser humano hasta un perro. El xenomorfo siempre elige víctimas antropoides con las que poder crear nuevos individuos más adaptables y con facilidad para la supervivencia. El desarrollo natural de uno de estos alienígenas es el siguiente: huevo del que nace un abrazacaras que invade un cuerpo vivo, gestación de un embrión en el interior del ser infectado y nacimiento surgiendo del pecho de la víctima con gran violencia, matándolos. Estos aliens se desarrollan muy rápidamente y son de naturaleza carnívora. Estos huevos son puestos por una reina alien a la que los xenomorfos obedecen mentalmente, aunque también se sabe de adultos fértiles capaces de poner huevos como las reinas. Estas reinas pueden llegar a tener más de seis metros de altura y se diferencia de sus zánganos por su gran corona huesuda y su forma de dinosaurio antiguo.

Un xenomorfo criado en el interior de un humano es de aspecto antropomórfico, color oscuro y un exoesqueleto polisacárido externo que lo protege de impactos. Tiene una larga cola parecida a un látigo de espina dorsal acabada en una punta tan afilada como un cuchillo y su cabeza es alargada, sin ojos visibles, con una boca con labios de donde surgen unos dientes afilados y una segunda mandíbula retráctil que puede extraer a gran velocidad atravesando los huesos humanos de la cabeza fácilmente. El xenomorfo es una criatura salvaje que actúa instintivamente, aunque tiene inteligencia y son comunitarios. Posee fuerza, agilidad y resistencia, pudiendo subir a cualquier superficie para acechar a sus presas. Como defensa final, los xenomorfos tienen ácido en lugar de sangre, capaz de disolver acero, hueso y piel. También pueden expeler este ácido desde su estómago, atacando a sus víctimas a distancia. Los xenomorfos tienen memoria genética y están listos para el ataque y la depredación desde que son recién nacidos. La única defensa contra estas criaturas temibles son las armas pesadas, destruyendo cerebro o tórax, y el fuego o las altas temperaturas, a las que temen. Por eso suelen habitar en lugares fríos y suelen cazar de noche.

LO PUEDES ENCONTRAR EN...

Alien, el octavo pasajero (1979), película de Ridley Scott

Tras el fracaso de producción del *Dune* de Alejandro Jodorowsky, el guionista y experto en efectos especiales Dan O'Bannon (1946-2009), quien ya había trabajado en la película *Dark Star* (1974), de John Carpenter (Carthage, 1948), y en *Star Wars* (1977), escribió una historia de ciencia-ficción junto a su amigo Ronald Shushett (Pittsburgh, 1935) donde se mezclaba un monstruo imparable y una nave espacial parecida a una casa embrujada de la que había que huir. En 1979, el británico Ridley Scott dirigiría *Alien, el octavo pasajero*, convirtiéndose en un clásico de la ciencia-ficción y del cine del terror gracias a su criatura xenomorfa de origen desconocido. El bichito se convertiría en una gran franquicia para la Fox, explotándola en siete películas, cuatro originales –aparte de la original vendrían *Aliens, el regreso* (1986), *Alien 3* (1992), *Alien: Resurrección* (1997)–, dos precuelas dirigidas por Ridley Scott –*Prometheus* (2012) y *Alien: Covenant* (2017)– y dos encuentros con otra raza alienígena moderna, los Depredadores –*Alien Vs. Predator* (2004) y *Alien Vs. Predator 2: Requiem* (2007)–. Los aliens tienen mucha vida más allá del cine, apareciendo en varios videojuegos, cómics y novelas.

Bibliografía

CENTAUROS
Ovidio, *Las Metamorfosis*, ed. Austral.

ESFINGE
Dioses de Egipto / película de Alex Proyas (2016)

GORGONA
Clash of the Titans / película de Louis Leterrier (2010)

GRIFO E HIPOGRIFO
Rowling, J. K., *Harry Potter y el Prisionero de Azkabán*, ed. Salamandra.

HARPIAS
Harpya / cortometraje de Raoul Servais (1979)

MANTÍCORA
Anthony, Piers, *Un hechizo para camaleón*, ed. Ultramar.

MINOTAURO
Immortals / película de Tarsem Singh (2011)

QUIMERA
Hesíodo, *Teogonía*, ed. Alianza.

SÁTIRO
Lewis, C. S. *Las Crónicas de Narnia: El león, la bruja y el armario*, ed. Destino.

BLEMIA
Eco, Umberto *Baudolino*, ed. DeBolsillo.

CÍCLOPE
Homero, *La Odisea*, ed. Gredos.

DOMOVOI
Cherryh, C. J. *The Russian Stories: Rusalka*, ed. Del Rey.

JOTUN
Jack el Cazagigantes / película de Bryan Singer (2013)

MORLOCK
Wells, Herbert George, *La máquina del tiempo*, ed. Sportula.

SASQUATCH
Harry y los Henderson / película de William Dear (1987)

HIDRA
Hércules / película de Ron Clements y John Musker (1997)

HIPOCAMPO
Valdelomar, Abraham, *Cuentos*, Ediciones la Biblioteca Digital.

KAPPA
El verano de Coo / película de Keiichi Hara (2007)

KRAKEN
Furia de titanes / película de Desmond Davis (1981)

LEVIATÁN
LaVey, Anton Szandor, *La biblia satánica*, ed. Avon.

NAMAZU
Sakai, Stan, *Usagi Yojimbo Integral*, Planeta Cómics.

NESSIE
King-Smith, Dick, *El caballo del agua*, Ediciones SM.

PROFUNDOS
Lovecraft, H. P., *La sombra sobre Innsmouth*, ed. Astiberri.

SIRENA
Andersen, Hans Christian, Cuentos, Taschen.

VODYANOY
Mignola, Mike y Davis, *Guy AIDP: Una plaga de ranas*, Norma editorial.

BASILISCO
Harry Potter y la Cámara Secreta / película de Chris Columbus (2002)

CHUPACABRA
Chupacabra: Dark Seas / película de John Shepphird (2005)

DRAGÓN
Paolini, Christopher, *Eragon, Eldest y Legado*, Roca editorial.

GREMLIN
Gremlins / película de Joe Dante (1984)

HUARGO
Martin, George R.R., *Juego de tronos,* ed. Gigamesh

KAIJU
Japón bajo el terror del monstruo / película de Ishiro Honda (1954)

KONG
King Kong / película de Merian C. Cooper (1933)

LEUCROTA
Estrabón, *Geografía*, ed. Gredos.

TARASCA
Reinos Olvidados: escenario de campaña / juego de Ed Greenwood (Devir)

UNICORNIO
Legend / película de Ridley Scott (1985)

DEMENTOR
Harry Potter y el Prisionero de Azkaban / película de Alfonso Cuarón (2004)

GHOUL
Ishida, Sui, *Tokyo Ghoul*, Norma editorial.

LICÁNTROPO
Un hombre lobo americano en Londres
/ película de John Landis (1981)

OGRO
Black, Holly y DiTerlizzi, Tony *Las crónicas de Spiderwick*, EDB.

TROL
Trollhunter / película de André Øvredal (2010)

VAMPIRO
Stoker, Bran, *Drácula*, Austral.

WENDIGO
Blackwood, Algernon, *El valle perdido y otras historias*, Alianza.

BEHOLDER
Eye of The Beholder / videojuego de Westwood Studio (1991)

DROW
Salvatore, R. A., *El Elfo Oscuro 1: La morada*, ed. Altaya.

DUENDE
Shakespeare, William, *El sueño de una noche de verano*, ed. Austral.

ELFO
Tolkien, J.R.R., *El Silmarillion*, 1977.

ENANO
Pratchett, Terry *El quinto elefante*, DeBolsillo.

ENT
El Señor de los Anillos: La dos torres
/ película de Peter Jackson (2002)

GNOMO
Huygen, Will, *Gnomos y El libro secreto de los Gnomos*, ed. Montena.

GOBLIN
King, William, *Las aventuras de Gotrek y Félix*, Timun Mas.

HADA
Barrie, James M., *Peter Pan*, ed. Gribaudo.

HOBBIT
Tolkien, J.R.R. *El Hobbit*, ed. Minotauro.

ORCO
Warcraft / película de Duncan Jones (2016)

BANSHEE
Darby O'Gill y el Rey de los Duendes
/ película de Robert Stevenson (1959)

CAIT SIDHE
Poe, Edgar Allan, *El gato negro y otras narraciones extraordinarias*, Juventud.

CERBERO
Alighieri, Dante, *La divina comedia*, ed. Cátedra.

DJINN
El ladrón de Bagdad / película de Michael Powell (1940)

DULLAHAN
Irving, Washington, *La leyenda de Sleepy Hollow*, Valdemar.

FANTASMA
Jackson, Shirley, *La maldición de Hill House*, Valdemar.

FÉNIX
Tezuka, Osamu, *Fénix*, Planeta Cómic.

KITSUNE
Gaiman, Neil y Amano, Yoshitaka *Sandman: Cazadores de Sueños*, ECC Ediciones.

KRAMPUS
Krampus: Maldita Navidad / película de Michael Dougherty (2015)

MOMIA
La Momia / película de Karl Freund (1932)

PÚCA
MacAvoy, R. A., *The Grey Horse*, Open Road Media.

SÚCUBO E ÍNCUBO
Lost Girl / serie de Michelle Lovretta y Jay Firestone (2010-2015)

CRIATURA DE FRANKENSTEIN
Shelley, Mary, *Frankenstein o el moderno Prometeo*, ed.Valdemar.

GOLEM
Meyrink, Gustav, *El Golem*, ed. Alianza.

HOMÚNCULO
Mignola, Mike *Hellboy: Casi un Coloso*, Norma.

MONSTRUO CIENTÍFICO
Stevenson, Robert Louis, *El extraño caso del Doctor Jekyll y Mister Hyde*, ed. Alfaguara.

SHOGGOTH
Bloch, Robert, *Cuaderno hallado en una casa deshabitada* en *Cuentos de los Mitos de Cthulhu*, ed.Valdemar.

ZOMBI
La noche de los muertos vivientes / George A Romero (1968)

ÁNGELES LLOROSOS
Parpadeo / capítulo de la serie *Doctor Who* dirigido por de Hettie Macdonald con guión de Steven Moffat (2007)

LOS ANTIGUOS
Lovecraft, H. P., *En las montañas de la locura*, ed.Valdemar.

KRITES
Critters 2 / película de Mick Garris. (1988)

DEMOGORGON
Stranger Things / serie de los Hermanos Duffer (2016-2017)

DOOMSDAY
Jurgens, Dan y Breeding, Brett, *La muerte de Superman*, ECC Ediciones.

GUSANOS DE ARENA
Herbert, Frank, *Dune*, DeBolsillo.

NIDO
Claremont, Chris; Cockrum, Dave y Smith, Paul, *Marvel Gold: La Imposible Patrulla-X 4*, Panini.

MARCIANO
Burroughs, Edgar Rice, *Una princesa de Marte*, Biblioteca del Laberinto.

PENNYWISE
King, Stephen, *It*, DeBolsillo.

XENOMORFO
Alien, el octavo pasajero / película de Ridley Scott (1979)